中國古典文學基本叢書

白居易詩集校注

第六册

〔唐〕白居易 著
謝思煒 校注

中華書局

白居易詩集校注卷第三十四①

律詩　凡七十五首

司徒令公分守東洛移鎮北都一心勤王三月成政形容盛德實在歌詩況辱知音敢不先唱輒奉五言四十韻寄獻以抒下情②

天上中台正，人間一品高。中書令上應中台，司徒官一品。休明值堯舜，勳業過蕭曹。始擅文三捷，進士及第、博學、制策，連登三科。終兼武六韜。動人名赫赫，憂國意忉忉。盪蔡擒封豕③，吴元濟也。平齊斬巨鼇。李師道也。兩河收土宇，四海定波濤。寵重移宫籥，自東都留守授北京留守。恩新換閫旄。保釐東宅静，周公、召公東治洛宅。守護北門牢。晉國封疆闊，并州士馬豪。胡兵驚赤幟，邊雁避烏號。令下流如水，仁霑澤似膏。路喧歌五袴，軍醉感單醪。將校森貔武，賓僚儼雋髦。客無煩夜柝，吏不犯秋毫。神在臺駘助④，魂亡獫狁逃。德星銷彗孛，霖雨滅腥臊⑤。烽戍高臨代，關河遠控洮⑥。汾雲晴漠漠⑦，朔吹冷颼颼。

豹尾交銜戟⑧，虯鬚捧佩刀⑨。通天白犀帶，照地紫麟袍。羌管吹楊柳，燕姬酌蒲萄。蒲萄酒出太原。銀含鑿落盞⑩，金屑琵琶槽。遥想從軍樂，應忘報國勞。紫微留北闕，中書令即紫微令也。綠野寄東皋。綠野堂在東都午橋莊也。忽憶前時會，多慚下客叨。清宵陪讌話，美景從遊遨。花月還同賞，琴詩雅自操。朱絃拂宫徵，洪筆振風騷。近竹開方丈，依林架桔橰。春池八九曲，畫舫兩三艘⑪。逕滑苔粘屐，潭深水没篙。綠絲縈岸柳，紅粉映樓桃。皆午橋莊中佳境⑫。爲穆先陳醴，居易每十齋日在會，常蒙以三勒湯代酒也⑬。招劉共藉糟。劉夢得也。舞鬟金翡翠，歌頸玉蠐螬。盛德終難退⑭，明時豈易遭？公雖慕張范，張良、范蠡。帝未捨伊皋。眷戀心方結，踟躕首已搔。鸞凰上寥廓，燕雀住蓬蒿。欲獻文狂簡，徒煩思鬱陶。可憐四百字，輕重抵鴻毛。（2479）

【校】

①〔卷第三十四〕那波本爲卷六十七。

②〔題〕《文苑英華》作「寄獻北都留守裴令公并序」，以紹興本題爲序。汪本從之。

③〔盪蔡〕《文苑英華》作「伐蔡」。

④〔臺駘〕那波本作「駑駘」，誤。

⑤〔滅腥臊〕那波本作「洗腥臊」。

⑥〔關河〕《文苑英華》作「高林」。

⑦〔晴漠漠〕《文苑英華》作「時漠漠」。

⑧〔銜戟〕《文苑英華》、汪本作「牙戟」。

⑨〔虯鬚〕《文苑英華》作「虯髯」。

⑩〔鑿落盞〕《文苑英華》作「鑿落綫」。

⑪〔三艘〕那波本作「三舠」。

⑫〔（注）皆午橋莊中佳境〕《文苑英華》、汪本作「皆午橋莊中景物之佳者」。

⑬〔（注）三勒湯〕紹興本等作「二勒湯」，據《文苑英華》改。

⑭〔難退〕馬本、《唐音統籤》作「難過」。

【注】

朱《箋》：作於開成二年（八三七），洛陽。

〔司徒令公〕朱《箋》：「裴度。」見卷三三《送盧郎中赴河東裴令公幕》（2474）注。

〔北都〕《舊唐書・地理志二》河東道：「北京太原府，……天授元年，置北都兼都督府。開元十一年，又置北都，改并州爲太原府。天寶元年，改北都爲北京。」

〔天上中台正，人間一品高〕中台，見卷三《司天臺》（0133）注。《舊唐書・職官志二》：「太尉、司徒、司空各一員，謂之三公，並正一品。」

〔休明值堯舜，勳業過蕭曹〕蕭曹，見卷三三《奉和裴令公新成午橋莊綠野堂即事》（2381）注。

〔始擅文三捷，終兼武六韜〕《舊唐書·裴度傳》：「度，貞元五年進士擢第，登宏辭科。應制舉賢良方正能言直諫科，對策高等，授河陰縣尉。」《漢書·藝文志》：「《周史六弢》六篇。」顏師古注：「即今之《六韜》也。蓋言取天下及軍旅之事。弢字與韜同也。」

〔動人名赫赫，憂國意忉忉〕《詩·齊風·甫田》：「無思遠人，勞心忉忉。」毛傳：「忉忉，憂勞也。」

〔盪蔡擒封豕，平齊斬巨鼇〕盪蔡，參見卷七《春遊二林寺》(0289)注。《舊唐書·裴度傳》：「(元和)十三年，李師道翻覆違命，詔宣武、義成、武寧、横海四節度之師與田弘正會軍討之。弘正奏請取黎陽渡河，會李光顔等軍齊進。帝召宰臣於延英議可否，皆曰：『閫外之事，大將制之，既有奏陳，宜遂其請。』度獨以爲不可，奏曰：『魏博一軍，不同諸道。過河之後，却退不得，便須進擊，方見成功。若取黎陽渡河，既纔離本界，便至滑州，徒有供餉之勞，又生顧望之勢。……』上曰：『卿言是矣。』乃詔弘正取楊劉渡河。及弘正軍既濟河而南，距鄆州四十里築壘，賊勢果蹙。頃之，誅師道。」《左傳》昭公二十八年：「貪惏無厭，忿纇無期，謂之封豕。」杜預注：「封，大也。」

〔寵重移宫籥，恩新换閫旄〕籥通鑰，宫籥即宫之管籥。吴玉搢《别雅》卷五：「管籥，管鑰也。《書·金縢》：『啓籥見書。』《禮記·月令》：『孟冬之月，慎管籥。』《史記·蕭相國世家贊》：『何謹守管籥。』《戰國策》：『齊君之魯，魯人投其籥，不果内。』籥皆與鑰同。」

〔保釐東宅静，守護北門牢〕保釐，見卷二九《裴侍中晉公以集賢林亭即事詩二十六韻見贈猥蒙徵和才拙詞繁輒廣爲五百言以伸酬獻》(2136)注。《書·召誥》序：「成王在豐，欲宅洛邑，使召公先相宅。作《召詔》。」《洛誥》序：「召公既相宅，周公往營成周，使來告卜。作《洛誥》。」

〔胡兵驚赤幟，邊雁避烏號〕《史記·淮陰侯列傳》：「信所出奇兵二千騎，共候趙空壁逐利，乃馳入趙壁，皆拔趙旗，立漢赤幟二千。」此即指紅旆。參見卷十七《行次夏口先寄李大夫》(1094)注。《史記・封禪書》：「龍髯拔，墮，墮黄帝之弓。百姓仰望黄帝既上天，乃抱其弓與胡髯號。故後世因名其處曰鼎湖，其弓曰烏號。」

〔路喧歌五袴，軍醉感單醪〕五袴，見卷二二《和三月三十日四十韻》(1461)注。單醪，見卷五《效陶潛體詩十六首》之十(2019)注。

〔將校森貔武，賓僚儼雋髦〕貔武，貔虎。《書・牧誓》：「尚桓桓如虎，如貔，如熊，如羆。」《漢書・叙傳》：「疇昔熙載，髦俊並作。」

〔客無煩夜柝，吏不犯秋毫〕駱賓王《宿温城望軍營》：「虜地寒膠折，邊城夜柝聞。」柳宗元《段太尉逸事狀》：「遂卧軍中，晞不解衣，戒候卒擊柝衛太尉。」《宋書・索虜傳》：「頓兵南滋，秋毫無犯。」

〔神在臺駘助，魂亡獫狁逃〕《左傳》昭公元年：「昔金天氏有裔子曰昧，爲玄冥師，生允格、臺駘。臺駘能業其官，宣汾、洮，障大澤，以處大原。帝用嘉之，封諸汾川，沈、姒、蓐、黄實守其祀。今晉主汾而滅之矣。由是觀之，則臺駘，汾神也。」《詩・小雅・采薇》：「靡室靡家，獫狁之故。不遑啓居，獫狁之故。」毛傳：「獫狁，北狄也。」鄭箋：「北狄，今匈奴也。」

〔德星銷彗孛，霖雨滅腥臊〕德星，見卷五《旅次華州贈袁右丞》(0200)注。

〔豹尾交衙戟，虬鬚捧佩刀〕豹尾，見卷二四《奉和汴州令狐相公二十二韻》(1615)注。虬鬚，見卷十七《贈李兵馬使》(1070)注。

〔通天白犀帶，照地紫麟袍〕犀帶，見卷一《雜興三首》之三(0020)注。紫麟袍，紫袍，繡麒麟。參見卷三一《醉送李二十常侍赴鎮浙東》(2233)注。

〔羌管吹楊柳，燕姬酌蒲萄〕羌管，見卷一《廢琴》(0009)「羌笛」注。王之渙《涼州詞》：「羌笛何須怨楊柳，春風不渡玉門關。」《唐國史補》卷下：「酒則有……河東之乾和蒲萄。」

〔銀含鑿落盞，金屑琵琶槽〕鑿落，見卷二三《酬周協律》(1546)注。金屑琵琶，見卷二三《贈楊使君》(1594)注。

〔紫微留北闕，緑野寄東皐〕《通典》卷二一中書令：「開元元年改爲紫微令，五年復爲中書令。」緑野堂，見卷三三《奉和裴令公新成午橋莊緑野堂即事》(2381)注。

〔爲穆先陳醴，招劉共藉糟〕穆生醴，見卷三三《開成二年三月三日河南尹李待價以人和歲稔將禊於洛濱》(2458)注。《唐國史補》卷下：「又有三勒漿，類酒，法出波斯。三勒者，謂庵摩勒、毗梨勒、訶梨勒。」韓鄂《四時纂要》卷四：「訶黎勒、毗黎勒、庵摩勒，已上並和核用，各三大兩，擣如麻豆大，不用細。以白蜜一斗、新汲水二斗熟調，投乾淨五斗甕中，即下三勒末，攪和勻。數重紙密封，三四日開，更攪，以乾淨帛拭去汗，候發定即止，但密封，此一月合滿三十日即成。味至甘美，飲之醉人，消食下氣。須是八月合即成，非此月不佳矣。」藉糟，見卷三一《醉送李二十常侍赴鎮浙東》(2233)注。

〔舞鬟金翡翠，歌頸玉蠐螬〕《詩·衛風·碩人》：「領如蝤蠐，齒如瓠犀。」《爾雅·釋蟲》：「蟦蠐，螬。」郭璞注：「在糞土中。」又：「蝤蠐，蝎。」郭璞注：「在木中。今雖通名爲蝎，所在異。」陸佃《埤雅》卷十：「蟦蠐在糞草中，外黄内黑，亦或謂之蠐螬。《列子》所謂『烏足之根爲蠐螬』是也。」此混言。

〔公雖慕張范，帝未捨伊臯〕張良，范蠡，見卷二九《裴侍中晉公以集賢林亭即事詩二十六韻見贈猥蒙徵和才拙詞繁輒廣爲五百言以伸酬獻》(2136)注。伊臯，伊尹、臯陶。

〔欲獻文狂簡，徒煩思鬱陶〕《論語·公冶長》：「子在陳，曰：『歸與歸與，吾黨之小子狂簡。斐然成章，不知所以裁之。』」《書·五子之歌》：「鬱陶乎予心，顔厚有忸怩。」傳：「鬱陶，言哀思也。」

和東川楊慕巢尚書府中獨坐感戚在懷見寄十四韻

慕巢感戚虔州弟喪逝，感己之榮盛，有歸洛之意，故叙而和之也。

我是知君者，君今意若何？ 窮通時不定，苦樂事相和。 東蜀歡殊渥，西江歎逝波。 只緣榮貴極，翻使感傷多。 行斷風驚雁，慕巢及楊九、楊十前年來，兄弟三人各在一處。 年侵日下坡。 片心休慘戚，雙鬢已蹉跎。 紫綬黃金印，青幢白玉珂。 老將榮補帖，愁用道銷磨。 外府饒杯酒，中堂有綺羅。 應須引滿飲，何不放狂歌？ 錦水通巴峽①，香山對洛河。 將軍馳鐵馬，少傅步銅駝。 深契憐松竹，高情憶薜蘿。 懸車年甚遠，未敢放相過②。（2480）

【校】

①〔錦水〕那波本作「繇水」。

②〔放相過〕殘宋本作「望相過」，馬本、《唐音統籤》、汪本作「故相過」。

【注】

朱《箋》：作於開成二年（八三七），洛陽。

〔東川楊慕巢尚書〕朱《箋》：「楊汝士。」見卷三三《楊六尚書新授東川節度使代妻戲賀兄嫂二絶》（2447）注。

〔虔州弟〕朱《箋》：「楊虞卿。」見卷三十《哭師皐》（2189）注。

〔楊九〕朱《箋》：「楊漢公。」見卷十一《重過壽泉憶與楊九别時因題店壁》（0563）注。

〔楊十〕朱《箋》：「楊魯士。」見卷三三《開成二年三月三日河南尹李待價以人和歲稔將禊於洛濱》（2458）注。

〔錦水通巴峽，香山對洛河〕錦水，錦江。《太平寰宇記》卷七二劍南道益州：「濯錦江，即蜀江。水至此濯錦，錦彩鮮潤於他水，故曰濯錦江。」

〔將軍馳鐵馬，少傅步銅駝〕銅駝街，見卷二八《早春雪後贈洛陽李長官長水鄭明府二同年》（2085）注。

分司洛中多暇數與諸客宴遊醉後狂吟偶成十韻因招夢得賓客兼呈思黯奇章公

性與時相遠，身將世兩忘。寄名朝士籍，寓興少年場。老豈無談笑，貧猶有酒漿。隨時求伴侶，逐日用風光。數數遊何爽，些些病未妨。天教榮啓樂，人恕接輿狂。改業爲逋客，移家住醉鄉。不論招夢得，兼擬誘奇章。要路風波險，權門市井忙。世間無可戀，不是不思量。（2481）

【注】

朱《箋》：作於開成二年（八三七），洛陽。

〔思黯奇章公〕朱《箋》：「牛僧孺。」見卷三三《同夢得酬牛相公初到洛中小飲見贈》（2470）注。《舊唐書·牛僧孺傳》：「敬宗即位，加中書侍郎、銀青光祿大夫，封奇章子，邑五百户。」

〔天教榮啓樂，人恕接輿狂〕榮啓期，見卷二一《丘中有一士》之二（0054）注。接輿，見卷二八《吾土》（2060）注。

〔改業爲逋客，移家住醉鄉〕逋客，見卷十五《讀李杜詩集因題卷後》（0894）注。醉鄉，見卷十七《九日醉吟》（1066）注。

小歲日喜談氏外孫女孩滿月①

今旦夫妻喜，他人豈得知。自嗟生女晚，敢訝見孫遲？物以稀爲貴，情因老更慈。新年逢吉日，滿月乞名時。因名引珠。桂燎熏花果，蘭湯洗玉肌。懷中有可抱，何必是男兒。（2482）

【校】

①〔題〕「小歲」殘宋本作「小新」。

【注】

朱《箋》：作於開成二年（八三七），洛陽。

〔小歲日〕臘明日。見卷二十《小歲日對酒吟錢湖州所寄詩》（1341）注。

〔談氏外孫婦孩〕居易婿談弘謨之女。參見卷三三《開成二年三月三日河南尹李待價以人和歲稔將禊於洛濱》（2458）注。

〔物以稀爲貴，情因老更慈〕《後漢書·孟嘗傳》：「夫物以遠至爲珍，士以稀見爲貴。」

〔新年逢吉日，滿月乞名時〕葉寘《愛日齋叢鈔》卷一：「《唐書》：高宗龍朔三年，子旭輪生滿月，大赦。《北户録》云：嶺俗，家富者婦産三日或足月，洗兒，作團油飯，以煎魚蝦、雞鵝、猪羊、灌腸、蕉子、薑桂、鹽豉爲之。陸務觀謂此即東坡記盤遊飯，語相近，必傳者之誤。其云足月，即滿月也。」

閑吟贈皇甫郎中親家翁 新與皇甫結姻。

誰能嗟歎光陰暮，豈復憂愁活計貧？忽忽不知頭上事，時時猶憶眼中人。早爲良友非交勢，晚接嘉姻不失親。最喜兩家婚嫁畢，一時抽得尚平身。（2483）

【注】

朱《箋》：作於開成二年（八三七），洛陽。

〔皇甫郎中〕朱《箋》：「皇甫曙。……居易無子，當爲行簡之子龜郎與皇甫曙之女結婚。」見卷二九《池上清晨候皇甫郎中》（2132）注。

〔親家翁〕親家，姻親。兒媳或女壻之父稱親家翁，兒媳或女壻之母稱親家母。儲光羲有《敬酬陳掾親家翁秋夜有贈》。《舊唐書·蕭嵩傳》：「子衡，尚新昌公主，嵩夫人賀氏入覲拜席，玄宗呼爲親家母。」朱翌《猗覺寮雜記》卷上：「親家翁、開素、鵲填河，皆俗語。白樂天用俗語爲多。」

〔最喜兩家婚嫁畢，一時抽得尚平身〕尚平，見卷三二《將歸渭村先寄舍弟》（2376）注。

夢得卧病攜酒相尋先以此寄

病來知少客，誰可以爲娱？日晏開門未，秋寒有酒無？自宜相慰問，何必待招呼。小疾無妨飲，還須挈一壺。（2484）

【注】

朱《箋》：作於開成二年（八三七），洛陽。

酬思黯戲贈 同用狂字。

鍾乳三千兩，金釵十二行。妬他心似火，欺我鬢如霜。思黯自誇前後服鍾乳三千兩，甚得力，而歌舞之妓頗多。來詩謔予羸老，故戲答之。慰老資歌笑，銷愁仰去聲酒漿。眼看狂不得，狂得且須狂。（2485）

【注】

朱《箋》：作於開成二年（八三七），洛陽。

〔思黯〕朱《箋》：「牛僧孺。」見卷三三《同夢得酬牛相公初到洛中小飲見贈》(2470)注。

〔鍾乳三千兩，金釵十二行〕鍾乳，鍾乳石。謝靈運《山居賦》：「訪鍾乳於洞穴，訊丹陽於紅泉。」自注：「此皆駐年之藥，即近山之所出，有采拾，欲以消病也。」《舊唐書・高季輔傳》：「特賜鍾乳一劑，曰：『進藥石之言，故以藥石相報。』」《元載傳》：「以載籍没鍾乳五百兩分賜中書門下御史臺五品已上、尚書省四品已上。」《河中之水歌》：「頭上金釵十二行，足下絲履五文章。」朱翌《猗覺寮雜記》卷上：「樂天云：『鍾乳三千兩，金釵十二行。』以言聲妓之多。蓋用古歌詞云：『頭上金釵十二行，足下絲履五文章。』是一人頭插十二釵爾，非聲妓之多十二重行也。」王楙《野客叢書》卷二三：「唐人詩句多用金釵十二事，如樂天詩『鍾乳三千兩，金釵十二行』是也。《南史》：周盤龍有功，上送金釵二十枚與其愛妾阿杜。其事甚佳，罕有用者。今多言金釵十二，不聞用金釵二十，亦循襲而然。金釵十二行，或言六鬟耳，齊肩比立，爲釵十二行。白詩酬牛思黯有『金釵十二行』之句，自注：『思黯之妓頗多，故云。』似協或者之説。然梁武帝《河中之水歌》曰：『洛陽女兒名莫愁，頭上金釵十二行。』是以一人帶十二釵。此説爲不同。」

〔慰老資歌笑，銷愁仰酒漿〕《廣韻》去聲四十一漾魚向切：「仰，又魚兩切。」

又戲答絶句

來句云：「不是道公狂不得，恨公逢我不教狂。」

狂夫與我世相忘，故態些些亦不妨。縱酒放歌聊自樂，接輿爭解教人狂？(2486)

【注】

朱《箋》：作於開成二年(八三七)，洛陽。

〔縱酒放歌聊自樂，接輿爭解教人狂〕接輿，見卷二八《吾土》(2060)注。

令狐相公與夢得交情素深眷予分亦不淺一聞薨逝相顧泫然旋有使來得前月未歿之前數日書及詩寄贈夢得哀吟悲歎寄情於詩詩成示予感而繼和

緘題重疊語殷勤，存歿交親自此分。前月使來猶理命，今朝詩到是遺文。銀鉤見晚書無報，玉樹埋深哭不聞。最感一行絶筆字，尚言千萬樂天君。令狐與夢得手札後云：「見樂天君，爲伸千萬之誠也。」（2487）

【注】

朱《箋》：作於開成二年（八三七），洛陽。

〔令狐相公〕朱《箋》：「令狐楚。」見卷三三《洛下閑居寄山南令狐相公》（2443）注。《舊唐書・文宗紀》：「（開成二年十一月）丁丑，興元節度使令狐楚卒。」丁丑爲十七日。劉禹錫《令狐楚集紀》記楚薨於十一月十二日。岑仲勉《玉谿生年譜會箋平質》：「《唐實錄》書法，於外臣之卒，率以報到日爲準，固因追書不便，尤與廢朝有關。據《通典》一七五，興元去西京，取駱道六百五十二里，快行五日可達。丁丑，十七日也。」

〔銀鉤見晚書無報，玉樹埋深哭不聞〕《世説新語・傷逝》：「庾文康亡，何揚州臨葬，云：『埋玉樹著土中，使人情何能已已！』」

洛下雪中頻與劉李二賓客宴集因寄汴州李尚書①

水南水北雪紛紛②，雪裏歡遊莫厭頻。日日暗來唯老病③，年年少去是交親。碧氊帳暖梅花濕，紅燎爐香竹葉春。今日鄒枚俱在洛，梁園置酒召何人？（2488）

【校】

①〔題〕「下」《文苑英華》作「中」，校：「集作下。」

②〔雪紛紛〕馬本、《唐音統籤》、汪本作「總紛紛」。

③〔暗來〕殘宋本、汪本作「多來」。

【注】

朱《箋》：作於開成三年（八三八），洛陽。

〔劉李二賓客〕朱《箋》：「劉禹錫與李仍叔。」見卷二九《洛陽春贈劉李二賓客》（2150）注。

〔汴州李尚書〕朱《箋》：「李紳。」見卷三三《春盡日天津橋頭偶呈李尹侍郎》（2409）注。

〔碧氊帳暖梅花濕，紅燎爐香竹葉春〕竹葉酒，見卷十五《渭村退居寄禮部崔侍郎翰林錢舍人詩一百韻》（0803）注。

〔今日鄒枚俱在洛，梁園置酒召何人〕見卷三三《裴令公席上贈別夢得》（2388）注。

看夢得題答李侍郎詩詩中有文星之句因戲和之

看題錦繡報瓊瓌，俱是人天第一才。好遺文星守躔次，亦須防有客星來。（2489）

【注】

朱《箋》：作於開成三年（八三八），洛陽。

〔李侍郎〕朱《箋》：「李紳。居易作此詩時，李紳已除宣武節度使、檢校禮部尚書，而禹錫題答詩時必在開成元年六月紳爲宣武節度之前。」

〔看題錦繡報瓊瓌，俱是人天第一才〕人天，六道之一。見卷十五《廣宣上人以應制詩見示因以贈之詔許上人居安國寺紅樓院以詩供奉》（0810）注。

〔好遺文星守躔次，亦須防有客星來〕《晉書·天文志》：「東壁二星，主文章，天下圖書之秘府也。星明，王者興，道術行，國多君子。星失色，大小不同，王者好武，經士不用，圖書隱。星動，則有土功。」又：「客星，張衡曰：老子四星及周伯、王蓬絮、芮各一，錯乎五緯之間。其見無期，其行無度。《荆州占》云：老子星色淳白，然所見之國，爲饑爲凶，爲善爲惡，爲喜爲怒。周伯星黄色煌煌，所至之國大昌。蓬絮星色青而熒熒然，所至之國風雨不節，焦旱，物不生，五穀不登，多蝗蟲。」

閑適

祿俸優饒官不卑①，就中閑適是分司。風光暖助遊行處②，雨雪寒供飲宴時。肥馬輕裘還粗有，麤歌薄酒亦相隨。微躬所要今皆得，只是蹉跎得校遲。（2490）

【校】

①〔祿俸〕汪本作「俸祿」。

②〔遊行〕《唐音統籤》作「遊人」。

③〔粗有〕馬本、《唐音統籤》、汪本作「且有」。

【注】

朱《箋》：作於開成三年（八三八），洛陽。

〔肥馬輕裘還粗有，麤歌薄酒亦相隨〕《論語·雍也》：「子曰：赤之適齊也，乘肥馬，衣輕裘。」

戲答思黯

思黯有能箏者，以此戲之。

何時得見十三絃，待取無雲有月天。願得金波明似鏡，鏡中照出月中仙。（2491）

【注】

朱《箋》：作於開成三年（八三八），洛陽。

〔思黯〕朱《箋》：「牛僧孺。」見本卷《酬思黯戲贈》（2485）注。

〔何時得見十三絃，待取無雲有月天〕十三絃，見卷十五《聽崔七妓人箏》（0897）注。

酬裴令公贈馬相戲

裴詩云：「君若有心求逸足，我還留意在名姝。」蓋引妾換馬戲，意亦有所屬也。

安石風流無奈何，欲將赤驥換青娥。不辭便送東山去，臨老何人與唱歌？（2492）

【注】

朱《箋》：作於開成三年（八三八），洛陽。

〔裴令公〕朱《箋》：「裴度。」見本卷《司徒令公分守東洛移鎮北都一心勤王三月成政形容盛德實在歌詩況辱知音敢不先唱輒奉五言四十韻寄獻以抒下情》（2479）注。

〔妾換馬〕見卷二五《有小白馬乘馭多時奉使東行至稠桑驛溘然而斃足可驚傷不能忘情題二十韻》（1748）注。

〔安石風流無奈何，欲將赤驥換青娥〕安石，謝安。見卷二十《候仙亭同諸客醉坐》（1345）注。

新歲贈夢得

暮齒忽將及，同心私自憐。漸衰宜減食，已喜更加年。紫綬行聯袂①，籃輿出比肩。與君同甲子，歲酒合誰先？（2493）

【校】

①〔聯袂〕馬本、汪本作「聯被」，誤。

【注】

朱《箋》：作於開成三年（八三八），洛陽。

〔與君同甲子，歲酒合誰先〕白、劉同甲子，見卷二一《耳順吟寄敦詩夢得》（1446）注。歲酒，見卷二十《歲假內命酒贈周判官蕭協律》（1380）注。

早春持齋答皇甫十見贈

正月晴和風景新①，紛紛已有醉遊人。帝城花笑長齋客，二十年來負早春②。（2494）

【校】

①〔風景〕馬本、《唐音統籤》作「風氣」。

②〔二十〕《唐音統籤》、汪本作「三十」。

【注】

朱《箋》：作於開成三年（八三八），洛陽。

〔皇甫十〕朱《箋》：「皇甫曙。」見本卷《閑吟贈皇甫郎中親家翁》（2483）注。

戲贈夢得兼呈思黯

雙鬢莫欺今老矣①，《傳》曰：「今老矣，無能爲也。」一杯莫笑便陶然。陳郎中處爲高户，裴使君前作少年。陳商郎中酒户涓滴，裴洽使君年九十餘。顧我獨狂多自哂，與君同病最相憐。月終齋滿誰開素，須詎奇章置一筵②。（2495）

【校】

①〔雙鬢〕馬本作「霜鬢」。

②〔須詎〕馬本、《唐音統籤》作「須擬」。

【注】

朱《箋》：作於開成三年（八三八），洛陽。

〔思黯〕牛僧孺。見本卷《酬思黯戲贈》（2485）注。

〔雙鬢莫欺今老矣，一杯莫笑便陶然〕《左傳》僖公三十年：「臣之壯也，猶不如人，今老矣，無能爲也已。」

〔陳郎中處爲高户，裴使君前作少年〕陳商字述聖。韓愈《答陳商書》方崧卿注：「商元和九年進士。《唐志》有集十七卷。此書未第日所答也。」又李賀有《贈陳商》，賈島有《送陳商》。《唐摭言》卷四：「楊虞卿及第後，舉三篇，爲校書郎，來淮南就李鄘親情，遇前進士陳商啓護窮窘，公未相識，問之，倒囊以濟。」《册府元龜》卷六一六：「陳商，武宗會昌中爲刑部郎中。」卷六五一：「武宗會昌五年，左諫議大夫陳商權知貢舉，放及第二十七人。」裴洽，見卷三三《春夜宴席上戲贈裴淄州》（2455）注。酒户，見卷十九《醉後》（1216）注。

〔月終齋滿誰開素，須𧦝奇章置一筵〕𧦝，同泥，糾纏。見卷十八《冬至夜》（1139）注。

早春憶遊思黯南莊因寄長句

南莊勝處心常憶，借問軒車早晚遊？美景難忘竹廊下，好風爭奈柳橋頭？冰消見水多於地，雪霽看山盡入樓。若待春深始同賞，鶯殘花落却堪愁。（2496）

【注】

朱《箋》：作於開成三年（八三八），洛陽。

酬皇甫十早春對雪見贈

漠漠復雰雰，東風散玉塵。明催竹窗曉，寒退柳園春。綠醑香堪憶①，紅爐暖可親。忍心三兩日，莫作破齋人。（2497）

【校】

①〔綠醑〕馬本、《唐音統籤》作「綠醖」。

【注】

朱《箋》：作於開成三年（八三八），洛陽。

〔皇甫十〕朱《箋》：「皇甫曙。」見本卷《閑吟贈皇甫郎中親家翁》（2483）注。

奉和思黯自題南莊見示兼呈夢得

謝家別墅最新奇，山展屏風花夾籬。曉月漸沉橋脚底，晨光初照屋梁時。臺頭有酒鶯呼客，水面無塵風洗池。除却吟詩兩閑客①，此中情狀更誰知？（2498）

【校】

①〔兩閑客〕馬本、《唐音統籤》作「病閑客」。

【注】

朱《箋》：作於開成三年（八三八），洛陽。

〔謝家别墅最新奇，山展屏風花夾籬〕謝家别墅，見卷三三《和裴令公南莊一絶》（2463）注。

送蘄春李十九使君赴郡

可憐官職好文詞，五十專城未是遲。曉日鏡前無白髮，春風門外有紅旗。郡中何處堪攜酒，席上誰人解和詩？唯共交親開口笑，知君不及洛陽時。（2499）

【注】

朱《箋》：作於開成三年（八三八），洛陽。

〔蘄春李十九使君〕朱《箋》：「蘄州刺史李播。」李商隱《爲汝南公與蘄州李郎中狀》，張采田《玉谿生年譜會箋》繫於開成五年，朱《箋》：「可知李播赴蘄州任在開成五年之前，與白氏此詩時間相合。」杜牧《進士龔軺墓誌》：「會昌五年十二月，某自秋浦守桐廬，路由錢塘……時刺史趙郡李播曰」。又《杭州新造南亭記》：「趙郡李子烈播，立朝名人也，自尚書比部郎中出爲錢塘。」可知播字子烈，系出趙郡，會昌五年爲杭州刺史。《太平廣記》卷二六一《李秀才》：「唐郎中李播典蘄州日，有李生稱舉子來謁，會播有疾病，子弟見之，覽所投詩卷，咸播之詩也。既退，呈於播，驚曰：『此昔應舉時所行卷也，唯易其名矣。』」

自題酒庫

野鶴一辭籠，虛舟長任風。送愁還鬧處，移老入閑中。身更求何事，天將富此翁。此翁何處富，酒庫不曾空。劉仁軌詩云：「天將富此翁。」以一醉爲富也。（2500）

【注】

朱《箋》：作於開成三年（八三八），洛陽。

〔身更求何事，天將富此翁〕洪邁《容齋五筆》卷八《天將富此翁》：「唐劉仁軌任給事中，爲宰相李義府所惡，出爲青州刺史。及代還，欲斥以罪，又坐漕船覆没免其官。其後百濟叛，詔以白衣檢校帶方州刺史。仁軌謂人曰：『天將富貴此翁邪？』果削平遼海。白樂天有《自題酒庫》一篇云：『身更求何事，天將富此翁。此翁何處富，酒庫不曾空。』注云：『劉仁軌詩：天將富此翁。以一醉爲富也。』然則唐史以此爲仁軌之語，而不言其爲詩。未審耳。」一醉曰富，見卷二八《嘗黄醅新酎憶微之》（2007）注。

寒食日寄楊東川

不知楊六逢寒食，作音佐底歡娛過此辰？兜率寺高宜望月，嘉陵江近好遊春。蠻旗似火

行隨馬，蜀妓如花坐遶身。不使黔婁夫婦看，誇張富貴向何人？（2501）

【注】

朱《箋》：作於開成三年（八三八），洛陽。

〔楊東川〕朱《箋》：「楊汝士。」見本卷《和東川楊慕巢尚書府中獨坐感戚在懷見寄十四韻》（2480）注。

〔不知楊六逢寒食，作底歡娛過此辰〕作底，做什麼、如何。《敦煌變文集·齖𪘨書》：「索得個屈期醜物入來，與我作底？」温庭筠《西洲曲》：「去帆不安幅，作抵使西風。」

〔兜率寺高宜望月，嘉陵江近好遊春〕兜率寺，在梓州。王勃《梓州郪縣兜率寺浮圖碑》：「兜率寺者，隋開皇中之所建也。」杜甫《上兜率寺》：「兜率知名寺，真如會法堂。江山有巴蜀，棟宇自齊梁。庾信哀雖久，何顒好不忘。白牛連遠近，且欲上慈航。」《方輿勝覽》卷六二潼川府：「兜率寺，在南山，名長壽。有劉蛻文冢碑及蛻三詩刻之石。」引杜甫詩。嘉陵江，見卷十四《江樓月》（0757）注。

〔不使黔婁夫婦看，誇張富貴向何人〕黔婁，見卷一《贈内》（0032）注。

醉後聽唱桂華曲

詩云：「遥知天上桂華孤，試問常娥更有無？月宫幸有閑田地，何不中央種兩株？」此曲韻怨切，聽輒感人，故云爾。

桂華詞意苦丁寧，唱到常娥醉便醒。此是世間腸斷曲①，莫教不得意人聽。（2502）

【校】

①〔世間〕馬本、《唐音統籤》、汪本作「人間」。

【注】

朱《箋》：作於開成三年（八三八），洛陽。

〔桂華曲〕見卷二四《東城桂三首》之三（1637）注。

酬夢得以予五月長齋延僧徒絶賓友見戲十韻

賓客懶逢迎，翛然池館清。簷閑空燕語，林靜未蟬鳴。葷血還休食①，杯觴亦罷傾。三春多放逸，五月暫修行。香印朝烟細，紗燈夕焰明。交遊諸長老，師事古先生。竺乾古先生也。禪後心彌寂，齋來體更輕。不唯忘肉味，兼擬減風情②。蒙以聲聞待，難將戲論爭。虛空若有佛，靈運恐先成。（2503）

【校】

①〔還須食〕「還」《文苑英華》作「初」，校：「集作還。」

②〔減風情〕馬本、《唐音統籤》、汪本作「滅風情」。

【注】

朱《箋》：作於開成三年（八三八），洛陽。

〔交遊諸長老，師事古先生〕竺乾古先生，指佛。見卷十九《新昌新居書事四十韻因寄元郎中張博士》（1252）注。

〔蒙以聲聞待，難將戲論爭〕聲聞，聲聞乘。戲論，佛教指俗妄之見。《楞嚴經》卷三：「爾時，世尊告阿難言：汝先厭離聲聞、緣覺諸小乘法，發心勤求無上菩提，故我今時，爲汝開示第一義諦。如何復將世間戲論、妄想因緣而自纏繞？」《入楞伽經》卷二：「離諸外道一切戲論，離聲聞緣覺乘相。」

〔虚空若有佛，靈運恐先成〕劉禹錫《樂天少傅五月長齋廣延緇徒謝絶文友坐成睽間因以戲之》：「舉目皆僧事，全家少俗情。精修無上道，結念未來生。……暗網籠歌扇，流塵晦酒鐺。不知何次道，作佛幾時成。」白詩蓋針對此戲意而發。《宋書·謝靈運傳》：「太守孟顗事佛精懇，而爲靈運所輕，嘗謂顗曰：『得道應須慧業文人，生天當在靈運前，成佛必在靈運後。』顗深恨此言。」居易蓋以事佛精懇自居，而以嘲之者擬謝靈運。

奉和裴令公三月上巳日遊太原龍泉憶去歲禊洛見示之作　依來體雜言。

去歲暮春上巳，共泛洛水中流。今歲暮春上巳，獨立香山下頭。時居易獨遊香山寺。風光閑寂寂，旌旆遠悠悠。丞相府歸晉國，太行山礙并州。鵬背負天龜曳尾，雲泥不可得同遊。

（2504）

【注】

汪《譜》、朱《箋》：作於開成三年（八三八），洛陽。

〔裴令公〕朱《箋》：「裴度。」見本卷《司徒令公分守東洛移鎮北都一心勤王三月成政形容盛德實在歌詩況辱知音敢不先唱輒奉五言四十韻寄獻以抒下情》（2479）注。

〔太原龍泉〕《明一統志》卷十九太原府：「龍泉，自府城西二里南流入太原縣界。」清修《山西通志》卷十七太原府：「龍泉有二，一在城西二里，南流入太原縣界。一在城西北百五十里靜樂縣界，流經盧子社，至横渠合谷水。」

〔去歲禊洛〕見卷三三《開成二年三月三日河南尹李待價以人和歲稔將禊於洛濱》（2458）注。

〔鵬背負天龜曳尾，雲泥不可得同遊〕鵬背負天，見卷二《反鮑明遠白頭吟》（0120）注。曳尾龜，見卷二七《自詠》（2000）注。雲泥，見卷二《傷友》（0078）注。

又和令公新開龍泉晉水二池

舊有潢汙泊，今爲白水塘。詩云：「方塘含白水。」笙歌聞四面，樓閣在中央。春變烟波色，晴添樹木光。龍泉信爲美，莫忘午橋莊。（2505）

【注】

朱《箋》：作於開成三年（八三八），洛陽。

〔晉水〕《元和郡縣志》卷十六太原府晉陽縣：「晉水源出縣西南懸甕山。……今按，晉水初泉出處，砌石爲塘。自塘東分爲三派，其北一派名智伯渠，東北流入州城中，出城入汾水。其次派東流經晉澤南，又東流入汾水。此二派即酈道元所言分爲二派者也。其南派，隋開皇四年開，東南流入汾水。」

〔舊有潢汙泊，今爲白水塘〕《左傳》隱公三年：「潢汙行潦之水。」杜預注：「潢汙，停水。」劉楨《雜詩》：「方塘含白水，中有鳧與雁。」

〔龍泉信爲美，莫忘午橋莊〕午橋莊，見卷二九《和裴令公一日日一年年雜言見贈》(2152)注。

早夏曉興贈夢得

窗明簾薄透朝光，卧整巾簪起下牀。背壁燈殘經宿焰，開箱衣帶隔年香。無情亦任他春去，不醉爭銷得日長①？一部清商一壺酒，與君明日暖新堂。(2506)

【校】

①〔得日〕馬本、《唐音統籤》作「得晝」。

【注】

朱《箋》：作於開成三年（八三八），洛陽。

〔一部清商一壺酒，與君明日暖新堂〕一部清商，見卷二六《讀鄂公傳》(1829)、《快活》(1884)注。

春日題乾元寺上方最高峰亭

危亭絶頂四無鄰，見盡三千世界春。但覺虛空無障礙，不知高下幾由旬。迴看官路三條線，却望都城一片塵。賓客暫遊無半日，王侯不到便終身。始知天造空閑境，不爲忙人富貴人①。（2507）

【校】

①〔忙人〕那波本作「奔忙」。

【注】

朱《箋》：作於開成三年（八三八），洛陽。

〔乾元寺〕龍門八寺之一。乾隆《河南府志》卷七五：「後魏所建龍門八寺，見於《伽藍記》者，惟有石窟、靈巖二寺，餘六寺見於舊《洛志》考，曰乾元，曰廣化，曰崇訓，曰寶應，曰嘉善，曰天竺，而奉先、香山不與焉。然奉先、香山據舊《洛志》，亦建于後魏時。八寺外益以奉先、香山，則爲十寺。故居易《記》曰：龍門十寺，香山爲冠。《名勝志》舉龍門八寺之名，而並數奉先、香山，其亦弗深考歟？至八寺遺跡，據薩天錫《龍門記》：伊闕兩岸，舊有八寺，無一存者，但東崖嶺有壘石址兩區，餘不可辨。又孫應奎《乾元寺記》：舊在伊闕東山巔，魏時龍門八寺，惟此爲甲，去村窵遠。嘉靖間遷於山麓。今香山寺亦非舊址。」

〔危亭絶頂四無鄰，見盡三千世界春〕三千世界，見卷二二《和晨霞》（1454）注。

〔但覺虚空無障礙，不知高下幾由旬〕慧琳《一切經音義》卷二一：「八俱盧舍成一由旬，準此方尺量，二里餘八十步當一俱盧舍，計一由旬合有一十七里餘二百八步。」

奉和思黯相公以李蘇州所寄太湖石奇狀絶倫因題二十韻見示兼呈夢得

錯落復崔嵬，蒼然玉一堆。峰駢仙掌出，罅坼劍門開。峭頂高危矣，盤根下壯哉①。精神欺竹樹，氣色壓亭臺。隱起磷磷狀，凝成瑟瑟胚。廉稜露鋒刃，清越扣瓊瑰。岌嶪形將動，巍峩勢欲摧。奇應潛鬼怪，靈合蓄雲雷②。黛潤霑新雨，斑明點古苔。未曾棲鳥雀③，不肯染塵埃。尖削琅玕笋，窪剜馬瑙罍。海神移碣石，畫障簇天台。在世爲尤物，如人負逸才。渡江一葦載，入洛五丁推。出處雖無意，升沉亦有媒。媒爲李蘇州。拔從水府底，置向相庭隈。對稱吟詩句，看宜把酒杯。終隨金礪用，不學玉山頽。疏傅心偏愛，園公眼屢迴。共嗟無此分，虚管太湖來。居易與夢得俱典姑蘇，而不獲此石。（2508）

【校】

①〔盤根〕《文苑英華》作「蟠根」。

②〔雲雷〕《文苑英華》作「風雷」。

③〔未曾〕「曾」《文苑英華》作「應」，校：「集作曾。」

【注】

朱《箋》：作於開成三年（八三八），洛陽。

〔思黯相公〕朱《箋》：「牛僧孺。」見本卷《酬思黯戲贈》（2485）注。

〔李蘇州〕朱《箋》：「蘇州刺史李道樞。」《舊唐書・文宗紀》：「（開成四年閏正月）甲申朔，以蘇州刺史李道樞爲浙東觀察使。……（三月）癸酉，浙東觀察使李道樞卒。」《姑蘇志》卷二《古今守令表上》：「李道樞，開成二年除，兼御史中丞。四年閏正月，遷浙東觀察使。三月，卒。」

〔峰駢仙掌出，罅坼劍門開〕仙掌、劍門，見卷二二《太湖石》（1486）注。

〔隱起磷磷狀，凝成瑟瑟胚〕瑟瑟，見卷十九《暮江吟》（1284）注。

〔岌嶪形將動，巍峩勢欲摧〕張衡《西京賦》：「疏龍首以抗殿，狀巍峩以岌嶪。」《文選》張銑注：「巍峩、岌嶪，高壯貌。」

〔尖削琅玕笋，洼剜馬瑙罍〕洼，見卷十五《渭村退居寄禮部崔侍郎翰林錢舍人詩一百韻》（0803）注。

〔海神移碣石，畫障簇天台〕《史記・夏本紀》：「太行、常山至於碣石，入於海。」又《周本紀》正義：「《括地志》云：太行、恒山連延，東北接碣石，西北接岳山。」天台，見卷二六《和微之春日投簡陽明洞天五十韻》（1851）注。

〔渡江一葦載，入洛五丁推〕《詩・衛風・河廣》：「誰爲河廣，一葦杭之。」《華陽國志》卷三《蜀志》：「時蜀有五丁力士，能移山，舉萬鈞。每王薨，輒立大石，長三丈，重千鈞，爲墓誌，今石筍是也。」

〔終隨金礪用，不學玉山頹〕玉山頹，見卷二九《酬思黯相公見過弊居戲贈》（2109）注。〔疏傅心偏愛，園公眼屢迴〕疏傅，疏廣、疏受。見卷一《高僕射》（0030）注。園公，東園公。見卷二《答四皓廟》（0104）注。

奉和思黯相公雨後林園四韻見示

新晴夏景好，復此池邊地。烟樹綠含滋，水風清有味。便成林下隱，都忘門前事①。騎吏引歸軒，始知身富貴。（2509）

【校】

①〔都忘〕紹興本、那波本作「都望」，據殘宋本、馬本、汪本改。

【注】

朱《箋》：作於開成三年（八三八），洛陽。

晚夏閑居絶無賓客欲尋夢得先寄此詩

魚筍朝餐飽，蕉紗暑服輕。欲爲窗下寢，先傍水邊行。晴引鶴雙舞，秋生蟬一聲。無人解相訪，有酒共誰傾？老更諳時事，閑多見物情。只應劉與白①，二叟自相迎。（2510）

【校】

〔只應〕馬本作「只因」，誤。

【注】

朱《箋》：作於開成三年（八三八），洛陽。

寄李蘄州

下車書奏龔黃課，動筆詩傳鮑謝風。江郡謳謠誇杜母，洛城歡會憶車公。笛愁春盡梅花裏，簟冷秋生薤葉中。蘄州出好笛并薤葉簟。不道蘄州歌酒少，使君難稱與誰同？（2511）

【注】

朱《箋》：作於開成三年（八三八），洛陽。

〔李蘄州〕朱《箋》：「李播。」見本卷《送蘄春李十九使君赴郡》（2499）注。

〔下車書奏龔黃課，動筆詩傳鮑謝風〕龔黃，見卷十八《郡齋暇日憶廬山草堂兼寄二林僧社三十韻多叙貶官已來出處之意》（1104）注。鮑謝，鮑照、謝靈運。

〔江郡謳謠誇杜母，洛城歡會憶車公〕《後漢書·杜詩傳》：「遷南陽太守，性節儉而政治清平，以誅暴立威，善於計略。……時人方於召信臣，故南陽爲之語曰：前有召父，後有杜母。」車公，見卷三二《五月齋戒罷宴徹樂聞韋賓客皇甫郎中飲會亦稀又知欲攜酒饌出齋先以長句呈謝》(2358)注。

〔笛愁春盡梅花裏，簟冷秋生薤葉中〕蘄州竹笛、薤葉簟，見卷十六《寄蘄州簟與元九因題六韻》(0933)注。梅花落，笛曲。見卷三一《楊柳枝詞八首》之一(2284)注。

憶江南詞三首

此曲亦名《謝秋娘》，每首五句。

江南好，風景舊曾諳。日出江花紅勝火①，春來江水綠如藍。能不憶江南？(2512)

【校】

①〔紅勝火〕馬本作「紅似火」。

【注】

朱《箋》：作於開成三年(八三八)，洛陽。

〔憶江南〕《樂府詩集》卷八二近代曲辭：「《憶江南》，一曰《望江南》。《樂府雜録》曰：《望江南》本曰《謝秋娘》，李德裕鎮浙西，爲妾謝秋娘所製，後改爲《望江南》。」王灼《碧雞漫志》卷五：「《望江南》，……予考此曲，自唐至今，皆南吕宫，字句亦同。止是今曲兩段，蓋近世曲子無單遍者。然衛公爲謝秋娘作此曲，已出兩名。樂天又名以《憶江南》，又名以《謝秋娘》。近世又取樂天首句名以《江南好》。予嘗歎世間有改易錯亂誤人者，是也。」然《望江南》已見於《教坊記》所載曲名。又佚名《隋煬帝海山記》載煬帝「製湖上曲《望江南》八闋」，句式爲三五七七五，上下闋，同於宋制。任二北《教坊記箋訂》附録謂：「早在白、劉二人作《憶江南》長短句之六十年前代宗大曆間，類似《憶江南》或《夢江南》之詩題或曲名，即已風行。」

江南憶，最憶是杭州。山寺月中尋桂子，郡亭枕上看潮頭。何日更重遊？（2513）

【注】

〔山寺月中尋桂子，郡亭枕上看潮頭〕月中桂子，見卷二三《留題天竺靈隱兩寺》（1557）注。

江南憶，其次憶吳宮。吳酒一杯春竹葉，吳娃雙舞醉芙蓉。早晚復相逢。（2514）

酬思黯相公晚夏雨後感秋見贈

暮去朝來無歇期①，炎涼暗向雨中移。夜長秖合愁人覺，秋冷先應瘦客知。兩幅彩牋揮逸翰，一聲寒玉振清辭。無憂無病身榮貴，何故沉吟亦感時？（2515）

【校】

①〔暮去朝來〕馬本作「暮來朝去」，誤。

【注】

朱《箋》：作於開成三年（八三八），洛陽。

久雨閑悶對酒偶吟

淒淒苦雨暗銅駝，嫋嫋凉風起漕河。自夏及秋晴日少，從朝至暮悶時多。鷺臨池立窺魚笥，隼傍林飛拂雀羅。賴有杯中神聖物，百憂無奈十分何。（2516）

【注】

朱《箋》：作於開成三年（八三八），洛陽。

〔淒淒苦雨暗銅駝，嫋嫋凉風起漕河〕銅駝街，見卷二八《早春雪後贈洛陽李長官長水鄭明府二同年》（2085）注。漕河，即漕渠。《舊唐書·五行志》：「（開元）二十九年暴水，伊洛及支川皆溢，損居人廬舍，秋稼無遺。東都天津橋及東西漕河、南北諸州皆多漂溺。」邵伯温《邵氏聞見録》卷十：「洛城之南東午橋，距長夏門五里。……午橋西南二十里，分洛堰，司洛水。正南十八里，龍門堰，引伊水，以大石爲杠，互受二水。洛水一支自厚載門入城，分諸園復合一渠，繇天門街北天津、引龍二橋之南，東至羅門。伊水一支正北入城，又一支東南入城，皆北行分諸園復合一渠，由長夏門以東以北至羅門，皆入於漕河，所以洛中公卿庶士園宅多有水竹花木之勝。元豐初，開清汴，禁伊洛水入城，諸園爲廢，花木皆枯死，故都形勢遂減。四年，文潞公留守，以漕河故道湮塞，復引伊洛水入城，入漕河，至偃師與伊洛匯，以通漕運，隸白波輦運司。詔可之。自是由洛舟行河至京師，公私便之。洛城園圃復盛。」《唐兩京城坊考》卷七：「漕渠，本名通遠渠。隋開。自斗門下，枝分洛水，東北流至立德坊之南，西溢爲新潭。又東流至歸義坊之西南，有西漕橋。又東流至景行坊之東南，有漕渠橋。又東流經時邕、毓材、積德三坊之南，出郭城之東南。」

〔賴有杯中神聖物，百憂無奈十分何〕神聖物，酒。見卷十七《江南謫居十韻》（1002）注。十分，酒滿杯。見卷二四《九日寄微之》（1687）注。

雨後秋涼

夜來秋雨後，秋氣颯然新。團扇先辭手，生衣不著身。更添砧引思，難與簟相親。此境誰偏覺，貧閑老瘦人。（2517）

【注】

朱《箋》：作於開成三年（八三八），洛陽。

〔團扇先辭手，生衣不著身〕生衣，見卷十五《寄生衣與微之因題封上》（0843）注。

酬夢得早秋夜對月見寄

吾衰寡情趣，君病懶經過。其奈西樓上，新秋明月何？庭蕪淒白露，池色澹金波。況是

初長夜，東城砧杵多。（2518）

【注】

朱《箋》：作於開成三年（八三八），洛陽。

題謝公東山障子

賢愚共在浮生内，貴賤同趨羣動間。多見忙時已衰病，少聞健日肯休閑。鷹飢受緤從難退，鶴老乘軒亦不還。唯有風流謝安石，拂衣攜妓入東山。（2519）

【校】

①〔受緤〕那波本作「受縛」。

【注】

朱《箋》：作於開成三年（八三八），洛陽。

〔唯有風流謝安石，拂衣攜妓入東山〕見卷二十《候仙亭同諸客醉坐》（1345）注。

謝楊東川寄衣服

年年衰老交遊少，處處蕭條書信稀。唯有巢兄不相忘，春茶未斷寄秋衣。（2520）

【注】

朱《箋》：作於開成三年（八三八），洛陽。

〔楊東川〕朱《箋》：「楊汝士。」見本卷《和東川楊慕巢尚書府中獨坐感戚在懷見寄十四韻》（2480）注。

詠懷寄皇甫朗之

老大多情足往還，招僧待客夜開關。學調氣從衰中健，不用心來鬧處閑。養病未能辭薄俸，忘名何必入深山。與君別有相知分，同置身於木雁間。（2521）

【注】

朱《箋》：作於開成三年（八三八），洛陽。

〔皇甫朗之〕朱《箋》：「皇甫曙。」即居易詩中之「皇甫十」、「皇甫郎中」、「皇甫澤州」。白居易《醉吟先生傳》（《白氏文集》卷七十）：「與……安定皇甫朗之爲酒友。」

〔與君别有相知分，同置身於木雁間〕見卷五《養拙》（0198）注。

東城晚歸

一條邛杖懸龜榼，雙角吳童控馬銜。晚入東城誰識我，短靴低帽白蕉衫。（2522）

【注】

朱《箋》：作於開成三年（八三八），洛陽。

〔一條邛杖懸龜榼，雙角吳童控馬銜〕邛杖，見卷六《秋遊原上》（0244）注。

〔晚入東城誰識我，短靴低帽白蕉衫〕蕉衫，見卷六《秋遊原上》（0244）注。

與夢得沽酒閑飲且約後期

少時猶不憂生計，老後誰能惜酒錢？共把十千沽一斗，相看七十欠三年。閑徵雅令窮經史①，醉聽清吟勝管絃。更待菊黄家醖熟，共君一醉一陶然。（2523）

【校】

①〔雅令〕那波本作「稚子」，誤。

【注】

汪《譜》、朱《箋》：作於開成三年（八三八），洛陽。

〔閑徵雅令窮經史，醉聽清吟勝管絃〕雅令，指文字令。劉禹錫《樂天以愚相訪沽酒致歡因成七言聊以奉答》：「令徵古事歡生雅，客喚閑人興任狂。」《雲溪友議》卷下：「對酒徵古今及詩語。」參見王昆吾《唐代酒令藝術》。

與牛家妓樂雨夜合宴

玉管清絃聲旖旎，翠釵紅袖坐參差。兩家合奏洞房夜，八月連陰秋雨時。歌臉有情凝睇久，舞腰無力轉裙遲。人間歡樂無過此，上界西方即不知。（2524）

【注】

朱《箋》：作於開成三年（八三八），洛陽。

〔牛家〕朱《箋》：「牛僧孺家。」見本卷《酬思黯戲贈》（2485）注。

〔人間歡樂無過此，上界西方即不知〕西方淨土，見卷十六《臨水坐》（0976）注。

和楊六尚書喜兩弟漢公轉吳興魯士賜章服命賓開宴用慶恩榮賦長句見示

華筵賀客日紛紛，劍外歡娛洛下聞。朱紱寵光新照地，彤襜喜氣遠淩雲。榮聯花萼詩難

和，樂音洛助塤篪酒易醺。感羡料應知我意，今生此事不如君。（2525）

【注】

朱《箋》：作於開成三年（八三八），洛陽。

〔楊六尚書〕朱《箋》：「楊汝士。」見本卷《和東川楊慕巢尚書府中獨坐感戚在懷見寄十四韻》（2480）注。

〔漢公〕朱《箋》：「楊汝士弟漢公。」見本卷《和東川楊慕巢尚書府中獨坐感戚在懷見寄十四韻》（2480）注。《新唐書·楊漢公傳》：「坐虞卿，下除舒州刺史，徙湖、亳、蘇三州。」《嘉泰吳興志》卷十四：「楊漢公，開成三年三月二十日自舒州刺史拜。遷亳州刺史。」

〔魯士〕朱《箋》：「楊汝士弟魯士。」見本卷《和東川楊慕巢尚書府中獨坐感戚在懷見寄十四韻》（2480）注。

〔朱紱寵光新照地，彤襜喜氣遠凌雲〕彤襜，見卷二五《喜錢左丞再除華州以詩伸賀》（1773）注。

〔棠聯花萼詩難和，樂助塤篪酒易醺〕花萼，見卷二四《聞行簡恩賜章服喜成長句寄之》（1638）注。塤篪亦喻兄弟。《詩·小雅·何人斯》：「伯氏吹塤，仲氏吹篪。」鄭箋：「伯仲喻兄弟也。我與汝恩如兄弟，其相應和如塤篪。」

自詠

鬢白面微紅，醺醺半醉中。百年隨手過，萬事轉頭空。臥疾瘦居士，行歌狂老翁。仍聞

好事者，將我畫屏風。（2526）

【注】

朱《箋》： 作於開成三年（八三八），洛陽。

〔仍聞好事者，將我畫屏風〕自唐相傳有《白樂天重屏圖》。參見卷二五《偶眠》（1745）注。

夢得相過援琴命酒因彈秋思偶詠所懷兼寄繼之待價二相府

閑居靜侶偶相招，小飲初酣琴欲調。我正風前弄秋思，君應天上聽雲韶。《雲韶》雅曲，上多與宰相同聽之。時和始見陶鈞力，物遂方知盛聖朝。雙鳳棲梧魚在藻，飛沉隨分各逍遥。（2527）

【注】

朱《箋》： 作於開成三年（八三八），洛陽。

〔秋思〕琴曲。見卷二六《楊家南亭》（1820）注。

〔繼之〕朱《箋》：「楊嗣復，字繼之，於陵子。」《舊唐書·文宗紀》：「（開成三年春正月）戊申，以諸道鹽鐵轉運使、正議大夫、守户部尚書、上柱國、宏農郡開國伯、食邑七百户、賜紫金魚袋楊嗣復可本官同中書門下平章事。」

〔待價〕朱《箋》：「李珏。」見卷三三《開成二年三月三日河南尹李待價以人和歲稔將禊於洛濱》（2458）注。《舊唐書·文宗紀》：「（開成三年春正月戊申），朝議郎、户部侍郎、判户部事、上柱國、賜紫金魚袋李珏可本官同中書門下平章事，依前判户部事。」

〔我正風前弄秋思，君應天上聽雲韶〕《舊唐書·王涯傳》：「大和三年正月入爲太常卿。文宗以樂府之間鄭衛太甚，欲聞古樂，命涯詢於樂工，取開元時雅樂，選樂童按之，名曰《雲韶樂》。樂曲成，涯與太常丞李廓、少府監庾承憲押樂工獻於梨園亭，帝按之於會昌殿上，悦，賜涯等錦綵。」又《音樂志一》：「大和八年十一月，宣太常寺，準《雲韶樂》舊用人數，令於本寺閲習進來者。至開成元年十月，教成。三年，武德司奉宣索《雲韶樂縣圖》二軸進之。」《馮定傳》：「大和九年八月，爲太常少卿。文宗每聽樂，鄙鄭衛聲，詔奉常習開元中《霓裳羽衣舞》，以《雲韶樂》和之。舞曲成，定總樂工，閲於庭，定立於其間。」

〔時和始見陶鈞力，物遂方知盛聖朝〕陶鈞，見卷二五《喜與韋左丞同入南省因叙舊以贈之》（1784）注。《漢書·五行志上》董仲舒對：「按《春秋》魯定公、哀公時，季氏之惡已孰，而孔子之聖方盛。夫以盛聖而易孰惡，季孫雖重，魯君雖輕，其勢可成也。」元稹《憲宗章武孝皇帝挽歌詞三首》：「天寶遺餘事，元和盛聖朝。」

九月八日酬皇甫十見贈

君方對酒綴詩章，我正持齋坐道場。處處追遊雖不去，時時吟詠亦無妨。霜蓬舊鬢三分白，露菊新花一半黄。惆悵東籬不同醉，陶家明日是重陽。（2528）

【注】

朱《箋》：作於開成三年（八三八），洛陽。

〔皇甫十〕朱《箋》：「皇甫曙。」見本卷《閑吟贈皇甫郎中親家翁》（2483）注。

〔惆悵東籬不同醉，陶家明日是重陽〕陶淵明《飲酒》：「採菊東籬下，悠然見南山。」

慕巢尚書書云室人欲爲買置一歌者非所安也以詩相報因而和之

東川已過二三春，南國須求一兩人。富貴大都多老大，歡娛太半爲親賓。如愁翠黛應堪重，買笑黄金莫訴貧。他日相逢一杯酒，樽前還要落梁塵。（2529）

【校】

〔題〕馬本、《唐音統籤》、汪本無「買」字。

【注】

朱《箋》：作於開成三年（八三八），洛陽。

〔慕巢尚書〕朱《箋》：「楊汝士。」見本卷《和東川楊慕巢尚書府中獨坐感戚在懷見寄十四韻》（2480）注。

〔如愁翠黛應堪重，買笑黄金莫訴貧〕王僧孺《詠寵姬》：「一笑千金買。」劉禹錫《泰娘歌》：「自言買笑擲黄金，月墮雲中從此始。」又《懷妓》：「情知點汙投泥玉，猶自經營買笑金。」《太平廣記》卷三四九《韋鮑生妓》（出

《纂異記》)：「彼以絶代之容爲鮮矣，此以軼羣之足爲貴者，買笑之恩既盡，有類卜之。」

〔他日相逢一杯酒，樽前還要落梁塵〕梁塵，見卷二九《裴侍中晉公以集賢林亭即事詩二十六韻見贈猥蒙徵和才拙詞繁輒廣爲五百言以伸酬獻》(2136)注。

杪秋獨夜

無限少年非我伴，可憐清夜與誰同？歡娱牢落中心少，親故凋零四面空。紅葉樹飄風起後，白鬚人立月明中。前頭更有蕭條物，老菊衰蘭三兩叢。(2530)

【注】

朱《箋》：作於開成三年(八三八)，洛陽。

憑李睦州訪徐凝山人　凝即睦州之民也。

郡守輕詩客，鄉人薄釣翁。解憐徐處士，唯有李郎中。(2531)

【注】

朱《箋》：作於開成二年(八三七)，洛陽。

〔李睦州〕朱《箋》：「睦州刺史李善白。」《嚴州圖經》卷一：「李善白，大和九年十月□日（下缺）」；又：「鄭仁弼，開成二年八月七日自衛尉少卿拜。」朱《箋》：「據此則善白必爲鄭仁弼之前任，開成三年已不在睦州。故此詩當作於開成二年。」《舊唐書·地理志三》江南東道：「睦州，隋遂安郡。……天寶元年，改爲新定郡。乾元元年，復爲睦州。」

〔徐凝〕《唐才子傳》卷六：「凝，睦州人。元和間有詩名。方干師事之。與施肩吾同里閈，日親聲調。無進取之意，交眷悉激勉，始遊長安。不忍自衒鬻，竟不成名。將歸，以詩辭韓吏部云：『一生所遇惟元白，天下無人重布衣。欲别朱門淚先盡，白頭遊子白身歸。』知者憐之。遂歸舊隱，潛心詩酒，人間榮耀，徐山人不復貯齒頰中也。老病且貧，意泊無惱，優悠自終。集一卷，今傳。」按，《全唐詩》卷四七四錄此詩，題爲《自鄂渚至河南將歸江外留辭侍郎》，又有《和侍郎邀宿不至》諸詩。侍郎即白居易。徐凝遊洛陽，與白居易往還，在大和間。白大和二年至三年授刑部侍郎。《唐才子傳》以爲辭韓吏部，誤。范攄《雲溪友議》卷四：「致仕尚書白舍人初到錢塘，令訪牡丹花。獨開元寺僧惠澄近于京師得此花栽，始植於庭，欄圈甚密，他處未之有也。時春景方深，惠澄設油幕以覆其上，牡丹花自此東越分而種之也。會徐凝自富春來，未識白公，先題詩曰：『此花南地知難種，慚愧僧閑用意栽。海燕解憐頻睥睨，胡蜂未識更徘徊。虛生芍藥徒勞妒，羞殺玫瑰不敢開。唯有數苞紅幞在，含芳只待舍人來。』白尋到寺看花，乃命徐生同醉而歸。時張祜榜舟而至，甚若疏誕。然張、徐二生，未之習隱，各希首薦焉。中舍曰：『二君論文，若廉、白之鬬鼠穴，勝負在於一戰也。』遂試《長劍倚天外賦》、《餘霞散成綺詩》。試訖送解，以凝爲元，祜其次耳。……白公又以祜《宮詞》四句之中皆數對，何足奇乎。然無徐生云：『今古長如白練飛，一條界破青山色。』徐凝賦曰：『譙周室裏，定遊夏於丘虔；馬守帷中，分易禮于盧鄭。如我明公薦拔，豈唯偏黨乎？』張祜曰：『虞韶九奏，非瑞馬之至音；荆玉三投，佇良工之必鑒。且鴻鐘運擊，瓦缶雷鳴，榮辱糾繩，復何定分？』祜遂行歌而邁，凝亦鼓枻而歸。二生終身偃仰，不隨鄉賦者矣。」王定保《唐摭言》卷二所記略異：「白樂天典杭州，江東進士多奔杭州取解。時張祜自負詩名，以首冠爲己任。既而徐凝後至，會郡中有宴，樂天諷二子矛盾。祜曰：『僕爲解元，宜矣。』凝曰：『君有何嘉句？』祜曰：『《甘露寺》詩有「日月光先到，山河勢盡來」，又《金山寺》詩有「樹影中流見，鐘聲兩岸聞」。』凝曰：『善則善矣，奈無野人句「千古長如白練飛，一條界破青山色」。』祜愕然不對。於是一座盡傾，凝奪之矣。」按，徐凝曾至江州，有《寄白司馬》：「爭遣江州白司馬，五年風景憶長安。」則元和末已於江州識居易。

蘇州故吏

江南故吏別來久，今日池邊識我無？不獨使君頭似雪，華亭鶴死白蓮枯。蓮、鶴皆蘇州同來。（2532）

【注】

朱《箋》：作於開成三年（八三八），洛陽。

〔不獨使君頭似雪，華亭鶴死白蓮枯〕白居易《池上篇序》（《白氏文集》卷七十）：「樂天罷杭州刺史時，得天竺石一、華亭鶴二以歸，始作西平橋，開環池路。罷蘇州刺史時，得太湖石、白蓮、折腰菱、青板舫以歸，又作中高橋通三島逕。」與此詩所記微異。

得楊湖州書頗誇撫民接賓縱酒題詩因以絶句戲之

豈獨愛民兼愛客，不唯能飲又能文。白蘋洲上春傳語，柳使君輸楊使君。（2533）

【注】

朱《箋》：作於開成三年（八三八），洛陽。

〔楊湖州〕朱《箋》：「湖州刺史楊漢公。……漢公乃虞卿弟，《新傳》以爲虞卿子，大誤。」白居易《白蘋洲五亭記》（《白氏文集》卷七一）：「至開成三年，弘農楊君爲刺史。……君名漢公，字用乂。」見本卷《和楊六尚書喜兩弟漢公轉吳興魯士賜章服命賓開宴用慶恩榮賦長句見示》（2525）注。

〔白蘋洲上春傳語，柳使君輸楊使君〕白蘋洲，見卷二四《自到郡齋僅經旬日方專公務未及宴遊偷閑走筆題二十四韻兼寄常州賈舍人湖州崔郎中仍呈吳中諸客》（1625）注。柳使君，指柳惲。

天宫閣秋晴晚望

洛城秋霽後，梵閣暮登時①。此日風烟好，今秋節候遲。霞光紅泛灩②，樹影碧參差。莫慮言歸晚，牛家有宿期。（2534）

【校】

①〔梵閣〕《唐音統籤》作「晚閣」。

②〔泛灔〕馬本、《唐音統籤》、汪本作「泛豔」。

【注】

朱《箋》：作於開成三年（八三八），洛陽。

〔天宫閣〕見卷二八《登天宫閣》(2044)注。

酬夢得暮秋晴夜對月相憶

霽月光如練，盈庭復滿池。秋深無熱後，夜淺未寒時。露葉團荒菊，風枝落病梨。相思懶相訪，應是各年衰。(2535)

【注】

朱《箋》：作於開成三年（八三八），洛陽。

同夢得和思黯見贈來詩中先叙三人同讌之歡次有歎鬢髮漸衰嫌孫子催老之意因繼妍唱兼吟鄙懷

醉伴騰騰白與劉，何朝何夕不同遊？留連燈下明猶飲，斷送樽前倒即休。催老莫嫌孫

稚長，加年須喜鬢毛秋。教他伯道爭存活，無子無孫亦白頭。（2536）

【校】

①〔題〕「繼」馬本、《唐音統籤》、汪本作「酬」。

【注】

朱《箋》：作於開成三年（八三八），洛陽。

〔教他伯道爭存活，無子無孫亦白頭〕伯道無兒，見卷十六《酬贈李煉師見招》（0991）注。

聽歌

管妙絃清歌入雲，老人合眼醉醺醺。誠知不及當年聽，猶覺聞時勝不聞。（2537）

【注】

朱《箋》：作於開成三年（八三八），洛陽。

三年冬隨事鋪設小堂寢處稍似穩暖因念衰病偶吟所懷①

小宅非全陋，中堂不甚卑。聊堪會親族，足以貯妻兒。煖帳迎冬設，熅爐向夜施。裘新青兔褐，褥軟白猿皮。似鹿眠深草，如鷄宿穩枝。逐身安枕席，隨事有屏帷。病致衰殘早，貧營活計遲。由來蠶老後，方是繭成時。（2538）

【校】

①〔題〕「似」馬本、《唐音統籤》作「以」。

【注】

汪《譜》、朱《箋》：作於開成三年（八三八），洛陽。

〔裘新青兔褐，褥軟白猿皮〕褐裘，見卷一《村居苦寒》（0046）注。

初冬即事呈夢得

青氈帳煖喜微雪，紅地爐深宜早寒。走筆小詩能和否，潑醅新酒試嘗看。僧來乞食因留宿，客到開樽便共歡。臨老交親零落盡，希君恕我取人寬。（2539）

【注】

朱《箋》：作於開成三年（八三八），洛陽。

〔走筆小詩能和否，潑醅新酒試嘗看〕潑醅，見卷三三《初冬月夜得皇甫澤州手札並詩數篇因遣報書偶題長句》

（2438）注。

自罷河南已換七尹每一入府悵然舊遊因宿內廳偶題西壁兼呈韋尹常侍①

每入河南府②，依然似到家。杯嘗七尹酒，七尹酒味不同，備嘗之矣。樹看十年花。即府中新菓園。且健須歡喜，雖衰莫歎嗟。迎門無故吏，侍坐有新娃。暖閣謀宵宴，寒庭放晚衙。主人留宿定，一任夕陽斜。（2540）

【校】

①〔題〕那波本此詩誤與《贈張處士韋山人》合，題作「自罷河南已換七尹每一入府悵然舊遊因宿內廳偶題西壁兼呈韋尹常侍並贈張處士韋山人」，脱去本詩正文。

②〔每入〕馬本、汪本作「每日」。

【注】

陳《譜》、朱《箋》：作於開成三年（八三八），洛陽。

〔自罷河南已換七尹〕岑仲勉《唐集質疑》據《舊唐書·文宗紀》考證，大和七年四月居易罷河南尹以後之七尹爲：（一）嚴休復，《文宗紀》：「（大和七年三月）丙辰，以散騎常侍嚴休復爲河南尹。」（二）王質，《文宗紀》：「（大和七年十二月)戊申，以給事中王質權知河南尹。」(三)鄭澣，《文宗紀》：「(大和八年九月)癸亥，以尚書吏部侍郎鄭澣爲河南尹。」(四)李紳，《文宗紀》：「(開成元年四月庚午朔)，以太子賓客分司東都李紳爲河南尹。……(六月)癸亥，以河南尹李紳檢校禮部尚書、汴州刺史、充宣武節度使。」自始除至遷方三月。(五)李珏，《舊唐書·李珏傳》：「開成元年四月，以太子賓客分司東都。」《文宗紀》：「(開成元年四月庚午朔)，以江州刺史李珏爲太子賓客分司。」據白居易《開成二年三月三日河南尹李待價以人和歲稔將禊於洛濱》(卷三三 2458)，珏繼紳任當在開成元年六月之後。(六)裴潾，《文宗紀》：「(開成二年三月壬辰)，以兵部侍郎裴潾爲河南尹。」(七)韋長，《文宗紀》：「(開成三年正月)丁丑，以前荆南節度使韋長爲河南尹。」

天寒晚起引酌詠懷寄許州王尚書汝州李常侍

葉覆冰池雪滿山，日高慵起未開關。寒來更亦無過醉，老後何由可得閑？四海故交唯許汝，十年貧健是樊蠻。相思莫忘櫻桃會，一放狂歌一破顔。櫻桃花時數與許、汝二君歡會甚樂。(2541)

【注】

朱《箋》：作於開成三年(八三八)，洛陽。

〔許州王尚書〕朱《箋》：「王彦威。」《舊唐書·文宗紀》：「(開成三年七月)甲子，以衛尉卿王彦威檢校禮部尚書，充忠武軍節度使。」《舊唐書·王彦威傳》：「（開成）三年七月，檢校禮部尚書代殷侑爲許州刺史、充忠武軍節度、陳許溵觀察等使。」見卷三二《路逢青州王大夫赴鎮立馬贈别》（2352）注。

〔汝州李常侍〕未詳。

〔四海故交唯許汝，十年貧健是樊蠻〕樊蠻，樊素、小蠻。白居易《不能忘情吟》（《白氏文集》卷七一）：「妓有樊素者，年二十餘，綽綽有歌舞態，善唱《楊柳》，人多以曲名名之。」孟棨《本事詩》：「白尚書姬人樊素善歌，姬人小蠻善舞，嘗爲詩曰：『櫻桃樊素口，楊柳小蠻腰。』」

四年春

柳梢黄嫩草芽新①，又入開成第四春。近日放慵多不出，少年嫌老可相親？分司吉傅頻過舍，致仕崔卿擬卜鄰。時輩推遷年事到，往還多是白頭人。（2542）

【校】

①〔黄嫩〕馬本、《唐音統籤》作「薰嫩」。

【注】

陳《譜》、汪《譜》、朱《箋》：作於開成四年（八三九），洛陽。

〔分司吉傅頻過舍，致仕崔卿擬卜鄰〕吉傅，朱《箋》：「吉皎。」本書卷三七《胡吉鄭劉盧張等六賢皆多年壽予亦次焉偶於弊居合成尚齒之會七老相顧既醉甚歡靜而思之此會稀有因成七言六韻以紀之傳好事者》(2772)後列：「衛尉卿致仕馮翊吉皎，年八十六。」崔卿，未詳。

白髮

白髮生來三十年，而今鬚鬢盡皤然。歌吟終日如狂叟，衰疾多時似瘦仙。八戒夜持香火印，三元朝念蘂珠篇①。其餘便被春收拾，不作閑遊即醉眠。(2543)

【校】

①〔三元〕馬本、《唐音統籤》作「三光」。

【注】

汪《譜》、朱《箋》：作於開成四年（八三九），洛陽。

〔八戒夜持香火印，三元朝念蘂珠篇〕八戒，八關齋戒。見卷二七《鉢塔院如大師》(1994)注。持香火印，即持手印。香火，指禮佛。手印，參見卷六《遊悟真寺詩一百三十韻》(0261)「歡喜禮印壇」注。《初學記》卷四引《玉燭寶典》：「正月爲瑞月，其一日爲元日，亦云上日，亦云正朝，亦云三元。」注：「歲之元，時之元，月之元。」蘂珠篇，見卷二二《和送劉道士遊天台》(1455)注。

追歡偶作

追歡逐樂少閑時，補帖平生得事遲。何處花開曾後看，誰家酒熟不先知？石樓月下吹蘆管，金谷風前舞柳枝。十聽春啼變鶯舌，三嫌老醜換蛾眉。樂天一過難知分，猶自咨嗟兩鬢絲。蘆管、柳枝已下，皆十年來洛中之事。（2544）

【注】

朱《箋》：作於開成四年（八三九），洛陽。

〔石樓月下吹蘆管，金谷風前舞柳枝〕石樓，見卷三一《重修香山寺畢題二十二韻以紀之》（2230）注。金谷，見卷十三《和友人洛中春感》（0620）注。本書外集《聽蘆管吹竹枝》題注：「蘆管，塞北聲也。《竹枝》，巴南曲也，合而益悲，因詠之。」《太平御覽》卷五六八引《樂府雜錄》：「《新傾杯樂》，唐宣宗善吹蘆管，自撰此曲。」《文獻通考》卷一三八：「蘆管，胡人截蘆爲之，大概與觱篥相類，出於北國。唐宣宗善吹蘆管，自製《楊柳枝》、《新傾杯》二曲。」參見卷二一《小童薛陽陶吹觱篥歌》（1407）注。柳枝，謂樊素。參見卷三五《别柳枝》（2565）注。

公垂尚書以白馬見寄光潔穩善以詩謝之

翩翩白馬稱金羈，領綴銀花尾曳絲。毛色鮮明人盡愛，性靈馴善主偏知。免將妾換慚來

處，試使奴牽欲上時。不蹶不驚行步穩，最宜山簡醉中騎。（2545）

【注】

朱《箋》：作於開成四年（八三九），洛陽。

〔公垂尚書〕朱《箋》：「李紳。」見卷三三《因夢得題公垂所寄蠟燭因寄公垂》（2452）注。

〔免將妾換慚來處，試使奴牽欲上時〕妾換，見卷二五《有小白馬乘馭多時奉使東行至稠桑驛溘然而斃足可驚傷不能忘情題二十韻》（1748）注。

〔不蹶不驚行步穩，最宜山簡醉中騎〕山簡，見卷二九《裴侍中晉公以集賢林亭即事詩二十六韻見贈猥蒙徵和才拙詞繁輒廣爲五百言以伸酬獻》（2136）注。

西樓獨立

身著白衣頭似雪，時時醉立小樓中。路人迴顧應相怪，十一年來見此翁。（2546）

【注】

朱《箋》：作於開成四年（八三九），洛陽。

書事詠懷

官俸將生計，雖貧豈敢嫌。金多輸陸賈，酒足勝陶潛。陶潛詩云：「常苦酒不足。」床暖僧敷坐，樓晴妓卷簾。日遭齋破用，每月常持十齋。春賴閏加添。是年閏正月也。老向歡彌切，狂於飲不廉。十年閑未足，亦恐涉無厭。（2547）

【注】

朱《箋》：作於開成四年（八三九），洛陽。

〔金多輸陸賈，酒足勝陶潛〕陸賈，見卷二九《裴侍中晉公以集賢林亭即事詩二十六韻見贈猥蒙徵和才拙詞繁輒廣爲五百言以伸酬獻》（2136）注。陶淵明《擬挽歌辭》：「但恨在世時，飲酒不得足。」

〔日遭齋破用，春賴閏加添〕破用，支用、占用。《太平廣記》卷四三六《盧從事》（出《河東記》）：「時通兒年少無行，被朋友相引狹邪處，破用此錢略盡。」

酬夢得比萱草見贈

來篇云：「唯君比萱草，相見可忘憂。」

杜康能散悶，萱草解忘憂。借問萱逢杜，何如白見劉？老衰勝少夭，閑樂笑忙愁。試問同年內，何人得白頭①？（2548）

【校】

①〔白頭〕馬本、《唐音統籤》作「白劉」。

【注】

朱《箋》：作於開成四年（八三九），洛陽。

〔杜康能散悶，萱草解忘憂〕杜康、萱草，見卷二六《鏡換杯》（1831）注。

問皇甫十

苦樂心由我，窮通命任他。坐傾張翰酒，行唱接輿歌。榮盛傍看好，優閑自適多。知君能斷事，勝負兩如何？（2549）

【注】

朱《箋》：作於開成四年（八三九），洛陽。

〔皇甫十〕朱《箋》：「皇甫曙。」見本卷《閑吟贈皇甫郎中親家翁》（2483）注。

〔坐傾張翰酒，行唱接輿歌〕張翰，見卷二七《偶作》（1944）注。接輿，見卷二八《吾土》（2060）注。

早春獨登天宫閣

天宫日暖閣門開，獨上迎春飲一杯。無限遊人遥怪我，緣何最老最先來？（2550）

【注】

朱《箋》：作於開成四年（八三九），洛陽。

送蘇州李使君赴郡二絶句

憶抛印綬辭吴郡，衰病當時已有餘。今日賀君兼自喜，八迴看換舊銅魚。予自罷蘇州，及兹換八刺史也。（2551）

【注】

朱《箋》：作於開成四年（八三九），洛陽。

〔蘇州李使君〕朱《箋》：「蘇州刺史李穎。」《舊唐書・文宗紀》：「（開成四年閏正月甲申朔），以蘇州刺史李道樞爲浙東觀察使。」又：「（九月辛丑），以蘇州刺史李穎爲江西觀察使。」朱《箋》：「據《白集》之編次，此詩當作於開成四年春，則此『蘇州李使君』必非李道樞。」

〔今日賀君兼自喜，八迴看換舊銅魚〕銅魚，見卷二一《九日宴集醉題郡樓兼呈周殷二判官》（1404）注。

館娃宫深春日長，館娃宫，今靈巖寺也。烏鵲橋高秋夜凉。烏鵲橋，在蘇州南門。風月不知人世變，奉君直似奉吴王。（2552）

【注】

〔館娃宮深春日長，烏鵲橋高秋夜凉〕館娃宮，見卷二一《題靈巖寺》（1409）注。烏鵲橋，見卷二四《登閶門閑望》（1628）注。

長洲曲新詞

茂苑綺羅佳麗地，女湖桃李艷陽時。心奴已死胡容老，後輩風流是阿誰？（2553）

【注】

朱《箋》：作於開成四年（八三九），洛陽。

〔長洲〕見卷十八《長洲苑》（1195）注。此詩所謂「長洲曲」，蓋即指卷十八《長洲苑》詩，而重作新詞。

〔茂苑綺羅佳麗地，女湖桃李艷陽時〕茂苑，即長洲苑。見卷十八《長洲苑》（1195）注。女湖，女墳湖。見卷二四《武丘寺路宴留別諸妓》（1700）注。

〔心奴已死胡容老，後輩風流是阿誰〕本書卷十九《寄李蘇州兼示楊瓊》（1297）：「真娘墓頭春草碧，心奴鬢上秋霜白。」又卷二一《花前歎》（1413）：「花前置酒誰相勸，容坐唱歌滿起舞。」注：「容、滿，皆妓名也。」卷二四《夜遊西武丘寺八韻》（1683）注：「容、滿、嬋、態等十妓從遊也。」

白居易詩集校注卷第三十五①

律詩　一百首②

病中詩十五首　并序

開成己未歲，余蒲柳之年六十有八。冬十月甲寅旦，始得風痺之疾，體癏目眩，左足不支，蓋老病相乘，有時而至耳③。余早棲心釋梵，浪跡老莊，因疾觀身，果有所得。何則？外形骸而内忘憂恚④，先禪觀而後順醫治。旬月以還，厥疾少間，杜門高枕，澹然安閑。吟諷興來，亦不能遏，因成十五首，題爲病中詩。且貽所知，兼用自廣。昔劉公幹病漳浦，謝康樂卧臨川，咸有篇章，抒詠其志。今引而序之者，慮不知我者或加誚焉⑤。

初病風

六十八衰翁，乘衰百疾攻⑥。朽株難免蠹，空穴易來風。肘痺宜生柳⑦，頭旋劇轉蓬。恬然不動處，虚白在胸中。（2554）

【校】

①〔卷第三十五〕那波本、金澤本爲卷六十八。紹興本此卷《答閑上人來問因何風疾》（2556）以後爲抄補。

②〔一百首〕金澤本作「凡一百首」。金澤本另行署「中大夫守太子少傅分司東都馮翊縣開國侯上柱國賜紫金魚袋白居易」。

③〔有時而至〕紹興本等無「有」字，據金澤本補。

④〔憂恚〕那波本、金澤本、管見抄本作「憂患」。

⑤〔加誚焉〕金澤本作「加誚笑焉」。

⑥〔乘衰〕金澤本作「垂衰」。〔百疾〕金澤本、汪本作「百病」。

⑦〔宜生柳〕金澤本、管見抄本作「疑生柳」。

【注】

陳《譜》、汪《譜》、朱《箋》：作於開成四年（八三九），洛陽。

〔劉公幹病漳浦〕劉公幹，劉楨。見卷十七《江州赴忠州至江陵已來舟中示舍弟五十韻》(1097)注。

〔謝康樂卧臨川〕謝康樂，謝靈運。《宋書·謝靈運傳》：「太祖知其見誣，不罪也。不欲使東歸，以爲臨川内史，加秩中二千石，在郡遊遨，不異永嘉，爲有司所糾。」

〔朽株難免蠹，空穴易來風〕宋玉《風賦》：「枳句來巢，空穴來風。」

〔肘痺宜生柳，頭旋劇轉蓬〕肘生柳，見卷二八《病眼花》(2062)注。

〔恬然不動處，虚白在胸中〕虚白，見卷一《白牡丹》(0031)注。

枕上作

風疾侵凌臨老頭，血凝筋滯不調柔。甘從此後支離卧，賴是承前爛熳遊①。迴思往事紛如夢，轉覺餘生杳若浮。浩氣自能充静室②，驚飆何必蕩虚舟？腹空先進松花酒，膝冷重裝桂布裘。若問樂天憂病否③，樂天知命了無憂。(2555)

【校】

①〔承前〕紹興本等作「從前」，據金澤本、管見抄本改。

②〔浩氣〕金澤本、管見抄本作「皓氣」。

③〔憂病否〕金澤本、管見抄本作「憂病苦」。

【注】

〔甘從此後支離卧，賴是承前爛熳遊〕支離，見卷十五《渭村酬李二十見寄》（0806）注。

〔浩氣自能充靜室，驚飈何必蕩虚舟〕虚舟，見卷五《贈吳丹》（0194）注。

〔腹空先進松花酒，膝冷重裝桂布裘〕《太平廣記》卷三九《崔希真》（出《原化記》）：「崔因命家人具之，間又獻松花酒。」吳曾《能改齋漫錄》卷六：「唐《原化記》：有老人訪崔希真，真飲以松花酒。老人云：『花澀無味。』以一丸藥投之，酒味頓美。裴鉶《傳奇》載酒名松醪春。故杜子美集載《杜員外》詩云：『松醪酒熟傍看醉。』劉長卿《送從兄之淮南》詩云：『泝沿隨桂楫，醒醉任松華。』又《至華陽洞》詩云：『蘿月延步虚，松花醉閑宴。』」又劉長卿《奉使新安自桐廬縣經嚴陵釣台宿七里灘下》：「何時故山裏，却醉松花釀。」桂布，見卷一《新製布裘》（0055）注。

〔若問樂天憂病否，樂天知命了無憂〕《易·繫辭上》：「樂天知命，故不憂。」

答閑上人來問因何風疾①

一床方丈向陽開，勞動文殊問疾來。欲界凡夫何足道，四禪天始免風災。色界四天，初禪具三災，二禪無火災，三禪無水災，四禪無風災。（2556）

【校】

①〔題〕「風疾」金澤本作「風病」。

【注】

〔閑上人〕朱《箋》：「僧清閑。」見卷二七《清閑上人》（1998）注。

〔一床方丈向陽開，勞動文殊問疾來〕《維摩經·問疾品》：「爾時佛告文殊師利：『汝行詣維摩詰問疾。』……爾時長者維摩詰心念：今文殊師利與大衆俱來，即以神力空其室内，除去所有及諸侍者，唯置一床，以疾而卧。」

〔欲界凡夫何足道，四禪天始免風災〕《大般涅槃經》卷十二：「迦葉菩薩言：世尊，彼第四禪以何因緣，風不能吹，水不能漂，火不能燒？佛告迦葉：善男子，彼第四禪内外過患一切無故。善男子，初禪過患内有覺觀，外有火災。二禪過患内有歡喜，外有水災。三禪過患内有喘息，外有風災。善男子，彼第四禪内外過患一切俱無，是故諸災不能及之。」

病中五絶①

世間生老病相隨，此事心中久自知。今日行年將七十，猶須慚愧病來遲。（2557）

【校】

①〔題〕「絶」金澤本、管見抄本、汪本作「絶句」。

方寸成灰鬢作絲，假如强健亦何爲？家無憂累身無事，正是安閑好病時。（2558）

李君墓上松應拱，元相池頭竹盡枯。多幸樂天今始病，不知合要苦治無。李、元皆予執友也。杓直長予八歲①，即世已十九年②。微之少予七年，薨已八年矣③。今予始病，得非幸乎？（2559）

【校】

①〔（注）長予八歲〕紹興本等作「少予八歲」，誤。顧校、朱《箋》有辨。今從金澤本改。

②〔（注）十九年〕紹興本等作「九年」，誤。據金澤本、管見抄本改。

③〔（注）薨已八年〕金澤本、管見抄本作「薨逝又八年」。

【注】

〔李君墓上松應拱，元相池頭竹盡枯〕李君，朱《箋》：「李建。」見卷五《寄李十一建》（0199）注。白居易《有唐善人墓碑銘》（《白氏文集》卷四一）：「長慶元年二月二十三日夜，無疾即世於長安修行里第。……春秋五十八。」朱《箋》：「據此，李建生於廣德二年甲辰，較居易早生八年。至開成四年，卒已十九年。」元相，朱《箋》：「元稹。」卒於大和五年。見卷二六《元相公挽歌詞三首》（1894）注。朱《箋》：「元稹生於大曆十四年，較居易少七歲。又大和五年至開成四年，卒已九年。白氏此詩原注云：『薨已八年矣。』則『八年』當作『九年』。」

目昏思寢即安眠，足軟妨行便坐禪。身作醫王心是藥，不勞和扁到門前。（2560）

【注】

〔身作醫王心是藥，不勞和扁到門前〕醫王，指佛、菩薩。見卷十一《不二門》(0542)注。和扁，醫和、扁鵲。《左傳》昭公元年："「晉侯求醫于秦，秦伯使醫和視之。」《韓非子·喻老》："「扁鵲見蔡桓公，立有間，扁鵲曰：『君有疾在腠理，不治將恐深。』」元稹《上門下裴相公書》："「苟有舒其胝攣置之趨走者，又安敢愛氣力、吝心髓於和扁耶？」

交親不要苦相憂，亦擬時時强出遊。但有心情何用脚，陸乘肩輿水乘舟。(2561)

送嵩客

登山臨水分無期，泉石煙霞今屬誰？君到嵩陽吟此句，與教三十六峰知①。(2562)

【校】

①〔三十六峰〕馬本作「二十六峰」，誤。

【注】

〔君到嵩陽吟此句，與教三十六峰知〕三十六峰，見卷二六《送河南尹馮學士赴任》(1828)注。

罷灸

病身佛説將何喻，變滅須臾豈不聞？莫遣淨名知我笑①，休將火艾灸浮雲。《維摩經》云：「是身如浮雲，須臾變滅也。」（2563）

【校】

①〔淨名〕紹興本作「浮名」，誤。據他本改。

②〔知我笑〕金澤本、管見抄本作「知笑我」。

【注】

〔莫遣淨名知我笑，休將火艾灸浮雲〕淨名，維摩詰。見卷二十《東院》（1325）注。《維摩經·方便品》：「是身如浮雲，須臾變滅。」

賣駱馬

五年花下醉騎行，臨賣迴頭嘶一聲。項籍顧騅猶解歎，樂天别駱豈無情？（2564）

【注】

〔賣駱馬〕見下詩注。

〔項籍顧騅猶解歎，樂天别駱豈無情〕《史記·項羽本紀》："項王則夜起，飲帳中。有美人名虞，常幸從。駿馬名騅，常騎之。於是項王乃悲歌忼慨，自爲詩曰：'力拔山兮氣蓋世，時不利兮騅不逝，騅不逝兮可奈何，虞兮虞兮奈若何？'"

别柳枝

兩枝楊柳小樓中，嫋娜多年伴醉翁。明日放歸歸去後，世間應不要春風。（2565）

【注】

〔柳枝〕朱《箋》："樊素。"白居易《不能忘情吟》（《白氏文集》卷七一）："樂天既老，又病風，乃録家事，會經費，去長物。妓有樊素者，年二十餘，綽綽有歌舞態，善唱《楊柳》，人多以曲名名之，由是名聞洛下，籍在經費中，將放之。馬有駱者，駔壯駿穩，乘之亦有年，籍在長物中，將鬻之。圉人牽馬出門，馬驤首反顧一鳴，聲音間似知去而旋戀者。素聞馬嘶，慘然立且拜，婉孌有辭，辭畢涕下。予聞素言，亦愍默不能對。且命迴勒反袂，飲素酒，自飲一杯，快吟數十聲。……吟曰：鬻駱馬兮放楊柳枝，掩翠黛兮頓金羈。馬不能言兮長鳴而却顧，楊柳枝再拜長跪而致辭。辭曰：主乘此駱五年，凡千有八百日，銜橛之下，不驚不逸。素事主十年，凡三千有六百日，巾櫛之間，無違無失。今素貌雖陋，未至衰摧。駱力猶壯，又無虺隤。即駱之力，尚可以代主一步。素之歌，亦可以送主一杯。一旦雙去，有去無迴。故素將去，其辭也苦。駱將去，其鳴也哀。此人之情也，馬之情也，豈主君獨無情哉？予俯而歎，仰而咍，且曰：駱駱爾勿嘶，素素爾勿啼。駱反廄，素反閨。吾疾雖作，年雖頹，幸未及項籍之將死，亦何必一日之内棄騅兮而别虞。乃目素曰：素兮素兮，爲我歌《楊柳枝》，我姑酌彼金罍。我與爾歸醉鄉去來。」

〔兩枝楊柳小樓中，嫋娜多年伴醉翁〕兩枝楊柳，蓋指樊素與小蠻。見卷三四《天寒晚起引酌詠懷寄許州王尚書汝州李常侍》（2541）注。本卷《對酒有懷寄李十九郎中》（2640）：「往年江外抛桃葉，去歲樓中别柳枝。」注：「樊、蠻也。」亦以「柳枝」兼指樊素、小蠻二人。胡仔《苕溪漁隱叢話》後集卷二九：「東坡云：世謂樂天有《鬻駱馬》、《放楊柳枝》詞，嘉其主老病不忍去也。然夢得有詩云：『春盡絮飛留不得，隨風好去落誰家。』樂天亦云：『病與樂天相伴住，春隨樊子一時歸。』則是樊素竟去也。」見本卷《春盡日宴罷感事獨吟》（2592）注。

就暖偶酌戲諸詩酒舊侶

低屏軟褥卧藤床，舁向前軒就日陽。一足任他爲外物，三杯自要沃中腸。頭風若見詩應愈，齒折仍誇嘯不妨①。細酌徐吟猶得在，舊遊未必便相忘。（2566）

【校】

①〔嘯不妨〕紹興本等作「笑不妨」，據金澤本改。

【注】

〔頭風若見詩應愈，齒折仍誇嘯不妨〕頭風，見卷十七《江樓夜吟元九律詩成三十韻》（1003）注。《晉書·謝鯤傳》：「鄰家高氏女有美色，鯤嘗挑之，女投梭折其兩齒。時人爲語曰：『任達不已，幼輿折齒。』鯤聞之，慠然長嘯曰：『猶不廢我嘯歌。』」

歲暮呈思黯相公皇甫朗之及夢得尚書

歲暮皤然一老夫，十分流輩九分無。莫慊身病人扶侍，猶勝無身可遣扶。（2567）

【注】

〔思黯相公〕朱《箋》：「牛僧孺。此時僧孺當已赴任襄州任所。」《舊唐書·文宗紀》：「（開成四年八月）癸亥，以左僕射牛僧孺檢校司空、同平章事，兼襄州刺史，充山南東道節度使。」

〔皇甫朗之〕朱《箋》：「皇甫曙。」見卷三四《詠懷寄皇甫朗之》（2521）注。

〔夢得尚書〕朱《箋》：「劉禹錫。」劉禹錫《子劉子自傳》：「後被足疾，改太子賓客分司東都。又改秘書監分司。一年，加檢校禮部尚書，兼太子賓客。」朱《箋》：「據禹錫《自傳》，加檢校禮部尚書當在會昌元年，然白氏此詩作於開成四年，蓋初爲賓客分司時或已加檢校尚書（非禮部）銜也。」

自解

房傳往世爲禪客，世傳房太尉前生爲禪僧①，與婁師德友善，慕其爲人，故今生有婁之遺風也。王道前生應畫師。王右丞詩云②：「宿世謬詞客③，前身應畫師。」我亦定中觀宿命，多生債負是歌詩。不然何故狂吟詠，病後多於未病時？已上病中十五首④。（2568）

【校】

①〔前生〕金澤本、管見抄本作「前身」。

②〔（注）王右丞〕馬本、《唐音統籤》作「王右丞相」，誤。

③〔（注）謬詞客〕紹興本等作「是詞客」，據金澤本、管見抄本改。

④〔（注）十五首〕紹興本作「言五首」，據他本改。

【注】

〔房傳往世爲禪客，王道前生應畫師〕《明皇雜錄》卷上：「開元中，房琯之宰盧氏也，邢真人和璞自泰山來，房琯虚心禮敬，因與攜手閑步，不覺行數十里，至夏谷村。遇一廢佛堂，松竹森映。和璞坐松下，以杖扣地，令侍者掘深數尺，得一瓶，瓶中皆是婁師德與永公書。和璞笑謂曰：『省此乎？』房遂洒然方記其爲僧時。永公即房之前身也。」王維《偶然作六首》：「老來懶賦詩，惟有老相隨。宿世謬詞客，前身應畫師。不能捨餘習，偶被世人知。名字本皆是，此心還不知。」

歲暮病懷贈夢得　時與夢得同患足疾。

十年四海故交親，零落唯殘兩病身。共遺數奇從是命，同教步蹇有何因？眠隨老減嫌長夜①，體待陽舒望早春。新藥堂前舊池上②，相過亦不要他人③。（2569）

【校】

①〔眠隨〕紹興本等作「眼隨」，據金澤本改。

②〔新藥〕紹興本等作「新樂」，據金澤本改。

③〔相過〕汪本作「相隨」。

【注】

汪《譜》、朱《箋》：作於開成四年（八三九），洛陽。

〔共遺數奇從是命，同教步蹇有何因〕《史記·李將軍列傳》：「大將軍青亦陰受上誡，以爲李廣老，數奇，毋令當單于。」謝瞻《張子房詩》：「四達雖平直，蹇步愧無良。」

雪後過集賢裴令公舊宅有感①

梁王捐館後，枚叟過門時。有淚人還泣②，無情雪不知。臺亭留盡在，賓客散何之？唯

有蕭條雁，時來下故池。（2570）

【校】

①〔題〕紹興本無「有感」二字，據他本補。

②〔有淚〕金澤本作「有感」。

【注】

朱《箋》：作於開成四年（八三九），洛陽。

〔裴令公〕朱《箋》：「裴度。」《舊唐書·裴度傳》：「（開成）四年正月，詔許還京，拜中書令。……屬上巳曲江賜宴，羣臣賦詩，度以疾不能赴。……御札及門，而度已薨，四年三月四日也。」集賢舊宅，見卷二九《裴侍中晉公以集賢林亭即事詩二十六韻見贈猥蒙徵和才拙詞繁輒廣爲五百言以伸酬獻》（2136）注。

〔梁王捐館後，枚叟過門時〕梁王、枚叟，見卷三三《裴令公席上贈別夢得》（2388）注。

酬夢得貧居詠懷見贈

歲陰生計兩蹉跎，相顧悠悠醉且歌。廚冷難留烏止屋，詩云：「瞻烏爰止，于誰之屋？」言烏多止富家之屋也。門閑可與雀張羅。病添莊舄吟聲苦，貧欠韓康藥債多。日望揮金賀新命，來篇云：「若有金揮勝二疏。」俸錢依舊又如何？時夢得罷賓客，除秘監，祿俸略同，故云。（2571）

【注】

朱《箋》：作於開成四年（八三九），洛陽。

〔厨冷難留烏止屋，門閑可與雀張羅〕《詩·小雅·正月》：「瞻烏爰止，于誰之屋？」毛傳：「富人之屋，烏所集也。」

〔病添莊舄吟聲苦，貧欠韓康藥債多〕《史記·張儀列傳》：「越人莊舄仕楚執圭，有頃而病，楚王曰：『舄故越之鄙細人也。今仕楚執圭，貴富矣，亦思越否？』中謝對曰：『凡人之思故，在其病也。彼思越則越聲，不思越則楚聲。』使人往聽之，猶尚越聲也。」《後漢書·逸民傳·韓康》：「韓康字伯休，一名恬休，京兆霸陵人。家世著姓，常采藥名山，賣于長安市，口不二價。」

酬夢得見喜疾瘳

暖卧摩綿褥，寒傾藥酒螺①。昏昏布裘底，病醉睡相和。末疾徒云爾，《傳》云：「風淫末疾。」末謂四支。餘年有幾何？須知差初介反與否②，相去較無多。（2572）

【校】

①〔寒傾〕馬本、《唐音統籤》、汪本作「晨傾」。

②〔（注）初介反〕金澤本作「音初界反」。

【注】

朱《箋》：作於開成四年(八三九)，洛陽。

〔末疾徒云爾，餘年有幾何〕《左傳》昭公元年：「陽淫熱疾，風淫末疾。」杜預注：「末，四支也。」

〔須知差與否，相去較無多〕差，病除。《類篇》卷十四：「差，……又初皆切，又楚懈切，瘉也。」《廣韻》去聲十五卦：「差，病除也。楚解切。又楚宜、楚皆、初牙三切。」

夜聞箏中彈瀟湘送神曲感舊

縹緲巫山女，歸來七八年，殷勤湘水曲，留在十三絃。苦調吟還出，深情咽不傳。萬重雲水思①，今夜月明前。(2573)

【校】

①〔雲水〕金澤本作「雲雨」。

【注】

朱《箋》：作於開成四年(八三九)，洛陽。

〔瀟湘送神曲〕劉禹錫有《瀟湘神二首》：「湘水流，湘水流，九疑雲物至今愁。君問二妃何處所，零陵香草露中秋。」又：「斑竹枝，斑竹枝，淚痕點點寄相思。楚客欲聽瑤瑟怨，瀟湘深夜月明時。」《樂府詩集》卷八二收入近代曲辭。二首蓋分別爲送神、迎神曲。李嘉祐《夜聞江南人家賽神因題即事》：「聽此迎神送神曲，攜觴欲吊屈原祠。」李希仲《東皇太一詞》：「迴波送神曲，雲雨滿瀟湘。」劉禹錫《浪淘沙》：「流水淘沙不暫停，前波未滅後波生。令人忽憶瀟湘渚，回唱迎神三兩聲。」

感蘇州舊舫①

畫梁朽折紅窗破，獨立池邊盡日看。守得蘇州船舫爛，此身爭合不衰殘？（2574）

【校】

①〔題〕「舫」金澤本作「舫子」。

【注】

朱《箋》：作於開成四年（八三九），洛陽。

〔蘇州舊舫〕參見卷二一《問江南物》（1926）注。

感舊石上字

閑撥船行尋舊池，幽情往事復誰知？太湖石上鐫三字，十五年前陳結之。（2575）

【注】

朱《箋》：作於開成四年（八三九），洛陽。

〔太湖石上鐫三字，十五年前陳結之〕陳結之，見卷二六《結之》（1898）注。

見敏中初到邠寧秋日登城樓詩詩中頗多鄉思因以寄和　從殿中侍御史出副邠寧。

想爾到邊頭，蕭條正值秋。二年貧御史，八月古邠州。絲管聞雖樂，風沙見亦愁。望鄉心若苦，不用數登樓。（2576）

【注】

朱《箋》：作於開成四年（八三九），洛陽。

〔敏中〕朱《箋》：「白敏中。」見卷二五《送敏中歸豳寧幕》（1801）注。《新唐書·白敏中傳》：「遷右拾遺，改殿中侍御史，爲符澈邠寧副使。澈卒，以能政聞，御史中丞高元裕薦爲侍御史，再轉左司員外郎。」《舊唐書·文宗紀》：「（開成四年）六月辛亥朔，以長武城使苻澈爲邠寧節度使。」朱《箋》：「敏中出副邠寧當亦在是年六月之後。」

〔二年貧御史，八月古邠州〕邠州，即豳州。見卷二五《送敏中歸豳寧幕》（1801）注。

齋戒

每因齋戒斷葷腥①，漸覺塵勞染愛輕。六賊定知無氣色，三尸應恨少恩情。酒魔降伏終須盡，詩債填還亦欲平。從此始堪爲弟子，竺乾師事古先生②。（2577）

【校】

①〔每因〕馬本、《唐音統籤》作「每日」。

②〔師事〕紹興本等作「師是」，據金澤本改。

【注】

朱《箋》：作於開成四年（八三九），洛陽。

〔每因齋戒斷葷腥，漸覺塵勞染愛輕〕染愛，愛欲。《過去現在因果經》卷三：「衆生之始，始於冥初。從於冥初，起於我慢。從於我慢，生於癡心。從於癡心，生於染愛。從於染愛，生五微塵氣。從五微塵氣，生於五大。從於五大，生貪欲瞋恚等諸煩惱。於是流轉生老病死憂悲苦惱。」

〔六賊定知無氣色，三尸應恨少恩情〕六賊，六塵。北本《大般涅槃經》卷二三：「六大賊者，即六外塵。菩薩摩訶薩觀此六塵如六大賊。何以故？能劫一切諸善法故。如六大賊能劫一切人民財寶，是六塵賊亦復如是，能劫一切衆生善財。」《王梵志詩校注》一四四首：「六賊俱爲患，心賊最爲災。」三尸，見卷十九《不睡》（1300）注。

〔從此始堪爲弟子，竺乾師事古先生〕竺乾古先生，見卷三四《酬夢得以予五月長齋延僧徒絶賓友見戲十韻》（2503）注。

戲贈禮經老僧①

香火一爐燈一盞，白頭夜禮佛名經②。何年飲著聲聞酒，直到如今醉未醒③？（2578）

【校】

①〔題〕紹興本等無「贈」字，據金澤本補。

②〔白頭〕紹興本作「回頭」，據他本改。

③〔醉未醒〕金澤本作「老未醒」。

【注】

朱《箋》：作於開成四年（八三九），洛陽。

〔香火一爐燈一盞，白頭夜禮佛名經〕佛名經，有菩提流支譯《佛説佛名經》、失譯《十方千五百佛名經》等。《佛説佛名經》：「若能傳此諸佛名經，夢安覺歡，不畏縣官，水火盜賊怨家債主自然避去，鬼神羅刹妖魅魍魎薜荔厭鬼皆不敢當。若入山陵溪谷壙路，抄賊劫掠自然不現，師子虎狼熊羆蛇虺悉自縮藏。」

〔何年飲著聲聞酒，直到如今醉未醒〕聲聞，聲聞乘。按，此詩采入《祖堂集》，文字稍異。《祖堂集》卷三鳥窠和尚：「師問白舍人：『汝是白家不？』舍人稱名白家易。師曰：『汝阿爺姓什摩？』舍人無對。舍人歸京，入寺遊戲，見僧念經，便問：『甲子多少？』對曰：『八十五。』進曰：『念經得幾年？』對曰：『六十年。』舍人云：『大奇，大奇！雖然如此，出家自有本分事。作麼生是和尚本分事？』僧無對。舍人因此詩曰：空門有路不知處，頭白齒黃猶念經。何年飲著聲聞酒，迄至如今醉未醒。」

近見慕巢尚書詩中屢有歎老思退之意又於洛下新置郊居然寵寄方深歸心太速因以長句戲而諭之①

近見詩中歎白鬚②，遥知閫外憶東都。煙霞偷眼窺來久，富貴粘身擺得無？新置林園猶濩落，未終婚嫁且踟躕。應須待到懸車歲，然可東歸伴老夫③。（2579）

【校】

①〔題〕「太速」馬本、《唐音統籤》、汪本作「大速」。

②〔白鬚〕馬本、《唐音統籤》作「白髮」。

③〔然可〕馬本、《唐音統籤》、汪本作「然後」。

【注】

朱《箋》：作於開成四年（八一九），洛陽。

〔慕巢尚書〕朱《箋》：「楊汝士。」見卷三四《和東川楊慕巢尚書府中獨坐感戚在懷見寄十四韻》（2480）注。

〔應須待到懸車歲，然可東歸伴老夫〕然可，即然後才可以。《太平廣記》卷五四《薛逢》（出《神仙感遇傳》）：「得食之者，亦須累積陰功，天挺仙骨，然可上登仙品。」卷五百《京都儒士》（出《原化記》）：「座中有一儒士自媒曰：『若言膽氣，余實有之。』衆人笑曰：『必須試，然可信之。』」

對鏡偶吟贈張道士抱元

閑來對鏡自思量，年貌衰殘分所當①。白髮萬莖何所怪②，丹砂一粒不曾嘗。眼昏久被書料理，肺渴多因酒損傷。今日逢師雖已晚，枕中治老有何方？（2580）

【校】

①〔年貌〕那波本作「年自」。

②〔何所怪〕金澤本作「何足怪」。

【注】

朱《箋》：作於開成四年（八三九），洛陽。

〔張道士抱元〕朱《箋》：「應即卷三六《閑題家池寄王屋張道士》（2680）、《病中數會張道士見譏以此答之》（2713）兩詩中之張道士。」

病入新正

枕上驚新歲，花前念舊歡。是身老所逼，非意病相干。風月情猶在，杯觴興又闌①。便休心未伏，更試一春看。（2581）

【校】

①〔興又闌〕那波本、馬本、《唐音統籤》、汪本、金澤本作「興漸闌」。

【注】

朱《箋》：作於開成五年（八四零），洛陽。

卧疾來早晚

卧疾來早晚，懸懸將十旬①。婢能尋本草，犬不吠醫人。酒甕全生䤆，歌筵半委塵。風光還欲好，爭向枕前春？（2582）

【校】

〔懸懸〕金澤本作「緜緜」。

【注】

朱《箋》：作於開成五年（八四〇），洛陽。

〔卧疾來早晚，懸懸將十旬〕王建《思遠人》：「妾思常懸懸，君行復綿綿。」劉言史《苦婦詞》：「槁葶無一枝，冷氣兩懸懸。」

〔酒甕全生醭，歌筵半委塵〕顧况《焙茶塢》：「新茶已上焙，舊架憂生醭。」《類篇》卷四二：「醭，博木切。酒上白。」方以智《通雅》卷四九：「醭，普木切，酒上白也。至今通呼之。」

强起迎春戲贈思黯①

杖策人扶廢病身②，晴和强起一迎春。他時蹇跛縱行得，笑殺平原樓上人。（2583）

【校】

①〔題〕「贈」那波本、金澤本、馬本、《唐音統籤》、汪本作「寄」。

②〔廢病〕金澤本作「病廢」。

【注】

陳《譜》、朱《箋》：作於開成五年（八四〇），洛陽。

〔思黯〕朱《箋》：「牛僧孺。」見本卷《歲暮呈思黯相公皇甫朗之及夢得尚書》（2567）注。

〔他時蹇跛縱行得，笑殺平原樓上人〕《史記·平原君虞卿列傳》：「平原君家樓臨民家，民家有躄者，槃散行汲，平原君美人居樓上，臨見，大笑之。」

夢得前所酬篇有煉盡美少年之句因思往事兼詠今懷重以長句答之①

煉盡少年成白首②，憶初相識到今朝。昔饒春桂長先折，今伴寒松最後凋③。昔登科第，夢得多居先④。今同暮年，洛下爲老伴。生事縱貧猶可過，風情雖老未全銷。聲華寵命人皆得，若箇如君歷七朝？夢得貞元中御史⑤，及今凡仕七朝也⑥。（2584）

【校】

①〔題〕「煉盡」金澤本作「練盡當時」，「答之」金澤本作「奉答之」。

②〔煉盡〕金澤本作「練得」。

③〔最後〕馬本、《唐音統籤》、汪本作「取後」。

④〔（注）多居先〕紹興本三字空，據金澤本、馬本、《唐音統籤》、汪本補。

⑤〔（注）貞元中御史〕紹興本等無「御史」二字，據金澤本補。

⑥〔（注）仕七朝也〕金澤本作「事七朝」。

【注】

朱《箋》：作於開成五年（八四〇），洛陽。

〔聲華寵命人皆得，若箇如君歷七朝〕《舊唐書·劉禹錫傳》：「禹錫貞元九年擢進士第，又登宏辭科。禹錫精於古文，善五言詩，今體文章復多才麗。從事淮南節度使杜佑幕，典記室，尤加禮異。從佑入朝，爲監察御史。」若箇，哪個。《舊唐書·李巨傳》：「不知若箇軍將能與相公手打賊乎？」

病後寒食①

故紗絳帳舊青氈，藥酒醺醺引醉眠。斗藪弊袍春暖後②，摩挲病脚日陽前。行無筋力尋山水，坐少精神聽管絃③。抛擲風光負寒食，曾來未省似今年。（2585）

【校】

①〔題〕紹興本無「寒食」二字，據他本補。

②〔春暖〕紹興本等作「春晚」，據金澤本改。

③〔精神〕金澤本作「心情」。

【注】

朱《箋》：作於開成五年（八四〇），洛陽。

〔抛擲風光負寒食，曾來未省似今年〕未省，未曾。見卷十五《放言五首》之四（0890）注。

老病相仍以詩自解

榮枯憂喜與彭殤，都似人間戲一場。蟲臂鼠肝猶不怪，雞膚鶴髮復何傷？昨因風廢甘長往①，今遇陽和又小康。春暖來，風痺稍退也。還似遠行裝束了，遲迴且住亦何妨②。

（2586）

【校】

①〔風廢〕紹興本等作「風發」，據金澤本改。

②〔何妨〕金澤本作「無妨」。

【注】

朱《箋》：作於開成五年（八四〇），洛陽。

〔榮枯憂喜與彭殤，都似人間戲一場〕彭殤，見卷五《贈王山人》（0203）注。

〔蟲臂鼠肝猶不怪，雞膚鶴髮復何傷〕《莊子·大宗師》：「偉哉造化，又將奚以汝爲？將奚以汝適？以汝爲鼠肝乎？以汝爲蟲臂乎？」《釋文》：「鼠肝，向云：委棄土壤而已。王云：取微蔑至賤。」《後漢書·吳良傳》贊：「大儀鵠髮，見表憲王。」李賢注：「鵠髮，白髮也。」庾信《竹杖賦》：「噫！子老矣。鶴髮雞皮，蓬頭歷齒。」

皇甫郎中親家翁赴任絳州宴送出城贈別

慕賢入室交先定，結援通家好復成。新婦不嫌貧活計，嬌孫同慰老心情。洛橋歌酒今朝散，絳路風煙幾日行？欲識離羣相戀意，爲君扶病出都城①。（2587）

【校】

①〔爲君〕金澤本作「送君」。

【注】

朱《箋》：作於開成五年（八四〇），洛陽。

〔皇甫郎中親家〕朱《箋》：「皇甫曙。……據卷三四《閑吟贈皇甫郎中親家翁》（2483）、《早春持齋答皇甫十見贈》（2499）等詩及《劉集》卷二八《送河南皇甫少尹赴絳州》詩，則曙開成二年前後自澤州刺史遷河南少尹，開成五年春又自河南少尹遷絳州刺史。」

春暖

風痺宜和暖，春來脚校輕。鶯留花下立，鶴引水邊行。髮少嫌巾重，顔衰訝鏡明。不論親與故，自亦昧平生。（2588）

【注】

朱《箋》：作於開成五年（八四〇），洛陽。

殘春晚起伴客笑談

掩户下簾朝睡足，一聲黄鳥報殘春。披衣岸幘日高起，兩角青衣扶老身①。策杖强行過里巷，引杯閑酌伴親賓。莫言病後妨談笑②，猶恐多於不病人。（2589）

【校】

①〔兩角〕金澤本作「二小」。

②〔莫言〕汪本作「莫嫌」。

【注】

朱《箋》：作於開成五年（八四〇），洛陽。

〔披衣岸幘日高起，兩角青衣扶老身〕岸幘，見卷三三《喜與楊六侍郎同宿》（2406）注。

送唐州崔使君侍親赴任

連持使節歷專城，獨賀崔侯最慶榮①。烏府一拋霜簡去，朱輪四從板輿行。崔郎中從殿中連典四郡②，皆侍親赴任③。發時正許沙鷗送④，到日方乘竹馬迎⑤。唯慮郡齋賓友少，數杯春酒共誰傾⑥？（2590）

【校】

①〔慶榮〕金澤本作「後榮」。

②〔（注）崔郎中〕金澤本作「崔君」。

③〔（注）侍親〕金澤本作「侍從」。

④〔正許〕金澤本作「温水」。平岡校：「温水謂洛陽。」

⑤〔方乘〕金澤本作「方城」。平岡校：「方城謂唐州。」「乘」《文苑英華》校：「集作兼。」

⑥〔數杯〕金澤本、《文苑英華》作「一杯」。「一」《文苑英華》校：「集作數。」

【注】

朱《箋》：作於開成五年（八四〇），洛陽。

〔唐州崔使君〕名未詳。劉禹錫《洛中送崔司業使君扶持赴唐州》：「綠野方城路，殘春柳絮飛。」朱《箋》：「當即其人。」《舊唐書·地理志二》山南東道：「唐州上，隋淮安郡。……天寶元年，改爲淮安郡。乾元元年，復爲唐州。舊屬河南道，至德後，割屬山南東道。」

〔烏府一抛霜簡去，朱輪四從板輿行〕烏府，御史臺。見卷十三《代書詩一百韻寄微之》（0604）注。板輿，又作版輿。潘岳《閑居賦》：「太夫人乃御版輿，升輕軒，遠覽王畿，近周家園。」《文選》李善注：「版輿，車名。……一名步輿。周遷《輿服雜事記》曰：步輿，方四尺，素木爲之，以皮爲襻搁之，自天子至庶人通得乘之。」岑參《酬成少尹駱谷行見呈》：「榮祿上及親，之官隨板輿。」

〔發時正許沙鷗送，到日方乘竹馬迎〕竹馬，見卷二五《贈楚州郭使君》（1721）注。

春晚詠懷贈皇甫朗之

豔陽時節又蹉跎，遲暮光陰復若何？一歲中分春日少①，百年通計老時多。多中更被愁牽引，少處兼遭病折磨②。賴有銷憂治悶藥，君家醲酎我狂歌。（2591）

【校】

①〔中分〕盧校、何校、《全唐詩》作「平分」。〔春日〕金澤本作「春月」。

②〔少處〕那波本、馬本、《唐音統籤》、汪本作「少裹」，金澤本作「少内」。

【注】

朱《箋》：作於開成五年（八四〇），洛陽。

〔皇甫朗之〕朱《箋》：「皇甫曙。」見卷三四《詠懷寄皇甫朗之》（2521）注。

春盡日宴罷感事獨吟　開成五年三月三十日作。

五年三月今朝盡，客散筵空獨掩扉。病共樂天相伴住①，春隨樊子一時歸。閑聽鶯語移時立，思逐楊花觸處飛。金帶縋腰衫委地，年年衰瘦不勝衣。（2592）

【校】

①〔病共〕那波本作「病與」。

【注】

汪《譜》、朱《箋》：作於開成五年（八四〇），洛陽。

〔病共樂天相伴住，春隨樊子一時歸〕朱《箋》：「樊子即居易家妓樊素。」見本卷《別柳枝》（2565）注。

病中辱崔宣城長句見寄兼有觥綺之贈因以四韻總而謝之

劉楨病發經春卧，謝朓詩來盡日吟②。三道舊誇收片玉，昔予考制策，崔君登科也。一章新喜獲雙金。信題霞綺緘情重，酒試銀觥表分深。科第門生滿霄漢，歲寒少得似君心。（2593）

【校】

①〔題〕「謝」那波本、金澤本、馬本、《唐音統籤》、汪本作「酬」。

②〔謝朓〕紹興本作「謝眺」，據汪本改。

【注】

朱《箋》：作於開成五年（八四〇），洛陽。

〔崔宣城〕朱《箋》：「崔龜從。」見卷二九《履信池櫻桃島上醉後走筆送別舒員外兼寄宗正李卿考功崔郎中》（2118）注。《舊唐書·文宗紀》：「（開成四年三月癸酉），以户部侍郎崔龜從爲宣歙觀察使，代崔鄲。」崔龜從長慶元年賢良方正能言極諫科登科，時居易爲制策考官。見徐松《登科記考》卷十九。

〔劉楨病發經春卧，謝朓詩來盡日吟〕劉楨，見卷十七《江州赴忠州至江陵已來舟中示舍弟五十韻》（1097）注。

前有别柳枝絶句夢得繼和云春盡絮飛留不得隨風好去落誰家又復戲答①

柳老春深日又斜，任他飛向别人家。誰能更學孩童戲，尋逐春風捉柳花②？（2594）

【校】

①〔題〕「柳枝」馬本、《唐音統籤》作「楊柳枝」。

②〔尋逐〕金澤本作「尋趁」。

【注】

汪《譜》、朱《箋》：作於開成五年（八四〇），洛陽。

〔春盡絮飛留不得，隨風好去落誰家〕二句見劉禹錫《楊柳枝詞九首》之九。

池上早夏

水積春塘晚，陰交夏木繁。舟船如野渡，籬落似江村。静拂琴牀席，香開酒庫門。慵閑無一事，時弄小嬌孫。（2595）

【注】

朱《箋》：作於開成五年（八四〇），洛陽。

談氏外孫生三日喜是男偶吟成篇兼戲呈夢得①

玉牙珠顆小男兒，羅薦蘭湯浴罷時。芣苢春來盈女手，梧桐老去長孫枝。慶傳媒氏燕先賀②，喜報談家烏預知。明日貧翁具雞黍，應須酬賽引雛詩。前年談氏外孫女初生③，夢得有賀詩云：「從此引鵷雛。」今幸是男，前言似有徵，故云④。（2596）

【校】

①〔題〕「成」馬本、《唐音統籤》作「詩」。

②〔媒氏〕金澤本作「禖氏」。

③〔（注）外孫女〕金澤本作「外女孫」。

④〔（注）故云〕金澤本作「故戲之耳」。

【注】

朱《箋》：作於開成五年（八四〇），洛陽。

〔談氏外孫〕本書卷三六有《談氏小外孫玉童》（2743）。參見《小歲日喜談氏外孫女孩滿月》（2482）注。

〔玉牙珠顆小男兒，羅薦蘭湯浴罷時〕見卷二三《崔侍御以孩子三日示其所生詩見示因以二絶和之》(1606)注。

〔芣苢春來盈女手，梧桐老去長孫枝〕《詩·周南·芣苢》序：「后妃之美也。和平則婦人樂有子矣。」詩：「采采芣苢，薄言采之。」毛傳：「芣苢，馬舄。馬舄，車前也，宜懷任焉。」嵇康《琴賦》：「椅桐之所生，託峻嶽之崇岡。……乃斲孫枝，准量所任。」

〔慶傳媒氏燕先賀，喜報談家烏預知〕烏報喜，參見卷十《答元郎中楊員外喜烏見寄》(0521)注。

〔明日貧翁具雞黍，應須酬賽引雛詩〕酬賽，酬答，酬謝。賽，報賽。見卷三一《偶以拙詩數首寄呈裴侍郎蒙以盛製四篇一時酬和重投長句美而謝之》(2197)注。《續資治通鑑長編》卷一三二：「蕃族之情，最重酬賽。」

開成大行皇帝挽歌詞四首奉敕撰進①

御宇恢皇化，傳家叶至公。華夷臣妾内，堯舜弟兄中。制度移氓俗②，文章變國風。開成與貞觀，實録事多同。(2597)

【校】

①〔題〕「四首」金澤本作「三首」，平岡校：「謂五言三首。」

②〔氓俗〕馬本、《唐音統籤》、汪本作「民俗」。

【注】

朱《箋》：作於開成五年(八四〇)，洛陽。

〔華夷臣妾內，堯舜弟兄中〕《舊唐書·文宗紀》：「（開成五年春正月）辛巳，上崩於大明宮之太和殿，享壽三十三。羣臣謚曰元聖昭獻皇帝，廟號文宗。」敬宗李湛爲穆宗長子，文宗李昂爲穆宗第二子。「堯舜弟兄」指此。

晏駕辭雙闕，靈儀出九衢。上雲歸碧落①，下席葬蒼梧。蓂晚餘堯曆，龜新啓夏圖。三朝聯棣萼，從古帝王無。（2598）

【校】

①〔上雲〕金澤本作「上僊」。

【注】

〔上雲歸碧落，下席葬蒼梧〕碧落，見卷十二《長恨歌》（0593）注。《史記·五帝本紀》：「（舜）踐帝位三十九年，南巡狩，崩於蒼梧之野，葬於江南九疑，是爲零陵。」

〔蓂晚餘堯曆，龜新啓夏圖〕《藝文類聚》卷四引《帝王世紀》：「堯有草夾階而生，每月朔生一莢，月半則生十五莢，自十六日一莢落，至月晦而盡，月小則餘一莢，厭而不落。以爲瑞草，名爲蓂莢，一名曆莢。」《易·繫辭上》：「河出圖，洛出書，聖人則之。」孔穎達疏：「如鄭康成之義，則《春秋緯》云：河以通乾出天苞，洛以流坤吐地符。河龍圖發，洛龜書感。《河圖》有九篇，《洛書》有六篇。孔安國以爲《河圖》則八卦是也，《洛書》則九疇是也。」《漢書·五行志》：「禹治洪水，賜《雒書》，法而陳之，《洪範》是也。」

〔三朝聯棣萼，從古帝王無〕棣萼，見卷十八《棣華驛見楊八題夢兄弟詩》（1173）注。武宗李炎爲穆宗第五子，與敬宗、文宗同爲兄弟。詩言此。

嚴恭七月禮，哀慟萬人心。地感騰秋氣①，天愁結夕陰。鼎湖龍漸遠，濛汜日初沉。唯有雲韶樂，長留治世音②。（2599）

【校】

①〔騰秋氣〕紹興本等作「勝秋氣」，據金澤本改。

②〔治世〕金澤本作「理代」。

【注】

〔鼎湖龍漸遠，濛汜日初沉〕鼎湖，見卷十八《德宗皇帝挽歌詞四首》之二(1178)注。《楚辭·天問》：「出自湯谷，次於蒙汜。」王逸注：「言日出東方湯谷之中，暮入西極蒙水之汜。」蒙汜，又作濛汜。

〔唯有雲韶樂，長留治世音〕見卷三四《夢得相過援琴命酒因彈秋思偶詠所懷兼寄繼之待價二相府》(2527)注。

化成同軌表清平，恩結連枝感聖明。帝與九齡雖吉夢，山呼萬歲是虛聲。月低儀仗辭蘭路，風引笳簫入柏城。老病龍髯攀不及，東周退傅最傷情。（2600）

【校】

〔題〕金澤本題「又一首七言」。

【注】

〔帝與九齡雖吉夢，山呼萬歲是虛聲〕《禮記·文王世子》：「文王問武王曰：『女何夢矣？』武王對曰：『夢帝與我九齡。』文王曰：『女以爲何也？』武王曰：『西方有九國焉，君王其終撫諸？』文王曰：『非也。古者謂年齡，齒亦齡也。我百，爾九十，吾與爾三焉。』文王九十七乃終，武王九十三而終。」《後漢書·李固傳》：「聞已渡伊洛，近在萬歲亭。」李賢注：「萬歲亭在今洛州故嵩陽縣西北。武帝元封元年，幸緱氏，登太室，聞山上呼萬歲聲者三，因以名焉。」《漢武帝内傳》：「至太始三年五月，行幸東海，山稱萬歲。」《唐會要》卷七封禪：「乾封元年正月戊辰朔，有事于泰山。……覩以紫雲、仙鶴、萬歲爲稱，……以祀日各有雲鶴及山呼萬歲之瑞故也。」

〔月低儀仗辭蘭路，風引笳簫入柏城〕謝莊《月賦》：「乃清蘭路，肅桂苑。」《文選》李善注：「蘭路，有蘭之路。《楚辭》曰：皋蘭被徑。王逸曰：徑，路也。」柏城，見卷四《陵園妾》(0159)注。

〔老病龍髯攀不及，東周退傅最傷情〕龍髯，見卷十八《德宗皇帝挽歌詞四首》之二(1178)注。東周，洛陽。《史記·周本紀》正義：「是爲東周，古洛陽城也。……《輿地志》云：以周地在王城東，故曰東周。敬王避子朝亂，自洛邑東居此。」

時熱少見客因詠所懷①

冠櫛心多懶，逢迎興漸微。況當時熱甚②，幸遇客來稀。濕洒池邊地，凉開竹下扉。露牀青篾簟，風架白蕉衣。院静留僧宿，樓空放妓歸。衰殘强歡宴，此事久知非。(2601)

【校】

①〔題〕金澤本、馬本無「見」字。

②〔熱甚〕馬本作「甚熱」。

【注】

朱《箋》：作於開成五年（八四〇），洛陽。

〔露牀青篾簟，風架白蕉衣〕蕉衣，見卷六《秋遊原上》（0244）注。

宣州崔大夫閣老忽以近詩數十首見示吟諷之下竊有所喜因成長句寄贈郡齋①

謝玄暉殁吟聲寝，郡閣寥寥筆硯閑。無復新詩題壁上，虚教遠岫列窗間。謝宣城《郡内》詩云：「窗中列遠岫。」忽驚歌雪今朝至，必恐文星昨夜還。再喜宣城章句動，飛觴遥賀敬亭山。謝又有《題敬亭山》詩，並見《文選》中。（2602）

【校】

①〔題〕「寄贈」那波本、汪本作「寄題」。

【注】

朱《箋》： 作於開成五年（八四〇），洛陽。

〔宣州崔大夫閣老〕朱《箋》： 「宣歙觀察使崔龜從。」見本卷《病中辱崔宣城長句見寄兼有觥綺之贈因以四韻總而謝之》（2593）注。

〔無復新詩題壁上，虛教遠岫列窗間〕謝朓《郡内高齋閑坐答吕法曹》： 「窗中列遠岫，庭際俯喬林。」收入《文選》卷二六。

〔再喜宣城章句動，飛觴遥賀敬亭山〕《文選》卷二七謝朓《敬亭山詩》李善注： 「《宣城郡圖經》曰： 敬亭山，宣城縣北十里。」

足疾

足疾無加亦不瘳，綿春歷夏復經秋。開顔且酌樽中酒，代步多乘池上舟。幸有眼前衣食在，兼無身後子孫憂。應須學取陶彭澤，但委心形任去留。（2603）

【注】

朱《箋》： 作於開成五年（八四〇），洛陽。

〔足疾無加亦不瘳，綿春歷夏復經秋〕《左傳》昭公七年： 「寡君寢疾，於今三月矣。並走羣望，有加而無瘳。」

〔應須學取陶彭澤，但委心形任去留〕陶淵明《歸去來兮辭》：「寓形宇内復幾時，何不委心任去留。」

晚池汎舟遇景成詠贈吕處士①

岸淺橋平池面寬，飄然輕棹汎澄瀾。風宜扇引開懷入，樹愛舟行仰卧看。别悲列反境客稀知不易，能詩人少詠應難。唯憐吕叟時相伴，同把磻溪舊釣竿。（2604）

【校】

①〔題〕「晚池」紹興本作「池晚」，「遇景」金澤本作「遇境」。

【注】

朱《箋》：作於開成五年（八四〇），洛陽。

〔别境客稀知不易，能詩人少詠應難〕《廣韻》入聲十七薛：「别，皮列切。異也，離也，解也。……又彼列切。」此爲識别義。

〔唯憐吕叟時相伴，同把磻溪舊釣竿〕《宋書·符瑞志》：「（周文王）至于磻溪之水，吕尚釣於涯。」

夢微之

夜來攜手夢同遊，晨起盈巾淚莫收①。漳浦老身三度病，咸陽宿草八迴秋②。君埋泉下

泥銷骨，我寄人間雪滿頭。阿衛韓郎相次去，夜臺茫昧得知不？阿衛，微之小男。韓郎，微之愛婿。（2605）

【校】

①〔莫收〕金澤本作「未收」。

②〔宿草〕《全唐詩》作「草樹」。

【注】

朱《箋》：作於開成五年（八四〇），洛陽。

〔漳浦老身三度病，咸陽宿草八迴秋〕漳浦，見卷十七《江州赴忠州至江陵已來舟中示舍弟五十韻》（1097）注。元稹卒於大和五年，見卷二六《元相公挽歌詞三首》（1894）注。大和五年至開成四年，即已屆九秋。然本卷《病中五絶》之三（2559）注亦云：「微之少予七年，薨已八年矣。」詩蓋籠統言之。

〔阿衛韓郎相次去，夜臺茫昧得知不〕白居易《元稹墓誌銘》（《白氏文集》卷七十）：「今夫人裴氏……生三女，曰小迎，未笄。道衛、道扶，齠齔。一子曰道護，三歲。」朱《箋》疑阿衛即道衛，注中「小男」或爲「小女」之訛。又疑韓郎爲韓泰之子。夜臺，見卷二一《憶舊遊》（1450）注。

感秋詠意①

炎涼遷次速如飛，又脱生衣著熟衣。遶壁暗蛩無限思，戀巢寒燕未能歸。須知流輩年年

失，莫歎衰容日日非。舊語相傳聊自慰，世間七十老人稀。（2606）

【校】

①〔題〕「意」金澤本作「懷」。

【注】

汪《譜》、朱《箋》：作於會昌元年（八四一），洛陽。

〔炎涼遷次速如飛，又脱生衣著熟衣〕生衣、熟衣，見卷十五《寄生衣與微之因題封上》（0843）、卷二三《小院酒醒》（1578）注。

〔舊語相傳聊自慰，世間七十老人稀〕見卷五《感時》（0175）注。

老病幽獨偶吟所懷

眼漸昏昏耳漸聾，滿頭霜雪半身風。已將心出浮雲外，《維摩經》云：「是身如浮雲也。」猶寄形於逆旅中。觴詠罷來賓閤閉，笙歌散後妓房空。世緣俗念消除盡，別是人間清淨翁。（2607）

【注】

朱《箋》：作於開成五年（八四〇），洛陽。

〔已將心出浮雲外，猶寄形於逆旅中〕浮雲，見本卷《罷灸》(2563)注。逆旅，見卷四《杏爲梁》(0161)注。

和楊尚書罷相後夏日遊永安水亭兼招本曹楊侍郎同行

道行無喜退無憂，舒卷如雲得自由①。良治動時爲哲匠，巨川濟了作虛舟。竹亭陰合偏宜夏，水檻風涼不待秋。遥愛翩翩雙紫鳳，入同官署出同遊。(2608)

【校】

①〔得自由〕金澤本作「心自由」。

【注】

朱《箋》：作於開成五年（八四〇），洛陽。

〔楊尚書〕朱《箋》：「楊嗣復。」《舊唐書·武宗紀》：「開成五年八月十七日，葬文宗皇帝于章陵。知樞密劉弘逸、薛季稜率禁軍護靈駕至陵所，二人素爲文宗奬遇，仇士良惡之，心不自安，因是掌兵，欲倒戈誅士良、弘志。鹵簿使兵部尚書王起、山陵使崔稜覺其謀，先諭鹵簿諸軍。是日弘逸、季稜伏誅。門下侍郎、同平章事楊嗣復檢校吏部尚書、潭州刺史，充湖南都團練觀察使。中書侍郎、司平章事李珏檢校兵部尚書、桂州刺史，充桂管防禦觀察等使，御史中丞裴夷直爲杭州刺史，皆坐弘逸、季稜黨也。」朱《箋》：「據此詩則嗣復罷相當在是年夏。」

〔永安水亭〕《長安志》卷十二長安縣：「永安渠，隋文帝開皇三年開。在縣南，引交水西北入城，經西市入苑。沉水自南入焉。有福堰，下分爲二水，流一里，一水合交水，一水西流，又東流爲灃越，沉水上過。名永安瀆。」

〔本曹楊侍郎〕朱《箋》：「楊汝士。」《舊唐書・楊汝士傳》：「（開成）四年九月，入爲吏部侍郎。」朱《箋》：「因楊嗣復開成五年二月兼吏部尚書同平章事，故曰本曹楊侍郎。」

〔良治動時爲哲匠，巨川濟了作虚舟〕《禮記・學記》：「良冶之子必學爲裘，良弓之子必學爲箕。」殷仲文《南州桓公九井作》：「哲匠感蕭晨，肅此塵外軫。」《文選》李周翰注：「哲，智也。匠謂善宰萬物者，謂桓玄也。」《書・説命》：「若濟巨川，用汝作舟楫。」虚舟，見卷五《贈吴丹》（0194）注。

在家出家

衣食支分婚嫁畢①，從今家事不相仍②。夜眠身是投林鳥，朝飯心同乞食僧。清唳數聲松下鶴，寒光一點竹間燈。中宵入定跏趺坐，女喚妻呼多不應③。（2609）

【校】

①〔支分〕馬本、《唐音統籤》作「支吾」。

②〔不相仍〕金澤本作「莫相仍」。

③〔多不應〕汪本作「都不應」。

【注】

朱《箋》：作於開成五年（八四〇），洛陽。

〔衣食支分婚嫁畢，從今家事不相仍〕支分，分派、安排。見卷三三《洛下閑居寄山南令狐相公》（2443）注。

〔中宵入定跏趺坐，女喚妻呼多不應〕跏趺坐，結跏趺坐。見卷八《清調吟》（0353）注。

夜涼①

露白風清庭户涼，老人先著夾衣裳。舞腰歌袖抛何處，唯對無絃琴一張。（2610）

【校】

①〔題〕金澤本作「涼夜」。

【注】

朱《箋》：作於開成五年（八四〇），洛陽。

繼之尚書自余病來寄遺非一又蒙覽醉吟先生傳題詩以美之今以此篇用伸酬謝

衰殘與世日相疏①，惠好唯君分有餘。茶藥贈多因病久，衣裳寄早及寒初②。所寄贈之物皆及時。交情鄭重金相似，詩韻清鏘玉不如。醉傳狂言人盡笑③，獨知我者是尚書。（2611）

【校】

①〔衰殘〕金澤本作「沈冥」。

②〔衣裳〕金澤本作「衣裘」。〔及寒初〕紹興本等作「乃寒初」，據金澤本、《唐音統籤》改。

③〔醉傳〕紹興本等作「醉傳」，據金澤本改。

【注】

朱《箋》：作於開成五年（八四〇），洛陽。

〔繼之尚書〕朱《箋》：「楊嗣復。」見本卷《和楊尚書罷相後夏日遊永安水亭兼招本曹楊侍郎同行》（2608）注。

〔醉吟先生傳〕見《白氏文集》卷七十。

五年秋病後獨宿香山寺三絶句

經年不到龍門寺，今夜何人知我情？還向暢師房裏宿，新秋月色舊灘聲。（2612）

【注】

汪《譜》、朱《箋》：作於開成五年（八四〇），洛陽。

〔香山寺〕見卷二二《香山寺石樓潭夜浴》（1499）注。

〔還向暢師房裏宿，新秋月色舊灘聲〕暢師，朱《箋》疑即卷十三《送文暢上人東遊》（0639）詩中之「文暢上人」。

按，卷三三《香山避暑二絶》（2412）：「六月灘聲如猛雨，香山樓北暢師房。」爲同一人。與文暢行蹤不類。

飲徒歌伴今何在，雨散雲飛盡不迴。從此香山風月夜，秖應長是一身來。（2613）

石盆泉畔石樓頭，十二年來晝夜遊。更過今年年七十，假如無病亦宜休。（2614）

【注】

〔石盆泉畔石樓頭，十二年來晝夜遊〕石樓，見卷三一《重修香山寺畢題二十二韻以紀之》（2230）注。

題香山新經堂招僧①

煙滿秋堂月滿庭②，香花漠漠磬泠泠。誰能來此尋真諦，白老新開一藏經。（2615）

【校】

①〔題〕「香山」金澤本作「香山寺」。

②〔煙滿〕金澤本作「燈滿」。

【注】

朱《箋》：作於開成五年（八四〇），洛陽。

〔香山新經堂〕白居易《香山寺新修經藏堂記》(《白氏文集》卷七一)：「先是，樂天發願修香山寺僧房既就，迨今七八年。寺有佛像，有僧徒，而無經典。寂寥精舍，不聞法音。三寶闕一，我願未滿。乃於諸寺藏外雜散經中得遺編墜軸者數百卷袟。以《開元經録》按而校之。於是絶者續之，亡者補之，稽諸藏目，名數乃足，合新舊大小乘經律論集凡五千二百七十卷。乃作六藏，分而護焉。寺西北隅有隙屋三間，土木將壞，乃增修改飾爲經藏堂。堂東西間闢四窗，置六藏，藏二門，啓閉有時，出納有籍。堂中間置高廣佛座一座，上列金色像五百。像後設西方極樂世界圖一，菩薩影二。環座懸大幡二十有四。榻席巾几洎供養之器咸具焉。合爲道場，簡儉嚴淨。開成五年九月二十五日，堂成，藏成，道場成。」

偶題鄧公　公即給事中斑之子也，飢窮老病，退居此村①。

偶因攜酒尋村客②，聊復迴車訪薜蘿③。且值雪寒相慰問，不妨春暖更經過。翁居山下年空老，我住人間事校多④。一種共翁頭似雪，翁無衣食又如何⑤？（2616）

【校】

①〔題〕「鄧公」那波本、金澤本、馬本、《唐音統籤》作「鄧翁」。題下注「公」金澤本作「翁」，「斑」馬本、《唐音統籤》作「班」。

②〔村客〕金澤本作「村落」。

③〔薜蘿〕金澤本作「荔蘿」。

④〔我住〕紹興本等作「我得」，據金澤本改。
⑤〔又如何〕馬本、《唐音統籤》作「自如何」。

【注】

朱《箋》：作於開成五年（八四〇），洛陽。

〔鄧公〕《舊唐書·竇參傳》：「時婺州刺史鄧珽坐贓八千貫，珽與執政有舊，以會赦，欲免贓，詔百寮於尚書省雜議，多希執政意。參獨堅執，正之於法。竟徵贓。」或即本詩題注所言之「給事中珽」。

早入皇城贈王留守僕射

津橋殘月曉沉沉①，風露淒清禁署深②。城柳宮槐謾搖落，悲愁不到貴人心③。（2617）

【校】

①〔殘月〕金澤本作「落月」。
②〔淒清〕馬本、《唐音統籤》作「淒涼」。
③〔悲愁〕金澤本作「秋悲」。

【注】

朱《箋》：作於開成五年（八四〇），洛陽。

〔王留守僕射〕朱《箋》：「王起。」《舊唐書·王起傳》：「武宗即位，八月充山陵鹵簿使，……尋檢校左僕射，東都留守、判東都尚書省事。會昌元年徵拜吏部尚書、判太常卿事。」

〔津橋殘月曉沉沉，風露凄清禁署深〕天津橋，見卷十二《和友人洛中春感》（0620）、卷二八《天津橋》（2066）注。

寄題廬山舊草堂兼呈二林寺道侣

三十年前草堂主，而今雖在鬢如絲。登山尋水應無力，不似江州司馬時。漸伏酒魔休放醉，猶殘口業未抛詩。君行過到爐峰下①，爲報東林長老知②。此詩憑錢知進侍御往題草堂中也。（2618）

【校】

①〔君行過到〕金澤本作「因君行過」。

②〔爲報〕金澤本作「與報」。

【注】

朱《箋》：作於開成五年（八四〇），洛陽。

〔廬山草堂〕見卷十六《香爐峰下新卜山居草堂初成偶題東壁》（0969）注。

〔二林寺〕見卷七《春遊二林寺》（0289）注。

〔漸伏酒魔休放醉，猶殘口業未抛詩〕口業，見卷二六《齋月靜居》（1822）注。

〔錢知進侍御〕據勞格《唐郎官石柱題名考》，曾爲吏部員外郎、司封員外郎。

改業

先生老去飲無興，居士病來閑有餘。猶覺醉吟多放逸，不如禪坐更清虛①。予先有《醉吟先生傳》，今故云。柘枝紫袖教丸藥，羯鼓蒼頭遣種蔬。却被山僧相戲問，一時改業意何如？（2619）

【校】

①〔禪坐〕《全唐詩》作「禪定」。

【注】

朱《箋》：作於開成五年（八四〇），洛陽。

〔柘枝紫袖教丸藥，羯鼓蒼頭遣種蔬〕柘枝，見卷十八《房家夜宴喜雪戲贈主人》（1165）注。《太平御覽》卷五八二引《大周正樂》：「羯鼓正如漆桶，兩手俱擊。以其出羯中，故號羯鼓。亦謂兩杖鼓板。」

山下留別佛光和尚

勞師送我下山行，此別何人識此情？我已七旬師九十，當知後會在他生①。（2620）

【校】

此詩後金澤本有《懶出》一首。

①〔當知〕馬本作「尚知」。〔他生〕「他」《文苑英華》校：「集作何。」

【注】

朱《箋》：作於會昌元年（八四一），洛陽。

〔佛光和尚〕白居易《醉吟先生傳》（《白氏文集》卷七十）：「與嵩山僧如滿爲空門友。」又《佛光和尚真贊》（《白氏文集》卷七一）：「和尚姓陸氏，號如滿，居佛光寺東芙蓉山蘭若，因號焉。……師年幾何？九十一春。會昌壬戌，我師尚存。」《景德傳燈錄》卷六列爲馬祖道一法嗣：「洛京佛光如滿禪師，曾住五臺山金閣寺。唐順宗問：『佛從何方來？滅向何方去？既言常住世，佛今在何處？』師答曰：『佛從無爲來，滅向無爲去。法身等虛空，常在無念處。有念歸無念，有住歸無住。來爲衆生來，去爲衆生去。清淨真如海，湛然體常住。智者善思惟，更勿生疑慮。』」又同書卷十列「杭州刺史白居易」爲洛京佛光寺如滿禪師唯一法嗣。

山中五絶句

遊嵩陽見五物①，各有所感。感興不同，隨興而吟，因成五絶。

嶺上雲

嶺上白雲朝未散，田中青麥旱將枯。自生自滅成何事，能逐東風作雨無？（2621）

【校】

①〔題〕「山中」金澤本作「中山」，平岡校：「中山謂嵩山。」題下注「見五物」金澤本作「見物」。

【注】

朱《箋》：作於開成五年（八四〇），洛陽。

石上苔

漠漠斑斑石上苔，幽芳靜綠絕纖埃①。路傍凡草榮遭遇②，曾得七香車輾來。（2622）

【校】

①〔幽芳〕紹興本作「幽房」，據那波本、金澤本改。〔靜綠〕金澤本作「淨綠」。

②〔榮遭遇〕金澤本作「誇榮遇」。

【注】

〔路傍凡草榮遭遇，曾得七香車輾來〕《隋書·禮儀志五》：「魏武書：贈楊彪七香車二乘，用牛駕之。蓋犢車也。」王維《洛陽女兒行》：「羅幃送上七香車，寶扇迎歸九華帳。」岑參《感遇》：「五花驄馬七香車，云是平陽帝子家。」

林下樗

香檀文桂苦雕鐫，生理何曾得自全①？知有無材老樗否②，一枝不損盡天年？（2623）

【校】

①〔何曾〕金澤本作「何由」。

②〔知有〕馬本、《唐音統籤》、汪本作「知我」。

【注】

〔知有無材老樗否，一枝不損盡天年〕《莊子·逍遥遊》：「吾有大樹，人謂之樗。其大本擁腫而不中繩墨，其小枝卷曲而不中規矩，立之塗，匠者不顧。」

澗中魚

海水桑田欲變時，風濤翻覆沸天池。鯨吞蛟鬬波成血，深澗游魚樂不知。（2624）

【注】

〔海水桑田欲變時，風濤翻覆沸天池〕見卷三一《浪淘沙詞六首》之一（2293）注。

洞中蝙蝠

千年鼠化白蝙蝠，黑洞深藏避網羅。遠害全身誠得計，一生幽暗又如何？（2625）

【注】

〔千年鼠化白蝙蝠，黑洞深藏避網羅〕《藝文類聚》卷九七引《方言》：「蝙蝠，自關東謂之伏翼，或謂之飛翼，或謂之老鼠。」引《玄中記》：「百歲伏翼，色赤，止則倒懸。千歲伏翼，色白，得食之，壽萬歲。」《初學記》卷二九引《鄭氏玄中記》：「百歲之鼠，化爲蝙蝠。」

自戲三絶句

閑卧獨吟①，無人酬和，聊假身心相戲，往復偶成三章。

心問身

心問身云何泰然，嚴冬暖被日高眠。放君快活知恩否，不早朝來十一年②。（2626）

【校】

①〔題〕題下注「閑卧」金澤本作「予閑卧」。

②〔十一年〕金澤本作「十二年」。

【注】

朱《箋》：作於開成五年（八四〇），洛陽。

身報心

心是身王身是宮①，君今居在我宮中。是君家舍君須愛，何事論恩自説功？（2627）

【校】

①〔身是宮〕馬本、《唐音統籤》作「身自宮」。

心重答身

因我疏慵休罷早，遣君安樂歲時多。世間老苦人何限，不放君閑奈我何？（2628）

【注】

周密《齊東野語》卷九：「靖節作形影相贈、神釋之詩。謂貴賤賢愚莫不營營惜生，故陳形影之苦，而以神辨自然，以釋其惑。……此乃不以死生禍福動其心，泰然委順，乃得神之自然，釋氏所謂斷常見者也。東坡從而反之曰：『予知神非形，何復異人天。豈惟三才中，所在靡不然。』又云：『委順憂傷生，憂死生亦遷。縱浪大化中，正爲化所纏。應盡便須盡，寧復俟此言。』白樂天因之作《心問身》詩云……此則以心爲吾身之君，而身乃心之役也。坡翁又從而賦六言曰：『淵明形神自我，樂天身心於物。而今月下三人，他日當成幾佛？』然二公之説雖不同，而皆祖之《列子》力命之論。力謂命曰：『若之功，奚若我哉？』命曰：『汝奚功於物，而欲比朕？』力曰：『壽夭窮達，貴賤貧富，我力之所能也。』命遂歷陳彭祖之壽，顔淵之夭，仲尼之困，殷紂之君，季札無爵於君，田恒專有齊國，夷、齊之餓，季氏之富：『若是，汝力之所能，奈何壽彼而夭此，窮聖而達逆，賤賢而貴愚，貧善而富惡耶？』力曰：『若如是言，我固無功於物，而物若此耶？此則若之所制耶？』命曰：『既謂之命，奈何有制之者？朕直而推之，曲而任之。自壽自夭，自窮自達，自貴自賤，自富自貧，朕豈能識之哉？』此蓋言壽夭窮達、貧富貴賤，雖曰莫非天命，而亦非造物者所能制之，直付之自然耳。此則淵明神釋所謂『大鈞無私力』之論也。」

會昌元年春五絶句

病後喜過劉家①

忽憶前年初病後，此生甘分不銜杯。誰能料得今春事，又向劉家飲酒來②。（2629）

【校】

①〔題〕「劉家」《全唐詩》校：「一作夢得。」

②〔又向〕金澤本作「又到」。

【注】

陳《譜》、汪《譜》、朱《箋》：作於會昌元年（八四一），洛陽。

〔劉家〕朱《箋》：「劉禹錫家。」

贈舉之僕射

今春與僕射三爲寒食之會。

雞毬餳粥屢開筵，談笑謳吟間管絃。一月三迴寒食會①，春光應不負今年。（2630）

【校】

①〔寒食會〕金澤本作「作寒食」。

【注】

〔舉之僕射〕朱《箋》：「王起。」見本卷《早入皇城贈王留守僕射》（2617）注。

〔雞毬餳粥屢開筵，談笑謳吟間管絃〕雞、毬，見卷二六《和春深二十首》之十六（1868）注。餳粥，見卷十七《清明日送韋侍御貶虔州》（1006）注。

盧尹賀夢得會中作

病聞川守賀筵開，起伴尚書飲一杯。任意少年長笑我①，老人自覓老人來。（2631）

【校】

①〔少年長〕金澤本作「少年場」。

【注】

〔盧尹〕朱《箋》：「盧貞。據此詩，則貞會昌元年已爲河南尹。白氏又有《宴後題府中水堂贈盧尹中丞》（本書卷三六2697）詩云：『從我到君十一尹』，十一尹者，陳《譜》會昌二年壬戌云：『前已見七尹外，有高銖、孫簡、盧貞並公爲十一人。』考《舊唐書·文宗紀》：『（開成四年七月）壬寅，以河南尹韋長爲平盧軍節度使，以刑部侍郎高錯（朱《箋》：據《舊傳》錯當作銖）爲河南尹。』孫簡除河南尹之年月，不見《舊紀》，惟《新唐書·孫逖傳》云：『（簡）會昌初遷尚書左丞。』今以白詩考之，盧貞當爲孫簡之後任，簡自河南尹遷尚書左丞，亦在會昌元年春，與《新傳》所叙時間正相合。」按，《舊唐書·文宗紀》：「（開成四年閏正月）丙午，以大理卿盧貞爲福建觀察使。」則盧貞當自福建觀察使遷河南尹。

〔夢得〕朱《箋》：「劉禹錫。」劉禹錫《子劉子自傳》：「改秘書監分司。一年，加檢校禮部尚書兼太子賓客。」朱《箋》：「據白氏此詩，題云賀者，殆賀禹錫新加檢校禮部尚書，與《子劉子自傳》相合。」

題朗之槐亭

春風可惜無多日，家醞唯殘軟半瓶。猶望君歸同一醉，籃舁早晚入槐亭。（2632）

【注】

〔朗之〕朱《箋》：「皇甫曙。」見卷三四《詠懷寄皇甫朗之》（2521）注。

〔春風可惜無多日，家醞唯殘軟半瓶〕軟，量少，不足。此猶「弱」亦可指稱量少。

勸夢得酒

誰人初畫麒麟閣①，何客新投魑魅鄉②？兩處榮枯君莫問，殘春更醉兩三場③。（2633）

【校】

①〔初畫〕紹興本等作「功畫」，據金澤本改。

②〔何客〕紹興本作「酒客」，據他本改。

③〔兩三場〕金澤本作「兩三觴」。

【注】

〔誰人初畫麒麟閣，何客新投魑魅鄉〕麒麟閣，見卷十七《贈寫真者》（1033）注。

過裴令公宅二絶句

裴令公在日，常同聽《楊柳枝》歌。每遇雪天，無非招宴。二物如故，因成感情①。

風吹楊柳出牆枝，憶得同歡共醉時②。每到集賢坊北過③，不曾一度不低眉④。（2634）

【校】

①〔題〕題下注「令公」金澤本作「公」，「無非」金澤本作「無不」，「因成」金澤本作「因而」。

②〔同歡〕金澤本作「同歌」。

③〔坊北〕馬本、《唐音統籤》作「坊地」。

④〔不曾〕金澤本作「無曾」。

【注】

朱《箋》：作於會昌元年（八四一），洛陽。

〔裴令公宅〕朱《箋》：「洛陽集賢坊裴度宅。」見本卷《雪後過集賢裴令公舊宅有感》（2570）注。

梁王舊館雪濛濛，愁殺鄒枚二老翁。此句兼屬夢得。假使明朝深一尺，亦無人到兔園中。

（2635）

【注】

〔梁王舊館雪濛濛，愁殺鄒枚二老翁〕見卷三三《裴令公席上贈別夢得》（2388）注。

〔假使明朝深一尺，亦無人到兔園中〕兔園，見卷二五《早春同劉郎中寄宣武令狐相公》（1756）注。

百日假滿少傅官停自喜言懷

長告今朝滿十旬，從玆蕭灑便終身。老嫌手重抛牙笏，病喜頭輕换角巾。疏傅不朝懸組綬，尚平無累畢婚姻。人言世事何時了，我是人間事了人。（2636）

【注】

朱《箋》：作於會昌元年（八四一），洛陽。

〔百日假滿少傅官停〕朱《箋》：「居易除太子少傅分司在大和九年十月，其《官俸初罷親故見憂以詩諭之》（本書卷三六2677）云：『七年爲少傅』，又云：『今春始病免』，則停少傅官在會昌元年暮春時，蓋大和九年至會昌元年適爲七年也。又其《香山居士寫真詩序》（卷三六2688）云：『會昌二年罷太子少傅爲白衣居士，又寫真於香山寺經堂，時年七十一。』蓋自謂會昌二年已罷少傅官，尚未致仕，非謂是年始罷也。陳《譜》謂居易會昌元年以刑部尚書致仕，汪《譜》謂罷少傅官在會昌二年，均非是。」

〔長告今朝滿十旬，從玆蕭灑便終身〕長告，見卷二四《百日假滿》（1686）注。

〔疏傅不朝懸組綬，尚平無累畢婚姻〕疏傅，見卷一《高僕射》（0030）注。尚平，見卷三二《將歸渭村先寄舍弟》（2376）注。

旱熱①

畏景又加旱，火雲殊未收②。籬喧飢有雀③，池涸渴無鷗。岸幘頭仍痛，褰裳汗亦流。若爲當此日，遷客向炎洲④？ 時楊、李二相，各貶潮、昭。（2637）

【校】

①〔題〕馬本、《唐音統籤》、汪本作「早熱」。

②〔未收〕金澤本作「未秋」。

③〔籬喧〕那波本、馬本、《唐音統籤》、汪本作「籬暄」。

④〔炎洲〕馬本、《唐音統籤》、汪本作「炎州」。

⑤〔（注）潮昭〕紹興本作「朝陽」，馬本、《唐音統籤》、汪本作「潮韶」，金澤本作「湖昭」。平岡校：「其中各有一誤。楊李並言則當以潮昭爲是。」朱《箋》亦謂當作「潮昭」。從改。

【注】

朱《箋》：作於會昌元年（八四一），洛陽。

〔岸幘頭仍痛，褰裳汗亦流〕岸幘，見卷三三《喜與楊六侍郎同宿》（2406）注。

〔若爲當此日，遷客向炎洲〕楊、李二相，楊嗣復、李珏。見本卷《和楊尚書罷相後夏日遊永安水亭兼招本曹楊侍郎同行》(2608)注。另參見本卷《寄潮州繼之》(2643)注。《舊唐書・武宗紀》：「(會昌元年)三月，貶湖南觀察使楊嗣復潮州司馬，桂管觀察使李珏端州司馬。」《舊唐書・地理志四》嶺南道桂管十五州：「昭州，隋始安郡之平樂縣。」嶺南道南海節度使領十七州：「端州，隋信安郡。」李珏蓋先貶桂管觀察使、昭州刺史，再貶端州司馬。《元和郡縣志》卷三五嶺南道：「潮州，今州即漢南海郡之揭陽縣也。晉安帝義熙九年於此立義安郡及海陽縣。……武德四年，復爲潮州。」

題崔少尹上林坊新居

坊靜深居新且幽①，忽疑縮地到滄洲。宅東籬缺嵩峰出②，堂後門開洛水流③。高下三層盤野徑，沿洄十里汎漁舟。若能爲客烹雞黍，願伴田蘇日日遊。(2638)

【校】

①〔深居新且幽〕金澤本、馬本、《唐音統籤》、汪本作「居新深且幽」。

②〔嵩峰〕紹興本作「高峰」，據他本改。

③〔門開〕馬本、《唐音統籤》、汪本作「池開」。

【注】

朱《箋》：作於會昌元年(八四一)，洛陽。

〔崔少尹〕朱《箋》：「疑爲崔晉。待考。」按，據東博本，「崔晉」當作「崔瑨」。見卷三三《開成二年三月三日河南尹李待價以人和歲稔將禊於洛濱》(2458)注。

〔上林坊〕《唐兩京城坊考》卷七洛水之北承福門之東五坊：「……次東銅駝坊。次東上林坊。」引白居易此詩。

〔坊靜深居新且幽，忽疑縮地到滄洲〕縮地，見卷五《效陶潛體詩十六首》之七(0216)注。

〔若能爲客烹雞黍，願伴田蘇日日遊〕田蘇，見卷二三《贈侯三郎中》(1579)注。

新澗亭

煙蘿初合澗新開，閑上西亭日幾迴。老病歸山應未得，且移泉石就身來。(2639)

【注】

朱《箋》：作於會昌元年(八四一)，洛陽。

〔新澗亭〕朱《箋》：「即西亭。在洛陽履道坊居易宅内。」本書卷三六《閑居自題戲招宿客》(2701)自注：「西亭牆下，泉石有聲。」

對酒有懷寄李十九郎中

往年江外拋桃葉，結之也。去歲樓中別柳枝。樊、蠻也。寂寞春來一杯酒，此情唯有李君知。

吟君舊句情難忘①，風月何時是盡時？李君嘗有《悼故妓》詩云：「直應人世無風月，恰是心中忘却時②。」今故云③。（2640）

【校】

①〔吟君〕馬本、《唐音統籤》作「吟詩」。

②〔（注）恰是〕金澤本、馬本、《唐音統籤》作「始是」。

③〔（注）故云〕金澤本作「故云爾」。

【注】

朱《箋》：作於會昌元年（八四一），洛陽。

〔李十九郎中〕朱《箋》：「李播。」見卷三四《送蘄春李十九使君赴郡》（2499）注。

〔往年江外抛桃葉，去歲樓中別柳枝〕桃葉，陳結之。見本卷《感舊石上字》（2575）注。柳枝，樊素、小蠻。見本卷《別柳枝》（2565）注。

楊六尚書頻寄新詩詩中多有思閑相就之志因書鄙意報而諭之

君年殊未及懸車，未合將閑逐老夫。身健正宜金印綬，位高方稱白髭鬚①。若論塵事何由了，但問雲心自在無。進退是非俱是夢，丘中闕下亦何殊？（2641）

【校】

①〔髭鬚〕金澤本作「髮鬚」。

【注】

朱《箋》：作於會昌元年（八四一），洛陽。

〔楊六尚書〕朱《箋》：「楊汝士。」見本卷《近見慕巢尚書詩中屢有歎老思退之意又於洛下新置郊居然寵寄方深歸心太速因以長句戲而諭之》（2579）注。

偶吟自慰兼呈夢得

予與夢得甲子同①，今俱七十。

且喜同年滿七旬，莫嫌衰病莫嫌貧②。已爲海内有名客，又占世間長命人。耳裏聲聞新將相③，眼前失盡故交親。尊榮富壽難兼得，閑坐思量最要身。（2642）

【校】

①〔題〕題下注「同」金澤本作「同歲」。

②〔嫌貧〕金澤本、管見抄本作「辭貧」。

③〔聲聞〕金澤本作「數聞」。

【注】

陳《譜》、汪《譜》、朱《箋》：作於會昌元年（八四一），洛陽。

〔予與夢得甲子同〕白居易與劉禹錫同甲子，見卷二一《耳順吟寄敦詩夢得》（1446）注。

〔且喜同年滿七旬，莫嫌衰病莫嫌貧〕七旬，見卷二八《哭崔兒》（2071）注。

寄潮州繼之①

相府潮陽俱夢中，夢中何者是窮通？他時事過方應悟，不獨榮空辱亦空。（2643）

【校】

①〔題〕「潮州」金澤本作「湖州」。

【注】

朱《箋》：作於會昌元年（八四一），洛陽。

〔潮州繼之〕朱《箋》：「楊嗣復。」見本卷《旱熱》（2637）注。《舊唐書·楊嗣復傳》：「大中二年自潮陽還，至岳州病，一日而卒。」朱《箋》：「可知嗣復始終未離潮陽，與白詩所記時間亦合。」

雪暮偶與夢得同致仕裴賓客王尚書飲①

黄昏慘慘雪霏霏，白首相歡醉不歸。四個老人三百歲，裴年九十餘，王八十餘②，予與夢得俱七十，

合三百餘歲，可謂希有之會也。人間此會亦應稀。（2644）

【校】

①〔題〕紹興本無「飲」字。

②〔（注）王八十餘〕金澤本作「王年八十餘」。

【注】

朱《箋》：作於會昌元年（八四一），洛陽。

〔裴賓客〕朱《箋》：「裴洽。」見卷三三《春夜宴席上戲贈裴淄州》（2455）注。

〔王尚書〕朱《箋》：「王起。」見本卷《早入皇城贈王留守僕射》（2617）注。《舊唐書・王起傳》：「武宗即位，……尋檢校東都留守、判東都尚書省事。會昌元年，徵拜吏部尚書、判太常卿事。」

雪朝乘興欲詣李司徒留守先以五韻戲之

夜寒生酒思①，曉雪引詩情②。熱飲一兩盞，冷吟三五聲③。鋪花憐地凍④，銷玉畏天晴。好拂烏巾出，宜披鶴氅行。梁園應有興，無不召鄒生⑤。（2645）

【校】

①〔夜寒〕那波本作「寒夜」。

②〔曉雪〕馬本、《唐音統籤》作「晚雪」。

③〔三五聲〕金澤本作「三數聲」。

④〔憐地〕馬本、《唐音統籤》、汪本作「連地」。

⑤〔無不〕金澤本、馬本、《唐音統籤》、汪本作「何不」。

【注】

朱《箋》：作於會昌元年（八四一），洛陽。

〔李司徒〕朱《箋》：「李程。」見卷二五《寄太原李相公》（1757）等詩注。《新唐書·李程傳》：「武宗立，爲東都留守，卒。」又《舊唐書·武宗紀》：「（會昌元年二月）賜仇士良紀功碑，詔右僕射李程爲其文。」朱《箋》：「則知程之出爲東都留守，當在此後，亦與白詩之時間相合也。又據白氏《早入皇城贈王留守僕射》、《贈舉之僕射》等詩，並參之《舊唐書·王起傳》，起自東都留守徵拜吏部尚書、判太常卿事，約在元年春後，李程當即起之後任。」

贈思黯

前以履道新小灘詩寄思黯，報章云①：「請向歸仁砌下看。」思黯歸仁宅亦有小灘。

爲憐清淺愛潺湲②，一日三迴到水邊。若道歸仁灘更好，主人何故別三年？（2646）

【校】

①〔題〕題下注「報章」金澤本作「黯報章」。

②〔愛潺湲〕紹興本作「受潺湲」，據他本改。

【注】

汪《譜》、朱《箋》：作於會昌元年（八四一），洛陽。

〔思黯〕朱《箋》：「牛僧孺。」見本卷《歲暮呈思黯相公皇甫朗之及夢得尚書》（2567）注。

〔思黯歸仁宅〕見卷三六《題牛相公歸仁里宅新成小灘》（2656）注。

聽歌六絶句

聽都子歌 詞云：「試問常娥更要無。」

都子新歌有性靈，一聲格轉已堪聽。更聽唱到常娥字，猶有樊家舊典刑。（2647）

【注】

朱《箋》：作於開成四年（八三九）至會昌二年（八四二），洛陽。

〔都子〕當爲歌者名。

〔試問常娥更要無〕詞見卷二四《東城桂三首》之三（1637），參見該詩注。

〔都子新歌有性靈，一聲格轉已堪聽〕毛奇齡《皇言定聲錄》卷七：「先臣曰：幼時聽先司馬臣唱《桂華曲》笛子譜云：王新建籍寧府時得之所俘老樂工者，其二三四句譜字尚存，但無首一句耳。按白樂天集有《聽都子歌》，是聽《桂花曲》者。其詩云：『都子新歌有性靈，一聲格轉已堪聽。更聽唱到嫦娥字，猶有樊家舊典型。』此即唱法。其云『一聲格轉』者，以其唱『試問』二字是高字，已及領調字矣。故轉到『嫦娥』字，當如矩然，折方而下，所謂『格轉』也。此即《樂記》所云『倨中矩』者也。」

〔更聽唱到常娥字，猶有樊家舊典刑〕樊家，當指樊素。見本卷《別柳枝》（2565）注。

樂世　一名《六么》①。

管急絃繁拍漸稠②，綠腰宛轉曲終頭③。誠知樂世聲聲樂，老病人聽未免愁④。（2648）

【校】

①〔題〕題下注「六么」金澤本作「錄要」。

②〔絃繁〕金澤本、《樂府詩集》作「絲繁」。

③〔綠腰〕金澤本作「錄要」。

④〔老病〕金澤本作「病老」。

【注】

朱《箋》：作於開成四年（八三九）至會昌二年（八四二），洛陽。

〔樂世〕見卷二三《急樂世辭》（1552）注。

水調

第五遍乃五言調，調韻最怨切①。

五言一遍最殷勤，調少情多似有因。不會當時翻曲意，此聲腸斷爲何人②？（2649）

【校】

①〔題〕題下注「最怨切」，紹興本等無「怨」字，據金澤本補。

②〔此聲〕馬本作「此身」。

【注】

朱《箋》：作於開成四年（八三九）至會昌二年（八四二），洛陽。

〔水調〕見卷二八《看採菱》（2041）注。

想夫憐

王維右丞詞云：「秦川一半夕陽開①。」此句尤佳。

玉管朱絃莫急催，容聽歌送十分杯。長愛夫憐第二句，請君重唱夕陽開②。（2650）

【校】

①〔題〕題下注「秦川」馬本、《唐音統籤》作「秦州」，誤。

②〔請君〕金澤本作「倩君」。

【注】

朱《箋》：作於開成四年（八三九）至會昌二年（八四二），洛陽。

〔想夫憐〕《教坊記》所載曲名。李肇《唐國史補》卷下：「于司空以樂曲有《想夫憐》，其名不佳，將改之。客有笑者曰：『南朝相府曾有瑞蓮，故歌《相府蓮》。自是後人語訛，相承不改耳。』」《樂府詩集》卷八十引《古解題》：「《相府蓮》者，王儉爲南齊相，一時所辟皆才名之士，時人以入儉府爲入蓮花池，謂如紅蓮映綠水。今號蓮幕者自儉始。其後語訛爲『想夫憐』，亦名之醜爾。」

〔王維右丞詞〕胡仔《苕溪漁隱叢話》前集卷二一引《蔡寬夫詩話》：「樂天《聽歌》詩云：『長愛夫憐第二句，請君重唱夕陽開。』注謂：『王右丞辭：秦川一半夕陽開。此句尤佳。』今摩詰集載此詩，所謂『漢主離宮接露臺』者是也。然題乃是《和太常韋主簿温陽寓目》，不知何以指爲《想夫憐》之詞。大抵唐人歌曲，本不隨聲爲長短句，多是五言或七言詩。歌者取其辭，與和聲相疊成音耳。予家有古《涼州》、《伊州》辭，與今遍數悉同，而皆絶句詩也。豈非當時人之辭，爲一時所稱者，皆爲歌人竊取而播之曲調乎？」

何滿子

開元中，滄州有歌者何滿子，臨刑進此曲以贖死，上竟不免①。

世傳滿子是人名，臨就刑時曲始成。一曲四詞歌八疊②，從頭便是斷腸聲。（2651）

【校】

①〔題〕題下注「有」字金澤本、《樂府詩集》無，「上」字金澤本、《樂府詩集》無。

②〔四詞〕馬本、《唐音統籤》、汪本作「四調」。

【注】

朱《箋》：作於開成四年（八三九）至會昌二年（八四二），洛陽。

〔何滿子〕《樂府詩集》卷八十：「唐白居易云：何滿子，開元中滄州歌者，臨刑進此曲以贖死，竟不得免。《杜陽雜編》曰：文宗時宮人沈阿翹爲帝舞《何滿子》，調辭風態，率皆宛暢。然則亦舞曲也。」元稹有《何滿子歌》：「何滿能歌態宛轉，天寶年中世稱罕。嬰刑繫在囹圄間，下調哀音歌憤懣。梨園弟子奏玄宗，一唱承恩羈網緩。便將何滿爲曲名，御譜親題樂府纂。」記事與居易所言有異。

〔一曲四詞歌八疊，從頭便是斷腸聲〕王灼《碧雞漫志》卷四《何滿子》：「《盧氏雜說》云：甘露事後，文宗便殿觀牡丹，誦舒元輿《牡丹賦》，歎息泣下，命樂適情，宮人沈翹翹舞《何滿子》，詞云：『浮雲蔽白日。』上曰：『汝知書耶？』乃賜金臂環。又薛逢《何滿子詞》云：『繫馬宮槐老，持杯店菊黃。故交今不見，流恨滿川光。』五字四句，樂天所謂『一曲四詞』，庶幾是也。歌八疊，疑有和聲，如《漁父》、《小秦王》之類。今詞屬雙調，兩段各六句，內五句各六字，一句七字。五代時尹鶚、李珣亦同此。」任半塘《唐聲詩》下編：「惟歌中疊句，究竟如何疊法，傳說不同，臆測難準。姑認爲四首辭，每首復唱一次，共唱八徧，仍俟考。」

離別難詞①

綠楊陌上送行人，馬去車迴一望塵②。不覺別時紅淚盡，歸來無可可可紇反霑巾③。

（2652）

【校】

①〔題〕「詞」字汪本、《樂府詩集》無。

②〔一望塵〕金澤本作「兩退塵」。

③〔（注）可紇反〕金澤本作「可挌反」。〔可霑巾〕《唐音統籤》作「更霑巾」。

【注】

朱《箋》：　作於開成四年（八三九）至會昌二年（八四二），洛陽。

〔離別難〕《樂府詩集》卷八十：「《樂府雜録》曰：《離別難》，武后朝有一士人陷冤獄，籍其家，妻配入掖庭，善吹觱栗，乃撰此曲以寄情焉。初名《大郎神》，蓋取良人第行也。既畏人知，遂三易其名，曰《悲切子》，終號《怨回鶻》云。」

〔不覺別時紅淚盡，歸來無可可霑巾〕可，注：「可紇反。」讀入聲。義不明。

閑樂

坐安臥穩輿平肩，倚杖披衫遶四邊。空腹三杯卯後酒，曲肱一覺醉中眠。更無忙苦吟閑樂，恐是人間自在天。（2653）

【校】

據天海校本，此詩在舊抄本卷六十九《攜酒往朗之莊居同飲》（本書卷三六（2725））後。

【注】

朱《箋》：作於會昌二年（八四二），洛陽。

〔更無忙苦吟閑樂，恐是人間自在天〕自在天，六欲天之第六天。《俱舍論》卷八：「地獄等四道及六欲天並器世間，是名欲界。六欲天者，一四大王衆天，二三十三天，三夜摩天，四睹史多天，五樂變化天，六他化自在天。」《別譯雜阿含經》卷十二：「忉利及炎摩，兜率與化樂。他化自在天，是處極快樂。」

白居易詩集校注卷第三十六①

半格詩　律詩附　凡九十五首

立秋夕涼風忽至炎暑稍消即事詠懷寄汴州節度使李二十尚書

嫋嫋簷樹動，好風西南來。紅釭霏微滅，碧幌飄颻開。披襟有餘涼，拂簟無纖埃。但喜煩暑退，不惜光陰催。河秋稍清淺，月午方徘徊。或行或坐卧，體適心悠哉。美人在浚都，旌旗繞樓臺。雖非滄溟阻，難見如蓬萊。蟬迎節又换，雁送書未迴。君位日寵重，我年日摧頹。無因風月下，一舉平生杯②。（2654）

【校】

①〔卷第三十六〕那波本爲卷六十九。紹興本本卷卷首至《香山居士寫真詩》（2688）爲抄補。

②〔一舉平生〕《文苑英華》作「一與共持」。

【注】

朱《箋》：作於開成二年（八三七），洛陽。

〔半格詩〕納蘭性德《淥水亭雜識》卷四：「建安無偶句，西晉頗有之，日盛月加，至梁陳謂之格詩，有排偶而無粘。沈、宋又加翦裁，遂成五言唐律。《長慶集》中尚有半格體。」此以「半格詩」爲半格詩體。趙執信《聲調譜》列有「半格詩」，舉本卷《小閣閑坐》（2660）爲例，謂前六句爲古體（其中第二句爲律句），後六句爲齊梁體。《全唐詩》與本卷相當之卷四五九《達哉樂天行》（2693）末注：「此卷自此首以上俱題作半格詩。」其意亦近同上説。近人亦頗有採其説或加變通者，以爲半格詩即一半爲古體（格詩）、一半爲律體。然趙氏所列古體、齊梁體聲調之别，實屬牽强。翁方綱《小石帆亭著録》卷二《趙秋谷所傳聲調譜》已謂其「所注出律句、古句、古體、齊梁體，皆拘泥不可據也」。白居易本人所謂「格詩」，本與古體之義無别。詳本書卷二一《郡齋旬假命宴呈座客示郡寮》（1398）注。因此，所謂半爲古體、半爲齊梁體之説對白居易本人本無從談起。又白氏自開成二年至會昌二年之古體詩均收入此卷，絶不可能在此一時期專作此與古體有别之「半格詩」體。趙氏所舉之例本爲孤例，無法求驗於本卷其他作品。近人苛按聲調，間或補充一兩首作品，亦不足證成其説。汪立名論白詩「格詩」時謂：「又時本三十六卷，首作『半格詩，附律詩』。半者，本謂卷内本是格詩而附以律詩云爾。乃直標半格詩而注附律詩於其旁，是又將以半格詩另爲一體矣。其誤不幾於眇者之捫燭揣籥以爲日乎？」翁方綱亦云：「《白香山集》中所云半格詩者，謂此卷中半是格詩也。此乃以半格二字聯讀，作體格之標目者，誤也。」汪氏以爲「時本」標目使人誤會，其未見宋本固不足怪，然其解「半格詩」爲「半是格詩」則爲確解，無庸再辯。

〔李二十尚書〕朱《箋》：「李紳。紳遷淮南節度使在開成五年九月，是年仍在汴州節度使任。」見卷三四《洛下雪中頻與劉李二賓客宴集因寄汴州李尚書》(2488)注。

〔河秋稍清淺，月午方徘徊〕《古詩十九首》：「河漢清且淺，相去復幾許。」月午，月中。李賀《感諷五首》：「月午樹立影，一山唯白曉。」元稹《紫躑躅》：「山空月午夜無人，何處知我顏如玉。」

〔美人在浚都，旌旗繞樓臺〕浚都，浚儀，即汴州。見卷二四《奉和汴州令狐相公二十二韻》(1615)注。

開成二年夏聞新蟬贈夢得

十年來常與夢得索居，同在洛下，每聞蟬，多有寄答，今喜以此篇唱之①。

十載與君別，常感新蟬鳴。今年共君聽，同在洛陽城。噪處知林靜，聞時覺景清。涼風忽嫋嫋，秋思先秋生。殘槿花邊立，老槐陰下行。雖無索居恨，還動長年情。且喜未聾耳，年年聞此聲。(2655)

【校】

①〔題〕題下注「以此」紹興本作「一」，據他本改。

【注】

陳《譜》、朱《箋》：作於開成二年(八三七)，洛陽。

〔十載與君別，常感新蟬鳴〕朱《箋》：「禹錫大和五年冬赴蘇州刺史任，過洛陽，與居易別後，至開成二年僅有七年，此云『十載與君别』者，舉成數耳。」

〔雖無索居恨，還動長年情〕長年，老年。見卷十《歎老三首》之三（0452）注。

題牛相公歸仁里宅新成小灘

平生見流水，見此轉留連。况此朱門内，君家新引泉。伊流決一帶，洛石砌千拳。與君三伏月，滿耳作潺湲。深處碧磷磷，淺處清濺濺。碕岸束嗚咽①，沙汀散淪漣。翻浪雪不盡，澄波空共鮮。兩崖灩澦口，一泊瀟湘天。曾作天南客，漂流六七年。何山不倚杖，何水不停船？巴峽聲心裏，松江色眼前。今朝小灘上，能不思悠然？（2656）

【校】

①〔嗚咽〕馬本、汪本作「嗚咽」。

【注】

朱《箋》：作於開成二年（八三七），洛陽。

〔牛相公〕朱《箋》：「牛僧孺。」見卷三一《洛下送牛相公出鎮淮南》（2208）注。

〔歸仁里宅〕《舊唐書·牛僧孺傳》：「雒都築第於歸仁里，任淮南時嘉木怪石置之階廷，館宇清華，竹木幽邃，常與詩人白居易吟詠其間。」《唐兩京城坊考》卷六長夏門街東第五街：「……次北歸仁坊。」

〔兩崖灩澦口，一泊瀟湘天〕灩澦口，見卷十一《初入峽有感》（0522）注。

〔巴峽聲心裏，松江色眼前〕巴峽，見卷十八《送蕭處士遊黔南》（1134）注。松江，見卷二一《郡齋旬假命宴呈座客示郡寮》（1398）注。

春日閑居三首

陶云愛吾廬①，吾亦愛吾屋。屋中有琴書，聊以慰幽獨。是時三月半，花落庭蕪綠。舍上晨鳩鳴，窗間春睡足。睡足起閑坐，景晏方櫛沐。今日非十齋，庖童饋魚肉。飢來恣餐歠，冷熱隨所欲。飽竟快搔爬，筋骸無檢束。豈徒暢支體，兼欲遺耳目。便可傲松喬，何假杯中淥。（2657）

【校】

①〔陶云〕那波本作「陶士」。

【注】

朱《箋》：作於開成四年（八三九），洛陽。

〔陶云愛吾廬，吾亦愛吾屋〕陶淵明《讀山海經》：「孟夏草木長，繞屋樹扶疏。衆鳥欣有托，吾亦愛吾廬。」

〔今日非十齋，庖童饋魚肉〕白居易《祭中書韋相公文》（《白氏文集》卷六九）：「長慶初俱爲中書舍人日，尋詣普濟寺宗律師所，同受八戒，各持十齋。」又本書卷三四《書事詠懷》（2547）注：「每月常持十齋。」《地藏菩薩本願經》卷上：「若未來世衆生，於月一日、八日、十四日、十五日、十八日、二十三、二十四、二十八、二十九日乃至三十日，是諸日等諸罪結集，定其輕重，南閻浮提衆生舉止動念，無不是業，無不是罪，何況恣情殺害竊盜邪淫妄語百千罪狀。能於是十齋日對佛菩薩諸賢聖像前讀是經一遍，東西南北百由旬内無諸災難，當此家居若長若幼，現在未來百千歲中永離惡趣。」趙與時《賓退錄》卷三：「今人以月一日、八日、十四日、十五日、十八日、二十三日、二十四日、二十八日、二十九日、三十日不食肉，謂之十齋，釋氏之教也。余按《唐會要》，武德二年正月二十四日詔：自今已後，每年正月、九月及每月十齋日，並不得行刑，所在公私宜斷屠釣，永爲常式。乾元元年四月二十二日敕：每月十齋日及忌日，並不得採捕屠宰，仍永爲式。其來尚矣。」

〔便可傲松喬，何假杯中淥〕松喬，赤松子、王子喬。見卷五《題贈鄭秘書徵君石溝溪隱居》（0207）注。

廣池春水平，羣魚恣游泳。新林綠陰成，衆鳥欣相鳴叶韻。時我亦蕭洒，適無累與病。魚鳥人則殊，同歸於遂性。緬思山梁雉，時哉感孔聖。聖人不得所，慨然歎時命。我今對鱗羽，取樂成謠詠。得所仍得時，吾生一何幸。（2658）

【注】

〔新林綠陰成，衆鳥欣相鳴〕《集韻》去聲四十三映眉病切：「鳴，相呼也。」

〔緬思山梁雉，時哉感孔聖〕見卷八《山雉》（0349）注。

〔聖人不得所，慨然歎時命〕《孟子·萬章下》：「柳下惠，聖之和者也；孔子，聖之時者也。」《莊子·繕性》：「古之所謂隱士者，非伏身而弗見也，非閉其言而不出也，非藏其知而不發也，時命大謬也。當時命而大行乎天下，則反一无迹；不當時命而大窮乎天下，則深根寧極而待，此存身之道也。」

勞者不覺歌，歌其勞苦事。逸者不覺歌，歌其逸樂意。問我逸如何，閑居多興味。問我樂如何，閑官少憂累。又問俸厚薄，百千隨月至。又問年幾何，七十行欠二。所得皆過望，省躬良可媿。馬閑無羈絆，鶴老有祿位。設自爲化工，優饒只如是。安得不歌詠，默默受天賜？（2659）

【注】

〔勞者不覺歌，歌其勞苦事〕《公羊傳》宣公十五年何休注：「男女有所怨恨，相從而歌。饑者歌其食，勞者歌其事。」

小閣閑坐

閣前竹蕭蕭，閣下水潺潺。拂簟捲簾坐，清風生其間。靜聞新蟬鳴，遠見飛鳥還。但有巾掛壁，而無客叩關。二疏返故里，四老歸舊山。吾亦適所願，求閑而得閑。（2660）

【注】

朱《箋》：作於開成三年（八三八）至開成四年（八三九），洛陽。

〔二疏返故里，四老歸舊山〕二疏，見卷一《高僕射》（0030）注。四老，商山四皓。見卷二《讀史五首》之二（0096）、《答四皓廟》（0104）注。

遊平泉宴浥澗宿香山石樓贈座客

逸少集蘭亭，季倫宴金谷。金谷太繁華，蘭亭闕絲竹。何如今日會，浥澗平泉曲。杯酒與管絃，貧中隨分足。紫鮮林笋嫩，紅潤園桃熟。採摘助盤筵，芳滋盈口腹。閑吟暮雲碧，醉藉春草綠。舞妙豔流風，歌清叩寒玉。古詩惜晝短，勸我令秉燭。是夜勿言歸，相攜石樓宿。（2661）

【注】

朱《箋》：作於開成三年（八三八），洛陽。

〔平泉〕見卷二二《秋遊平泉贈韋處士閑禪師》（1504）注。

〔浥澗〕本書卷三三《閑遊即事》（2449）：「驀山尋浥澗，踏水渡伊河。」又本卷《李盧二中丞各創山居俱誇勝絶然去城稍遠來往頗勞弊居新泉實在宇下偶題十五韻聊戲二君》（2681）：「龍門蒼石壁，浥澗碧潭水。」程顥《和王安之五首・小園》：「恰似庾園基址小，全勝浥澗路途賒。」注：「白樂天有詩戲盧中丞浥澗山居，去城之遠。」

〔香山石樓〕見卷二二《香山寺石樓潭夜浴》（1499）注。

〔逸少集蘭亭，季倫宴金谷〕蘭亭，見卷二三《答微之誇越州州宅》（1518）注。金谷，見卷十三《和友人洛中春感》（0620）注。

〔古詩惜晝短，勸我令秉燭〕《古詩十九首》：「晝短苦夜長，何不秉燭遊。」

池上幽境

裊裊過水橋，微微入林路。幽境深誰知，老身閑獨步①。行行何所愛②，遇物自成趣。平滑青磐石，低密綠陰樹。石上一素琴，樹下雙草屨。此是榮先生，坐禪三樂處。（2662）

【校】

①〔獨步〕那波本作「獨去」。

②〔所愛〕那波本作「所憂」。

【注】

朱《箋》：作於開成三年（八三八），洛陽。

〔此是榮先生，坐禪三樂處〕見卷一《丘中有一士》之二（0054）注。

夏日閑放

時暑不出門，亦無賓客至。靜室深下簾，小庭新掃地。褰裳復岸幘，閑傲得自恣。朝景枕簟清，乘涼一覺睡。午餐何所有，魚肉一兩味。夏服亦無多，蕉紗三五事。資身既給足，長音丈物徒煩費。若比簞瓢人，吾今太富貴。（2663）

【注】

朱《箋》：作於開成三年（八三八），洛陽。

〔褰裳復岸幘，閑傲得自恣〕岸幘，見卷三三《喜與楊六侍郎同宿》（2406）注。

〔夏服亦無多，蕉紗三五事〕蕉衣，見卷六《秋遊原上》（0244）注。

〔資身既給足，長物徒煩費〕長物，見卷六《寄張十八》（0268）注。

〔若比簞瓢人，吾今太富貴〕《論語·雍也》：「子曰：『賢哉，回也。一簞食，一瓢飲，在陋巷，人不堪其憂，回也不改其樂。賢哉，回也。』」

和思黯居守獨飲偶醉見示六韻時夢得和篇先成頗爲麗絶因添兩韻繼而美之①

宮漏滴漸闌，城烏啼復歇。此時若不醉，爭奈千門月？主人中夜起②，妓燭前羅列。歌袂默收聲，舞鬟低赴節。絃吟玉柱品，酒透金杯熱。朱顏忽已酡，清奏猶未闋。妍詞黯先唱，逸韻劉繼發。鏗然雙雅音，金石相磨戛。（2664）

【校】

①〔題〕「獨飲」那波本作「獨吟」。

②〔中夜起〕《唐音統籤》作「中夜坐」。

【注】

朱《箋》： 作於開成三年（八三八），洛陽。

〔思黯居守〕朱《箋》：「牛僧孺。牛僧孺開成二年五月，爲東都留守。三年九月，徵拜左僕射入京，是時仍在洛陽。」見卷二九《酬思黯相公見過弊居戲贈》（2109）注。

〔朱顏忽已酡，清奏猶未闋〕見卷二一《郡齋旬假命宴呈座客示郡寮》（1398）注。

〔鏗然雙雅音，金石相磨戛〕杜甫《自京赴奉先縣詠懷五百字》：「瑶池氣鬱律，羽林相摩戛。」

和夢得洛中早春見贈七韻

衆皆賞春色，君獨憐春意。春意竟如何，老夫知此味。燭餘減夜漏，衾暖添朝睡。恬和臺上風，虛潤池邊地。開遲花養豔，語懶鶯含思。似訝隔年齋，如勸迎春醉。何日同宴遊，心期二月二。此日出齋，故云。（2665）

【注】

朱《箋》：作於開成三年（八三八），洛陽。

〔何日同宴遊，心期二月二〕二月二日出齋，爲正月長齋故。見本卷《閏九月九日獨飲》（2703）注。

櫻桃花下有感而作

開成三年春季周美賓客南池者①。

藹藹周美宅②，櫻繁春日斜。一爲洛下客，十見池上花。爛熳豈無意，爲君占年華③。風光饒此樹，歌舞勝諸家。失盡白頭伴，長成紅粉娃。停杯兩相顧，堪喜且堪嗟④。白頭伴、紅粉娃，皆有所屬。（2666）

【校】

①〔題〕題下注「李周美」各本作「季美周」，誤。據朱《箋》改。

②〔周美〕各本亦作「美周」，據朱《箋》改。

③〔年華〕《唐音統籤》作「物華」。

④〔且堪〕馬本、《唐音統籤》、汪本作「亦堪」。

【注】

朱《箋》：作於開成三年（八三八），洛陽。

〔李周美賓客〕朱《箋》：「即李仍叔。」《新唐書·宗室世系表》蜀王房：「宗正卿仍叔，字周美，初名章甫。」劉禹錫有《和樂天李周美中丞宅池中賞櫻桃花》，題不誤。見卷二九《履信池櫻桃島上醉後走筆送別舒員外兼寄宗正李卿考功崔郎中》（2118）注。

洗竹

布衾寒擁頸，氈履温承足。獨立冰池前，久看洗霜竹。先除老且病，次去纖而曲。剪棄猶可憐，琅玕十餘束。青青復籊籊，頗異凡草木。依然若有情，迴頭語僮僕。小者截魚竿，大者編茅屋。勿作篲與箕，而令糞土辱。（2667）

【注】

朱《箋》：作於開成三年（八三八），洛陽。

〔洗竹〕見卷八《春葺新居》(0386)注。

〔青青復籊籊，頗異凡草木〕《詩·衛風·竹竿》：「籊籊竹竿，以釣于淇。」

新沐浴

形適外無恙，心恬内無憂。夜來新沐浴，肌髮舒且柔。寬裁夾烏帽，厚絮長白裘。裘温裹我足，帽暖覆我頭。先進酒一盃，次舉粥一甌。半酣半飽時，四體春悠悠。是月歲陰暮，慘冽天地愁。白日冷無光，黄河凍不流。何處征戍行，何人羈旅遊？窮途絶粮客，寒獄無燈囚。勞生彼何苦，遂性我何優。撫心但自愧，孰知其所由？（2668）

【注】

朱《箋》：作於開成三年（八三八），洛陽。

〔是月歲陰暮，慘冽天地愁〕歲陰，歲暮。庾信《上益州上柱國趙王二首》：「寂寞歲陰窮，蒼茫雲貌同。」杜甫《風疾舟中伏枕書懷三十六韻奉呈湖南親友》：「故國悲寒望，群雲慘歲陰。」張衡《西京賦》：「雨雪飄飄，冰霜慘烈。」慘烈又作慘冽。

三年除夜

晰晰燎火光，氳氳臘酒香。嗤嗤童稚戲，迢迢歲夜長。堂上書帳前，長幼合成行。以我年最長，次第來稱觴。七十期漸近，萬緣心已忘。不唯少歡樂，兼亦無悲傷。素屏應居士①，青衣侍孟光。夫妻老相對，各坐一繩床。顧虎頭畫《維摩居士圖》，白衣素屏也。（2669）

【校】

①〔應居士〕何校：「應字有訛，黄校作映。」

【注】

朱《箋》：作於開成三年（八三八），洛陽。

〔素屏應居士，青衣侍孟光〕《太平廣記》卷二一〇《顧愷之》（出《名畫記》）：「晉顧愷之，字長康，小字虎頭。……長康又嘗於瓦棺寺北殿内畫維摩居士，畫畢，光耀月餘。《京師寺記》云：興寧中，瓦棺寺初置，僧衆設剎會，請朝賢士庶，宣疏募緣。時士大夫莫有過十萬者，長康獨注百萬。長康素貧，衆以爲大言。後寺僧請勾疏，長康曰：『宜備一壁。』閉户往來一月餘，所畫維摩一軀工畢，將欲點眸子，乃謂僧衆曰：『第一日觀者請施十萬，第二日者請施五萬，第三日觀者可任其施。』及開户，光照一寺，施者填咽，俄而及百萬。」孟光，見卷一《贈内》（0032）注。

〔夫妻老相對，各坐一繩床〕繩床，見卷二十《東院》（1325）注。

自題小園

不鬬門館華，不鬬林園大。但鬬爲主人，一坐十餘載。迴看甲乙第，列在都城内。素垣夾朱門，藹藹遥相對。主人安在哉，富貴去不迴。池乃爲魚鑿，林乃爲禽栽。何如小園主，拄杖閑即來。親賓有時會，琴酒連夜開。以此聊自足，不羨大池臺。（2670）

【注】

朱《箋》：作於開成三年（八三八）至開成四年（八三九），洛陽。

〔迴看甲乙第，列在都城内〕《史記·孝武本紀》：「賜列侯甲第，僮千人。」集解：「《漢書音義》曰：有甲乙第次，故曰第。」

病中宴坐

有酒病不飲，有詩慵不吟。頭眩平罷垂釣，手痺休援琴。竟日悄無事，所居閑且深。外安支離體，中養希夷心。窗户納秋景，竹木澄夕陰。宴坐小池畔，清風時動襟。（2671）

【注】

朱《箋》：作於開成四年（八三九），洛陽。

〔頭眩罷垂釣，手痺休援琴〕《廣韻》下平聲一先胡涓切：「眩，亂也。又胡練切。」

〔外安支離體，中養希夷心〕支離，見卷十五《渭村酬李二十見寄》（0806）注。《老子》十四章：「視之不見，名曰夷；聽之不聞，名曰希；博之不得，名曰微。」湛方生《老子贊》：「亦參儒訓，道實希夷。」

戒藥

促促急景中，蠢蠢微塵裏。生涯有分限，愛戀無終已。早夭羨中年，中年羨暮齒。暮齒又貪生，服食求不死。朝吞太陽精，夕吸秋石髓。徼福反成災，藥誤者多矣。以之資嗜慾，又望延甲子。天人陰騭間，亦恐無此理。域中有真道，所説不如此。後身始身存，吾聞諸老氏。（2672）

【注】

朱《箋》：作於開成四年（八三九），洛陽。

〔促促急景中，蠢蠢微塵裏〕鮑照《舞鶴賦》：「於是窮陰殺節，急景凋年。」微塵，見卷三二《閑園獨賞》（2359）注。

〔朝吞太陽精，夕吸秋石髓〕《雲笈七籤》卷四一《朝禮九天魂魄帝君求仙上法》：「常以月三日九日十六日平旦，向日九拜九揖，亦可心拜，仰頭叩齒二十四通，微祝曰：天魂九纏、上帝尊神、太陽日精、金門變仙、小兆王甲，敢奏微言。」又卷五四《對日存三魂法》：「太靈真人曰：先師教以五建之日，日出三四丈許，正立，以心對日，存三魂，神與日光俱入心中，良久閉氣三息，嚥三過，祝曰：太陽散暉，垂光紫青，來入我魂，照我五形。」秋石，見卷二九《思舊》（2130）注。

〔天人陰隲間，亦恐無此理〕陰隲，見卷二一《同微之贈别郭虛舟煉師五十韻》（1405）注。

〔後身始身存，吾聞諸老氏〕《老子》七章：「聖人後其身而身先，外其身而身存。」

贈夢得

前日君家飲①，昨日王家宴。今日過我廬，三日三會面。當歌聊自放，對酒交相勸。爲我盡一杯，與君發三願。一願世清平，二願身强健。三願臨老頭，數與君相見。（2673）

【校】

①〔君家〕紹興本作「君來」，據他本改。

【注】

朱《箋》：作於開成四年（八三九），洛陽。

逸老

《莊子》云：「勞我以生，逸我以老，息我以死也。」

白日下駸駸，青天高浩浩。人生在其中，適時即爲好。勞我以少壯，息我以衰老。順之多吉壽，違之或凶夭。我初五十八，息老雖非早。一閑十三年，所得亦不少。況加祿仕後，衣食常温飽。又從風疾來，女嫁男婚了。胸中一無事，浩氣凝襟抱。飄若雲信風，樂於魚在藻。桑榆坐已暮，鐘漏行將曉。皤然七十翁，亦足稱壽考。筋骸本非實，一束芭蕉草。眷屬偶相依，一夕同棲鳥。去何有顧戀，住亦無憂惱。生死尚復然，其餘安足道。是故臨老心，冥然合玄造。（2674）

【注】

朱《箋》：作於會昌元年（八四一），洛陽。

〔逸老〕《莊子·大宗師》：「夫大塊載我以形，勞我以生，佚我以老，息我以死。」

〔白日下駸駸，青天高浩浩〕《詩·小雅·四牡》：「駕彼四駱，載驟駸駸。」毛傳：「駸駸，驟貌。」

〔飄若雲信風，樂於魚在藻〕《詩·小雅·魚藻》：「魚在在藻，有頒其首。」

〔桑榆坐已暮，鐘漏行將曉〕桑榆，見卷十六《東南行一百韻寄通州元九侍御澧州李十一舍人果州崔二十二使君開州韋大員外庾三十二補闕杜十四拾遺李二十助教員外竇七校書》（0902）注。

〔筋骸本非實，一束芭蕉草〕《維摩經·方便品》：「是身如芭蕉，中無有堅。」

〔眷屬偶相依，一夕同棲鳥〕本書卷十《念金鑾子二首》之二（0466）：「恩愛元是妄，緣合暫爲親。」參見該詩注。

〔是故臨老心，冥然合玄造〕沈約《反舌鳥賦》：「咨玄造之大德，播含靈於無小。」

遇物感興因示子弟

聖擇狂夫言，俗信老人語。我有老狂詞，聽之吾語汝。吾觀器用中，劍鋭鋒多傷。吾觀形骸内，勁骨齒先亡①。寄言處世者，不可苦剛强。龜性愚且善，鳩心鈍無惡。人賤拾支床，鶻欺擒暖脚。寄言立身者，不得全柔弱。彼因罹禍難②，此未免憂患平聲。于何保終吉，强弱剛柔間。上遵周孔訓，旁鑒老莊言。不唯鞭其後，亦要軛其先。（2675）

【校】

①〔勁骨〕馬本、《唐音統籤》、汪本作「骨勁」。

②〔彼因〕馬本、《唐音統籤》、汪本作「彼固」。

【注】

朱《箋》：作於會昌元年（八四一），洛陽。

〔聖擇狂夫言，俗信老人語〕《説苑·談叢》：「狂夫之言，聖人擇焉。」

〔吾觀形骸内，勁骨齒先亡〕《淮南子・原道訓》：「故兵强則滅，木强則折，革固則裂，齒堅于舌而先之弊。是故柔弱者，生之幹也；而堅强者，死之徒也。」

〔人賤拾支床，鶻欺擒暖脚〕《史記・龜策列傳》：「南方老人用龜支床足，行二十餘歲，老人死，移床，龜尚生不死。」《焦氏易林・無妄・明夷》：「千雀萬鳩，與鷂爲仇。威勢不敵，雖衆無益。爲鷹所擊，萬事皆失。」

〔彼因罹禍難，此未免憂患〕《類篇》卷三十：「患，胡慣切。《説文》：憂也。……又胡關切，弊也。」

〔不唯鞭其後，亦要軛其先〕鞭其後，見卷三十《隱几贈客》(2190)注。

首夏南池獨酌

春盡雜英歇，夏初芳草深。薰風自南至，吹我池上林。綠蘋散還合，赬鯉跳復沉。新葉有佳色，殘鶯猶好音。依然謝家物，池酌對風琴。慚無康樂作，秉筆思沉吟。境勝才思劣，詩成不稱心。（2676）

【注】

朱《箋》：作於會昌元年（八四一），洛陽。

〔薰風自南至，吹我池上林〕薰風，見卷十八《太平樂詞二首》之二(1183)注。

〔依然謝家物，池酌對風琴〕謝家，指謝靈運。謝靈運《登池上樓》：「初景革緒風，新陽改故陰。池塘生春草，園柳變鳴禽。」

官俸初罷親故見憂以詩諭之

七年爲少傅，品高俸不薄。乘軒已多慚，况是一病鶴。又及懸車歲，筋力轉衰弱。豈以貧是憂，尚爲名所縛。今春始病免，纓組初擺落。蝸甲有何知，雲心無所著。圖中殘舊穀①，可備歲飢惡。園中多新蔬，未至食藜藿。不求安師卜，不問陳生藥。但對丘中琴，時聞池上酌。信風舟不繫，掉尾魚方樂。親友不我知，而憂我寂寞。安與陳，皆洛中藝術精者。（2677）

【校】

①〔圖中〕馬本、《唐音統籤》、汪本作「囷中」。

【注】

陳《譜》、朱《箋》：作於會昌元年（八四一），洛陽。

〔七年爲少傅，品高俸不薄〕朱《箋》：「居易除太子少傅分司在大和九年十月，至會昌元年適爲七年。此詩云：『七年爲少傅』，時間正合。此詩又云：『又及懸車歲，筋力轉衰弱。』又本卷《達哉樂天行》詩云：『七旬纔滿冠已掛，半禄未及車先懸。』均謂七十歲罷少傅，未請到半俸前已先停官。唐制，致仕可得半俸，見《唐會要》卷六七致仕官條下。居易未致仕，故罷少傅後亦停俸。汪《譜》繫此詩於會昌二年，非是。」

〔蜩甲有何知，雲心無所著〕《莊子·寓言》：「予，蜩甲也，蛇蛻也，似之而非也。」《釋文》：「司馬云：蜩甲，蟬蛻皮也。」

〔圖中殘舊穀，可備歲飢惡〕《釋名》：「圖，以草作之，團團然也。」《藝文類聚》卷八五引《幽明錄》：「穀在圖中。」

閑居偶吟招鄭庶子皇甫郎中①

自哂此迂叟，少迂老更迂。家計一不問②，園林聊自娛。竹間琴一張，池上酒一壺。更無俗物到，但與秋光俱。古石蒼錯落，新泉碧縈紆。焉用車馬客，即此是吾徒。猶有所思人③，各在城一隅。杳然愛不見，搔首方踟躕。玄晏風韻遠，子真雲貌孤。誠知厭朝市，何必憶江湖？能來小澗上，一聽潺湲無？（2678）

【校】

①〔題〕「鄭庶子」紹興本作「鄭世子」，據他本改。

②〔一不問〕馬本、《唐音統籤》、汪本作「不一問」。

③〔猶有〕馬本、《唐音統籤》作「不有」。

【注】

朱《箋》：作於會昌元年（八四一），洛陽。

〔鄭庶子〕朱《箋》：「鄭俞。」見卷二八《同王十七庶子李六員外鄭二侍御同年四人遊龍門有感而作》（2031）注。

〔皇甫郎中〕朱《箋》：「皇甫曙。」見卷二九《池上清晨候皇甫郎中》（2132）注。

〔自哂此迂叟，少迂老更迂〕迂叟，見卷三三《迂叟》（2442）注。

〔杳然愛不見，搔首方踟躕〕《詩・邶風・靜女》：「愛而不見，搔首踟躕。」

〔玄晏風韻遠，子真雲貌孤〕玄晏，指皇甫曙。見卷二一《寄皇甫賓客》（1439）注。《漢書・王貢兩龔鮑傳》：「其後谷口有鄭子真，蜀有嚴君平，皆修身自保，非其服弗服，非其食弗食。成帝時，元舅大將軍王鳳以禮聘子真，子真遂不詘而終。」此指鄭俞。

亭西牆下伊渠水中置石激流潺湲成韻頗有幽趣以詩記之

嵌巉嵩石峭，皎潔伊流清。立爲遠峰勢，激作寒玉聲。夾岸羅密樹，面灘開小亭。忽疑嚴子瀨，流入洛陽城。是時羣動息，風靜微月明。高枕夜悄悄，滿耳秋泠泠。終日臨大道，何人知此情？此情苟自愜，亦不要人聽。（2679）

【注】

朱《箋》：作於會昌元年（八四一）至會昌二年（八四二），洛陽。

〔伊渠〕即伊水渠。《清一統志》卷一六二河南府：「伊渠，在洛陽縣南二十五里。自伊闕北分伊水北行，至午橋莊與洛渠交而出其上，亦爲三支，名莽渠、清渠、單渠。但以東别之，俱入洛。」《唐兩京城坊考》卷六長夏門之東第四街履道坊：「刑部尚書白居易宅。……按居易宅在履道西門，宅西牆下臨伊水渠，渠又周其宅之北。」

〔忽疑嚴子瀨，流入洛陽城〕嚴子瀨，見卷二九《秋池獨汎》（2119）注。

閑題家池寄王屋張道士

有石白磷磷，有水清潺潺。有叟頭似雪，婆娑乎其間。進不趨要路，退不入深山。深山太濩落，要路多險艱。不如家池上，樂逸無憂患。有食適吾口，有酒酡吾顔。恍惚遊醉鄉，希夷造玄關。五千言下悟，十二年來閑。富者我不顧，貴者我不攀。唯有天壇子，時來一往還。（2680）

【注】

朱《箋》：作於開成五年（八四〇），洛陽。

〔王屋張道士〕見卷三五《對鏡偶吟贈張道士抱元》（2580）注。

〔恍惚遊醉鄉，希夷造玄關〕希夷，見本卷《病中宴坐》（2671）注。

〔唯有天壇子，時來一往還〕王屋山天壇，見卷二三《早冬遊王屋自靈都抵陽臺上方望天壇偶吟成章寄温谷周尊師中書李相公》(1512)注。

李盧二中丞各創山居俱誇勝絶然去城稍遠來往頗勞弊居新泉實在宇下偶題十五韻聊戲二君

龍門蒼石壁，李所有也。浥澗碧潭水。盧所有也。各在一山隅，迢迢幾十里①。清鏡碧屏風，惜哉信爲美。愛而不得見，亦與無相似。聞君每來去，矻矻事行李。脂轄復裹糧，心力頗勞止。未如吾舍下②，石與泉甚邇。鑿鑿復濺濺，晝夜流不已。洛石千萬拳，襯波鋪錦綺。海珉一兩片，激瀨含宫徵。緑宜春濯足，淨可朝漱齒。遶砌紫鱗遊，拂簾白鳥起。何言履道叟，便是滄浪子。君若趁歸程，請君先到此。願以潺湲聲，洗君塵土耳。(2681)

【校】

①〔迢迢〕馬本、《唐音統籤》作「迢遥」。

②〔吾舍〕馬本、《唐音統籤》作「我舍」。

【注】

朱《箋》：作於會昌元年(八四一)，洛陽。

〔李中丞〕朱《箋》：「李仍叔。」見本卷《櫻桃花下有感而作》(2666)注。

〔盧中丞〕朱《箋》：「河南尹盧貞。」見卷三五《盧尹賀夢得會中作》（2631）注。

〔龍門蒼石壁，浥澗碧潭水〕龍門山，即伊闕山。見卷八《贈蘇少府》（0377）注。浥澗，見本卷《遊平泉宴浥澗宿香山石樓贈座客》（2661）注。

〔聞君每來去，矻矻事行李〕矻矻，見卷二《贈友五首》之二（0086）注。

〔脂轄復裹糧，心力頗勞止〕脂轄，見卷三一《醉送李二十常侍赴鎮浙東》（2233）注。《左傳》文公十二年：「裹糧坐甲，固敵是求。」《詩·大雅·民勞》：「民亦勞止，汔可小康。」

〔鑿鑿復濺濺，晝夜流不已〕《詩·唐風·揚之水》：「揚之水，白石鑿鑿。」濺濺，水流聲。蕭衍《遊鍾山大愛敬寺》：「幽谷響嚶嚶，石瀨鳴濺濺。」

北窗竹石

一片瑟瑟石，數竿青青竹。向我如有情，依然看不足。況臨北簷下①，復近西塘曲。筠風散餘清，苔雨含微綠。有妻亦衰老，無子方煢獨②。莫掩夜窗扉，共渠相伴宿。

（2682）

【校】

①〔北簷〕馬本、《唐音統籤》、汪本作「北窗」。

②〔無子〕馬本、《唐音統籤》作「有子」。

【注】

朱《箋》：作於會昌二年（八四二），洛陽。

〔一片瑟瑟石，數竿青青竹〕瑟瑟，以玉喻石。見卷十九《聽彈湘妃怨》（1298）注。

飲後戲示弟子

吾爲爾先生，爾爲吾弟子。孔門有遺訓，復坐吾告爾。先生饌酒食，弟子服勞止。孝敬不在他，在兹而已矣。欲我少愁憂，欲我多歡喜。無如醖好酒，酒須多且旨。旨即賓可留，多即罍不恥。吾更有一言，爾宜聽入耳。人老多憂貧，人病多憂死。我今雖老病，所憂不在此。憂在半酣時，樽空座客起。（2683）

【注】

朱《箋》：作於會昌二年（八四二），洛陽。

〔先生饌酒食，弟子服勞止〕《論語·爲政》：「子夏問孝，子曰：『色難。有事，弟子服其勞。有酒食，先生饌，曾是以爲孝乎？』」

〔無如醖好酒，酒須多且旨〕《詩·小雅·魚麗》：「君子有酒，多且旨。」

〔旨即賓可留，多即罍不恥〕《詩·小雅·蓼莪》：「瓶之罄矣，維罍之恥。」

閑坐看書貽諸少年

雨砌長寒蕪，風庭落秋果。窗間有閑叟，盡日看書坐。書中見往事，歷歷知福禍。多取終厚亡①，疾驅必先墮。勸君少干名，名爲錮身鎖。勸君少求利，利是焚身火。我心知已久，吾道無不可。所以雀羅門，不能寂寞我。（2684）

【校】

〔厚亡〕馬本、《唐音統籤》作「後亡」，誤。

【注】

朱《箋》：作於會昌二年（八四二），洛陽。

〔多取終厚亡，疾驅必先墮〕《老子》四十四章：「是故甚愛必大費，多藏必厚亡。」

〔我心知已久，吾道無不可〕《論語·微子》：「子曰：『不降其志，不辱其身，伯夷、叔齊與！』謂柳下惠、少連，降志辱身矣。言中倫，行中慮，其斯而已矣。謂虞仲、夷逸，隱居放言，身中清，廢中權。我則異于是，無可無不可。」

夢上山　時足疾未平。

夜夢上嵩山①，獨攜藜杖出。千巖與萬壑，遊覽皆周畢。夢中足不病②，健似少年日。既悟神返初，依然舊形質。始知形神內，形病神無疾。形神兩是幻，夢寤俱非實③。晝行雖蹇澀，夜步頗安逸。晝夜既平分，其間何得失？（2685）

【校】

①〔上嵩山〕那波本作「健上山」。

②〔足不病〕《唐音統籤》作「足不勞」。

③〔夢寤〕紹興本作「夢寐」，馬本、《唐音統籤》、汪本作「夢悟」，據那波本改。

【注】

汪《譜》、朱《箋》：作於會昌二年（八四二），洛陽。

〔形神兩是幻，夢寤俱非實〕參見卷八《自望秦赴五松驛馬上偶睡睡覺成吟》（0337）、卷二八《疑夢二首》（2056）注。

對酒閑吟贈同老者

人生七十稀，我年幸過之。遠行將路盡①，春夢欲覺時。家事口不問，世名心不思。老既不足歎，病亦不能治。扶侍仰婢僕②，將養信妻兒。飢飽進退食，寒暄加減衣。聲妓放鄭衛，裘馬脱輕肥。百事盡除去，尚餘酒與詩。興來吟一篇，吟罷酒一巵。不獨適情性，兼用扶衰羸。雲液洒六腑，陽和生四肢。於中我自樂，此外吾不知。寄問同老者，捨此將安歸？莫學蓬心叟，胸心殘是非。（2686）

【校】

①〔路盡〕馬本、《唐音統籤》、汪本作「盡路」。

②〔婢僕〕馬本、《唐音統籤》作「奴僕」。

【注】

朱《箋》：作於會昌二年（八四二），洛陽。

〔人生七十稀，我年幸過之〕見卷五《感時》（0175）注。

〔聲妓放鄭衛，裘馬脱輕肥〕鄭衛，見卷一《鄧魴張徹落第》（0044）注。裘馬，見卷三四《閑適》（2490）注。

〔雲液洒六腑，陽和生四肢〕劉孝標《謝給藥啓》：「松子玉漿，衛卿雲液。」陽和，見卷十《溪中早春》（0454）注。

〔莫學蓬心叟，胸心殘是非〕《莊子·逍遥遊》：「惠子謂莊子曰：『魏王貽我大瓠之種，我樹之成，而實五石。以盛水漿，其堅不能自舉也。剖之以爲瓢，則瓠落無所容。非不呺然大也，吾爲其無用而掊之。』莊子曰：『夫子固拙於用大矣。……今子有五石之瓠，何不慮以爲大樽而浮夫江湖，而憂其瓠落無所容，則夫子猶有蓬之心也夫。』」林希逸《口義》：「蓬心，猶茅塞其心也。」

晚起閑行

皤然一老子，擁裘仍隱几。坐穩夜忘眠，卧安朝不起。起來無可作，閉目時叩齒。靜對銅爐香，暖漱銀瓶水。午齋何儉潔，餠與蔬而已。西寺講楞伽，閑行一隨喜。（2687）

【注】

朱《箋》：作於會昌二年（八四二），洛陽。

〔西寺講楞伽，閑行一隨喜〕楞伽，《楞伽經》。見卷九《勸酒寄元九》（0413）、卷十六《晚春登大雲寺南樓贈常禪師》（0915）注。隨喜，謂見他人行善隨生歡喜。《維摩經·菩薩行品》：「勸請説法，隨喜贊善。」

香山居士寫真詩　并序

元和五年，予爲左拾遺、翰林學士，奉詔寫真於集賢殿御書院，時年三十七。會昌二年，罷太子少傅，爲白衣居士，又寫真於香山寺藏經堂，時年七十一。前後相望，殆將三紀。觀今照昔，慨然自歎者久之。形容非一，世事幾變。因題六十字，以寫所懷。

昔作少學士，圖形入集賢。今爲老居士，寫貌寄香山。鶴毳變玄髮，雞膚換朱顏。前形與後貌，相去三十年。勿歎韶華子，俄成婆叟仙①。請看東海水，亦變作桑田。（2688）

【校】

①〔婆叟〕馬本、《唐音統籤》、汪本作「皤叟」。

【注】

朱《箋》：作於會昌二年（八四二），洛陽。

〔元和五年……時年三十七〕見卷六《自題寫真》（0226）注。朱《箋》：「元和五年，白氏三十九歲，則『三十七』當爲『三十九』之訛。」

〔會昌二年罷太子少傅〕朱《箋》：「居易罷太子少傅在會昌元年春，……（此句）蓋自謂會昌二年已罷少傅官，非謂是年始罷也。」

〔香山寺藏經堂〕見卷三五《題香山新經堂招僧》（2615）注。

〔勿歎韶華子，俄成婆叟仙〕張彦遠《歷代名畫記》卷三：「大雲寺門東西兩壁鬼神，佛殿上菩薩六軀、淨土經變，閣上婆叟仙，並尉遲畫。黄犬及鷹最妙。」婆叟仙即婆藪仙，又作縛斯仙、婆斯仙、婆私吒、婆吒，爲虚空藏院千手觀音之左脅侍者，二十八部衆之一，位列密教胎藏界曼荼羅外金剛部之東方。《大毗盧遮那成佛神變加持經》卷二：「行者於東隅，而作火仙像。住於熾焰中，三點灰爲標。身色皆深赤，心置三角印。慧珠定操瓶，掌印定持杖。青羊已爲座，妃后侍左右。婆藪仙仙妃，阿詣囉瞿曇。」

〔請看東海水，亦變作桑田〕見卷三一《浪淘沙詞六首》之一（2293）注。

二年三月五日齋畢開素當食偶吟贈妻弘農郡君

睡足支體暢，晨起開中堂。初旭泛簾幕，微風拂衣裳。二婢扶盥櫛，雙童舁簞床。庭東有茂樹，其下多陰凉。前月事齋戒，昨日散道場。以我久蔬素，加籩仍異糧。魴鱗白如雪，蒸炙加桂薑。稻飯紅似花，調沃新酪漿。佐以脯醢味，間之椒薤芳。老憐口尚美，病喜鼻聞香。嬌騃三四孫，索哺遶我傍。山妻未舉案，饞叟已先嘗。憶同牢巹初，家貧共糟糠。今食且如此，何必烹猪羊。况觀姻族間，夫妻半存亡。偕老不易得，白頭何足傷。食罷酒一杯，醉飽吟又狂。緬想梁高士，樂道喜文章。徒誇五噫作，不解贈孟光。

（2689）

【校】

①〔白如雪〕馬本、《唐音統籤》作「如白雪」。

【注】

朱《箋》：作於會昌二年（八四二），洛陽。

〔開素〕本書卷三二《五月齋戒罷宴徹樂聞韋賓客皇甫郎中飲會亦稀又知欲攜酒饌出齋先以長句呈謝》（2358）：

「散齋香火今朝散，開素盤筵後日開。」卷三四《戲贈夢得兼呈思黯》（2495）：「月終齋滿誰開素，須詎奇章置一筵。」朱翌《猗覺寮雜記》卷上：「親家翁、開素、鵲填河，皆俗語。白樂天用俗語爲多。」王楙《野客叢書》卷二二：「今人久茹素，而其親若鄰設酒殽之具，以相煖熱，名曰開葷，於理合曰開素。此風已見六朝。觀東昏以喪潘妃之女，閹豎共營殽羞，云爲天解菜，正其義也。」郭麐《靈芬館詩話》卷三：「近人以開齋日爲開葷，唐人謂之開素。樂天詩：『開素盤筵後日開。』」

〔弘農郡君〕居易妻初授弘農縣君，見卷十九《妻初授邑號告身》（1237）注。此年封弘農郡君。白居易《繡西方幀讚并序》（《白氏文集》卷七十）：「有女弟子弘農郡君姓楊，號蓮花性。」亦謂其妻。

〔以我久蔬素，加籩仍異糧〕加籩，見卷十二《題周皓大夫新亭子二十二韻》（0822）注。

〔憶同牢巹初，家貧共糟糠〕《禮記·昏義》：「共牢而食，合巹而酳，所以合體同尊卑，以親之也。」鄭注：「共牢而食，合巹而酳，成婦之義。」

〔緬想梁高士，樂道喜文章〕梁高士，梁鴻。見卷一《贈内》（0032）注。

〔徒詩五噫作，不解贈孟光〕《後漢書·逸民傳·梁鴻》：「因東出關，過京師，作五噫之歌曰：『陟彼北芒兮，噫！顧覽帝京兮，噫！宫室崔嵬兮，噫！人之劬勞兮，噫！遼遼未央兮，噫！』肅宗聞而非之，求鴻不得，乃易姓運期，名燿，字俟光，與妻子居齊魯之間。」

不出門

彌月不出門，永日無來賓。食飽更拂床，睡覺一嚬伸①。輕箑白鳥羽，新簟青箭筠。方寸方丈室，空然兩無塵。披衣腰不帶，散髮頭不巾。袒跣北窗下，葛天之遺民。一日亦自足，况得以終身。不知天壤内，目我爲何人？（2690）

【校】

①〔睡覺〕馬本、《唐音統籤》作「睡起」。

【注】

朱《箋》：作於會昌二年（八四二），洛陽。

〔輕箑白鳥羽，新簟青箭筠〕潘岳《秋興賦》：「於是乃屏輕箑，釋纖絺。」

〔袒跣北窗下，葛天之遺民〕《史記·吴王濞列傳》：「膠西王乃袒跣，席稾。」陶淵明《與子儼等疏》：「五六月中，北窗下卧，遇凉風暫至，自謂是羲皇上人。」又《五柳先生傳》：「酣觴賦詩，以樂其志，無懷氏之民歟？葛天氏之民歟？」

感舊 并序

故李侍郎杓直，長慶元年春薨。元相公微之，大和六年秋薨。崔常侍晦叔①，大和七年夏薨。劉尚書夢得，會昌二年秋薨。四君子，予之執友也。二十年間②，凋零共盡。唯予衰病，至今獨存。因詠悲懷，題爲《感舊》。

晦叔墳荒草已陳，夢得墓濕土猶新。微之捐館將一紀，杓直歸丘二十春。城中雖有故第宅，庭蕪園廢生荆榛。篋中亦有舊書札，紙穿字蠧成灰塵。平生定交取人窄，屈指相知唯五人。四人先去我在後，一枝蒲柳衰殘身。豈無晚歲新相識，相識面親心不親。人生莫羨苦長命，命長感舊多悲辛③。（2691）

【校】

①〔崔常侍〕各本作「崔侍郎」，誤。據顧校、朱《箋》改。

②〔二十年間〕馬本、《唐音統籤》、汪本作「三十年間」。

③〔命長〕馬本、《唐音統籤》作「長命」。

【注】

陳《譜》、朱《箋》：作於會昌二年（八四二），洛陽。

〔李侍郎杓直〕朱《箋》：「李建。卒於長慶元年二月二十三日。」見卷十九《予與故刑部李侍郎早結道友以藥術爲事與故京兆元尹晚爲詩侶有林泉之期周歲之間二君長逝李住曲江北元居昇平西追感舊遊因貽同志》（1259）注。

〔元相公微之〕元稹卒於大和五年。見卷二六《元相公挽歌詞三首》（1894）注。朱《箋》：「此詩序云『大和六年秋薨』，則『六年』當係『五年』之訛。」

〔崔常侍晦叔〕朱《箋》：「崔玄亮。」崔玄亮卒於大和七年。見卷二九《哭崔常侍晦叔》（2115）注。

〔劉尚書夢得〕《舊唐書・劉禹錫傳》：「會昌二年七月卒，時年七十一。」與白詩所記合。《新唐書》本傳作卒年七十二，有誤。

〔四人先去我在後，一枝蒲柳衰殘身〕蒲柳，見卷六《自題寫真》（0226）注。

〔人生莫羨苦長命，命長感舊多悲辛〕苦，甚，太。見卷四《牡丹芳》（0150）注。

送毛仙翁

江州司馬時作。

仙翁已得道，混迹尋巖泉。肌膚冰雪瑩，衣服雲霞鮮。紺髮絲並緻，齠容花共妍①。方瞳點玄漆，高步淩非煙②。幾見桑海變，莫知龜鶴年。所憩九清外，所遊五岳巔。軒昊舊爲侶，松喬難比肩。每嗟人世人，役役如狂顛。孰能脱羈鞅，盡遭名利牽。貌隨歲律換，神逐光陰遷。惟余負憂讉，憔悴湓江壖。衰鬢忽霜白，愁腸如火煎。羈旅坐多感，徘徊私自憐。晴眺五老峰，玉洞多神仙。何當憫湮厄，授道安虚孱？我師惠然來，論道窮重玄。浩蕩入溟闊，志泰心超然。形骸既無束，得喪亦都捐。豈識椿菌異，那知鵬鷃懸。丹華既相付，促景定當延。玄功曷可報，感極惟勤拳。霓旌不肯駐，又歸武夷川。語罷倏然别，孤鶴昇遥天。賦詩叙明德，永續步虚篇。（2692）

【校】

①〔齠容〕盧校作「韶容」。

②〔非煙〕那波本、馬本作「飛煙」。

【注】

朱《箋》：約作於元和十一年（八一六）至元和十三年（八一八），江州。

〔毛仙翁〕計有功《唐詩紀事》卷八一「毛仙翁贈行詩」錄裴度、牛僧孺、李翺、令狐楚、李程、李宗閔、韓愈、崔郾、王起、李益、鄭澣、楊於陵、楊嗣復、元稹、沈傳師、柳公綽、崔元略、白居易、李紳、劉禹錫、張仲方等人贈行詩文，又杜光庭之序。韓愈之作頗有辨爲僞文者，卞孝萱《元稹年譜》以爲元稹之作誤以稹廉問浙東在前、入相在後，顯係僞作。按，毛仙翁其人其事鬨傳一時，除卞《譜》所辨有據外，諸人之作難盡出於僞託。汪立名云：「此詩舊編《後集》，當是從後追憶錄入者。毛仙翁能預決人休咎，或晚年思其言有驗，遂存此詩耳。」杜光庭序云：「毛仙翁者，名于，字鴻漸。得久視之道，不知其甲子，常如三十許人。其齠容稚姿，雪肌玄髮，若處子焉。周遊湖嶺間，常以丹石攻疾，陰功救物，受其賜者，不可勝紀。……自元和洎大中戊子，五十餘年，容色不改，信非常人矣。奇章公獨以上昇爲疑者，乃拘教守常，未達神仙之深旨矣。」

〔紺髮絲並緻，齠容花共妍〕《廣弘明集》卷十三釋法琳《辨正論》：「紺髮紅爪，顯神功於絶代。」

〔方瞳點玄漆，高步凌非煙〕葛洪《抱朴子內篇・暢玄》：「若今吾眼有方瞳，耳長出頂，亦將控飛龍而駕慶雲，凌流電而造倒影。」《雲笈七籤》卷十九《老子中經下》：「五百歲之人，方瞳子。」玄漆，謂墨。傅玄《筆賦》：「纏以素枲，納以玄漆。」《史記・天官書》：「若煙非煙，若雲非雲，郁郁紛紛，蕭索輪囷，是謂卿雲。」

〔所憩九清外，所遊五岳巔〕《太平御覽》卷六七七引《九幽經》：「帝尊在九清妙境，三元宫中。」《太平廣記》卷四四《穆將符》（出《神仙拾遺傳》）：「穆處士，隱仙者也，名位列於九清之上矣。」

〔軒昊舊爲侣，松喬難比肩〕軒昊，軒轅、少昊。《梁書・武帝紀》：「七輔四叔，致無爲於軒昊。」松喬，赤松子、王子喬。見卷五《題贈鄭秘書徵君石溝溪隱居》（0207）注。

〔惟余負憂譴，憔悴湓江壖〕湓江，見卷一《廬山桂》（0061）注。

〔晴眺五老峰，玉洞多神仙〕五老峰，見卷七《題元十八溪亭》（0299）注。

〔我師惠然來，論道窮重玄〕魏晉以來對《老子》「玄之又玄」之義的發揮，稱爲「重玄」，重玄學爲唐代道教的重要學説。《莊子・大宗師》成玄英疏：「道之根本，所謂重玄之域，衆妙之門。」

〔豈識椿菌異，那知鵬鷃懸〕《莊子・逍遥遊》：「小知不及大知，小年不及大年。奚以知其然也？朝菌不知晦朔，蟪蛄不知春秋，此小年也。楚之南有冥靈者，以五百歲爲春，五百歲爲秋。上古有大椿者，以八千歲爲春，八千歲爲秋。」鵬鷃，見卷二《反鮑明遠白頭吟》（0120）注。

達哉樂天行

達哉達哉白樂天，分司東都十三年。七旬纔滿冠已掛，半禄未及車先懸。或伴遊客春行樂，或隨山僧夜坐禪。二年忘却問家事，門庭多草厨少烟。庖童朝告鹽米盡，侍婢暮訴衣裳穿。妻孥不悦甥侄悶，而我醉卧方陶然。起來與爾畫生計，薄産處置有後先。先賣南坊十畝園，次賣東郭五頃田。然後兼賣所居宅，髣髴獲緡二三千。半與爾充衣食費，半與吾供酒肉錢。吾今已年七十一，眼昏鬚白頭風眩平。但恐此錢用不盡，即先朝露歸夜泉。未歸且住亦不惡，飢餐樂飲安穩眠。死生無可無不可，達哉達哉白樂天。（2693）

【注】

陳《譜》、汪《譜》、朱《箋》：作於會昌二年（八四二），洛陽。

〔吾今已年七十一，眼昏鬚白頭風眩〕眩，見本卷《病中宴坐》（2671）注。

〔死生無可無不可，達哉達哉白樂天〕無可無不可，見本卷《閑坐看書貽諸少年》（2684）注。

春池閑汎

已下律詩。

綠塘新水平，紅檻小舟輕。解纜隨風去，開襟信意行。淺憐清演漾，深愛綠澄泓①。白撲柳飛絮，紅浮桃落英。古文科斗出，新葉剪刀生。樹集鶯朋友，雲行雁弟兄。飛沉皆適性，酣詠自怡情。花助銀杯器②，松添玉軫聲。魚跳何事樂③，鷗起復誰驚？莫唱滄浪曲，無塵可濯纓。（2694）

【校】

①〔澄泓〕《唐音統籤》作「泓澄」。

②〔銀杯器〕汪本作「銀杯氣」。

③〔魚跳〕馬本、《唐音統籤》作「魚躍」。

【注】

朱《箋》：作於會昌元年（八四一），洛陽。

〔淺憐清演漾，深愛綠澄泓〕阮籍《詠懷詩》：「泛泛乘輕舟，演漾靡所望。」沈佺期《紹隆寺》：「危昂階下石，演漾窗中瀾。」澄泓，泓澄。見卷六《遊悟真寺詩一百三十韻》（0261）注。

〔古文科斗出，新葉剪刀生〕孔安國《尚書序》：「至魯共王好治宮室，壞孔子舊宅，以廣其居，於壁中得先人所藏古文虞夏商周之書，及傳《論語》、《孝經》，皆科斗文字。」

〔飛沉皆適性，酣詠自怡情〕本書卷一《續古詩十首》之九（0073）：「飛沉一何樂，鱗羽各有徒。」參見該詩注。

〔莫唱滄浪曲，無塵可濯纓〕見卷五《答元八宗簡同遊曲江後明日見贈》（0174）注。

池上寓興二絶

濠梁莊惠謾相爭，未必人情知物情。獺捕魚來魚躍出，此非魚樂是魚驚。（2695）

【注】

朱《箋》：作於會昌元年（八四一），洛陽。

〔獺捕魚來魚躍出，此非魚樂是魚驚〕《莊子·秋水》：「莊子與惠子遊於濠梁之上，莊子曰：『儵魚出遊從容，是魚之樂也。』惠子曰：『子非魚，安知魚之樂？』莊子曰：『子非我，安知我不知魚之樂？』」

水淺魚稀白鷺飢，勞心瞪目待魚時。外容閑暇中心苦，似是而非誰得知？（2696）

宴後題府中水堂贈盧尹中丞 昔予爲尹日創造之。

水齋歲久漸荒蕪，自愧甘棠無一株。新酒客來方宴飲，舊堂主在重歡娛。莫言楊柳枝空老，府妓有歌《楊柳枝》曲者，因以名焉。直至櫻桃樹已枯。府西有櫻桃廳，因樹爲名。今樹亦枯也。從我到君十一尹，相看自置府來無？自予罷後至中丞，凡十一尹也。（2697）

【注】

陳《譜》、朱《箋》：作於會昌二年（八四二），洛陽。

〔盧尹中丞〕朱《箋》：「河南尹盧貞。」見卷三五《盧尹賀夢得會中作》（2631）注。

〔水堂〕見卷二八《水堂醉卧問杜三十一》（2080）注。

〔從我到君十一尹，相看自置府來無〕十一尹，見卷三五《盧尹賀夢得會中作》（2631）注。

和敏中洛下即事 時敏中爲殿中分司。

昨日池塘春草生，阿連新有好詩成。花園到處鶯呼入，驄馬遊時客避行。水暖魚多似南國，人稀塵少勝西京。洛中佳境應無限，若欲諳知問老兄。（2698）

【注】

汪《譜》、朱《箋》：作於會昌元年（八四一），洛陽。

〔敏中〕朱《箋》：「白敏中。」見卷三五《見敏中初到邠寧秋日登樓詩詩中頗多鄉思因以寄和》（2576）注。

〔昨日池塘春草生，阿連新有好詩成〕見卷二三《夢行簡》（1601）注。此指敏中。

〔花園到處鶯呼人，驄馬遊時客避行〕驄馬，見卷五《見蕭侍御憶舊山草堂詩因以繼和》（0181）注。

送敏中新授户部員外郎西歸

千里歸程三伏天，官新身健馬翩翩。行衝赤日加餐飯，上到青雲穩著鞭。長慶老郎唯我在，客曹故事望君傳。前鴻後雁行難續，相去迢迢二十年。長慶初，予爲主客郎中、知制誥，遷中書舍人，去今二十一年也。（2699）

【注】

朱《箋》：作於會昌元年（八四一），洛陽。

〔敏中〕朱《箋》：「白敏中。《册府元龜》卷五五〇謂敏中『開成末爲户部員外郎』，非是。白詩云：『千里歸程三伏天』，則敏中除此職必在會昌元年夏。」

〔長慶老郎唯我在，客曹故事望君傳〕客曹，主客郎中。《通典》卷二三：「主客郎中一人。漢成帝初置尚書，有客曹，主外國夷狄。……武德初改爲主客郎中。」本書卷二四《聞行簡恩賜章服喜成長句寄之》（1638）：「齒髮恰同知命歲，官銜俱是客曹郎。」注：「予與行簡俱年五十始著緋，皆是主客郎官。」詩言此。

南侍御以石相贈助成水聲因以絶句謝之

泉石磷磷聲似琴，閑眠静聽洗塵心。莫輕兩片青苔石，一夜潺湲直萬金。（2700）

【注】

朱《箋》：作於會昌元年（八四一），洛陽。

〔南侍御〕朱《箋》：「南卓。」南卓《羯鼓録》：「會昌元年，卓因爲洛陽令，數陪劉賓客、白少傅宴遊。」卓字昭嗣，元和十年應進士試，大和二年賢良方正直言極諫科登第。初爲拾遺，大和四年以諫謫松滋令。會昌元年以侍御史除洛陽令。詳卞孝萱《南卓考》。朱《箋》：「唐人喜以内職相稱，則此時卓當已自侍御改官洛陽令。」

閑居自題戲招宿客

水畔竹林邊，閑居二十年。健常攜酒出，病即掩門眠。解綬收朝珮，褰裳出野船。屏除身外物，擺落世間緣。報曙窗何早，知秋簟最先。微風深樹裏，斜日小樓前。渠口添新石，籬根寫亂泉。欲招同宿客，誰解愛潺湲？西亭牆下，泉石有聲。（2701）

【注】

朱《箋》：作於會昌元年（八四一），洛陽。

李留守相公見過池上汎舟舉酒話及翰林舊事因成四韻以獻之

引棹尋池岸，移樽就菊叢。何言濟川後，相訪釣船中。白首故情在，青雲往事空。同時六學士，五相一漁翁。（2702）

【注】

陳《譜》、朱《箋》：作於會昌元年（八四一），洛陽。

〔李留守相公〕朱《箋》：「李程。」見卷三五《雪朝乘興欲詣李司徒留守先以五韻戲之》（2645）注。

〔同時六學士，五相一漁翁〕洪邁《容齋隨筆》卷二謂此詩之「李留守相公」爲李絳，所謂五相指裴垍、王涯、杜元穎、崔羣及絳。陳《譜》謂五相爲李吉甫、裴垍、崔羣、李程。宋長白《柳亭詩話》卷一謂係裴度、崔羣、裴垍、王播、李絳。岑仲勉《唐集質疑》考此詩留守相公非李絳，乃李程，蓋李絳爲東都留守在長慶時，時間不合。又詩云「同時六學士」，指居易初入院之時。五相爲李程、王涯、裴垍、李絳、崔羣。

閏九月九日獨飲

黄花叢畔緑樽前，猶有些些舊管絃。偶遇閏秋重九日，東籬獨酌一陶然。自從九月持齋戒，不醉重陽十五年。（2703）

【注】

朱《箋》：作於會昌元年（八四一），洛陽。

〔自從九月持齋戒，不醉重陽十五年〕《四分律行事鈔資持記》卷下之三：「年三者，正、五、九月。冥界業鏡，輪照南洲。若有善惡，鏡中悉現。……持齋者或受八戒，或但持齋。中前一食，中後不得妄噉。」《唐會要》卷四一斷屠釣：「會昌四年四月中書門下奏：正月、五月、九月斷屠。伏以齋月斷屠，出於釋氏。緣國初風俗，猶近梁、陳，卿相大臣，頗遵此教。又弛禁不一，只斷屠羊，宰殺驢牛，其數不少。……仍望准開元二十二年十月二十日敕，正月、七月、十月、三元日，各斷屠三日。餘望並停。」趙彦衛《雲麓漫鈔》卷八：「釋氏《智論》云：天帝釋以大寶鏡照四大神洲，察人善惡。正、五、九月照南贍部洲，二、六、十月則照東，三、七、十一月則照西，四、八、十二月則照北。唐太宗崇其教，故正、五、九月不食葷，百官不支羊錢。迄今不改。」顧炎武《日知錄》卷三十：「唐人正、五、九月齋戒，不禁閏月。白居易有《閏九月九日獨飲詩》云：『自從九月持齋戒，不醉重陽十五年。』是閏九月可以飲酒也。」

覽盧子蒙侍御舊詩多與微之唱和感今傷昔因贈子蒙題於卷後

早聞元九詠君詩，恨與盧君相識遲。今日逢君開舊卷，卷中多道贈微之。相看掩淚情難說，別有傷心事豈知。聞道咸陽墳上樹，已抽三丈白楊枝。（2704）

【注】

朱《箋》：作於會昌元年（八四一），洛陽。

〔盧子蒙侍御〕朱《箋》：「盧貞。即白氏《七老會詩》（本書卷三七2722）中所載之『前侍御史內供奉官范陽盧貞，年八十二』。此盧貞，元稹集中如《初寒夜寄盧子蒙》及《城外回謝子蒙見諭》等詩屢及之，與『河南尹盧貞』並非一人。」元稹又有《盧十九子蒙吟盧七員外洛川懷古六韻命余和》，知其行十九。又《貽蜀五首》之《盧評事子蒙》，知其元和九年時以大理評事爲劍南西川節度使李夷簡從事。《唐詩紀事》卷四九盧貞：「字子蒙，會昌五年爲河南尹。樂天九老會，貞年未七十，亦與焉。時又有內供奉盧貞。」以河南尹盧貞字子蒙。《全唐詩》卷四六三亦同。朱《箋》謂其大誤。按，河南尹盧貞後爲嶺南節度使。《新唐書・孝友傳》：「王博武，許州人。會昌中，侍母至廣州，及沙涌口，暴風，母溺死，博武自投于水。嶺南節度使盧貞俾吏沈罟，獲二屍焉。」《唐代墓誌彙編》大中〇四七《何府君墓誌銘》：「拜循州刺史，荒陬謐靖，惠私洽聞，連帥范陽盧公貞復以表論。」又爲太子賓客、某部尚書。《太平廣記》卷二七八《盧貞猶子》（出《宣室志》）：「太子賓客盧尚書貞，猶子爲僧。會昌中，沙汰僧徒，以蔭補光王府參軍。」均爲此盧貞。據居易會昌中詩，稱「河南尹盧貞」與稱「盧子蒙侍御」互不相涉，顯非一人。《唐詩紀事》等實誤。然因《唐詩紀事》等謂盧貞「字子蒙」，便移此「盧子蒙」以當九老會之「前侍御史内供奉官盧貞」，亦無據。蓋據居易詩，其人會昌五年（八四五）年八十二，當生於代宗廣德二年（七六四），長元稹十五歲，至元和間年已屆五十。而元稹詩中所稱之「盧子蒙」，元稹視爲同輩，有「撫稚君休感，無兒我不傷」（《諭子蒙》）之句，與盧貞年輩實不類。《唐大詔令集》卷一一七《遣使宣撫諸道詔》：「聞淮南等道歉旱頗甚，……令殿中侍御史盧貞往浙東浙西道、殿中侍御史李行修往江南宣歙等道安撫。」《全唐文》卷六九三李虞仲《授李行修刑部員外郎制》：「敕：登仕郎殿中侍御史内供奉護軍李行修……可守刑部員外郎。」《册府元龜》卷一五三寶曆元年九月記事有「刑部郎中李行修」，知其自侍御史遷刑部當在此前。盧貞任殿中侍御史内供奉當亦在元和末至長慶間。此即另一盧貞，與此「盧子蒙侍御」恐非一人。

寒亭留客

今朝閑坐石亭中，爐火銷殘樽又空。冷落若爲留客住，水池霜竹雪髯翁。（2705）

【注】

朱《箋》：作於會昌元年（八四一），洛陽。

新小灘

石淺沙平流水寒，水邊斜插一漁竿。江南客見生鄉思，道似嚴陵七里灘。（2706）

【注】

朱《箋》：作於會昌元年（八四一），洛陽。

〔江南客見生鄉思，道似嚴陵七里灘〕見卷二九《秋池獨汎》（2119）注。

和李中丞與李給事山居雪夜同宿小酌

憲府觸邪峨豸角，瑣闈駮正犯龍鱗。二人當官盛事，爲時所稱也。那知近地齊名客①，忽作深山同宿人。一盞寒燈雲外夜，數杯温酎雪中春。林泉莫作多時計，諫獵登封憶舊臣。（2707）

【校】

①〔齊名〕馬本、《唐音統籤》、汪本作「齋居」。

【注】

朱《箋》：作於會昌元年（八四一），洛陽。

〔李中丞〕朱《箋》：「李仍叔。」見本卷《櫻桃花下有感而作》（2666）注。

〔李給事〕李中敏。《舊唐書・李中敏傳》：「中敏元和末登進士第，性剛褊敢言。與進士杜牧、李甘相善，文章趣向，大率相類。中敏累從府辟，入爲監察，歷侍御史。大和中，爲司門員外郎。六年夏旱，時王守澄方寵鄭注，及誣構宋申錫後，人側目畏之。上以久旱，詔求致雨之方。中敏上言曰：『仍歲大旱，非聖德不至，直以宋申錫之冤濫，鄭注之奸弊。今致雨之方，莫若斬鄭注而雪申錫。』士大夫皆危之，疏留中不下。明年，中敏謝病歸洛陽。及訓、注誅，竟雪申錫。召中敏爲司勳員外郎。尋遷刑部郎中，知臺雜。其年，拜諫議大夫，充理匭使。……尋拜給事中。」詩注稱其「當官盛事」，蓋指此。

〔憲府觸邪峨豸角，瑣闈駮正犯龍鱗〕豸角，見卷五《見蕭侍御憶舊山草堂詩因以繼和》（0181）注。《初學記》卷十二引衛宏《漢舊儀》：「黄門郎屬黄門令，日暮入對青瑣闈拜，名夕郎。」黄門郎即唐之給事中。沈佺期《自考功員外授給事中》：「南省推丹地，東曹拜瑣闈。」

〔林泉莫作多時計，諫獵登封憶舊臣〕《史記・司馬相如列傳》：「常從上至長楊獵，是時天子方好自擊熊彘，馳逐野獸，相如上疏諫之。」《史記・封禪書》：「遂登封太山，至於梁父。」

履道西門二首

履道西門有弊居，池塘竹樹遶吾廬。豪華肥壯雖無分，飽暖安閑即有餘。行竈朝香炊早

飯，小園春暖掇新蔬。夷齊黄綺誇芝蕨，比我盤飧恐不如。（2708）

【注】

朱《箋》：作於會昌二年（八四二），洛陽。

〔履道西門〕白居易履道坊宅，見卷二三《履道新居二十韻》（1582）注。

〔夷齊黄綺誇芝蕨，比我盤飧恐不如〕《史記・伯夷列傳》：「伯夷、叔齊，孤竹君之二子也。……武王已平殷亂，天下宗周，而伯夷、叔齊耻之，義不食周粟，隱於首陽山。采薇而食之。及餓且死，作歌。」黄綺，綺里季、夏黄公，見卷二《答四皓廟》（0104）注。

履道西門獨掩扉，官休病退客來稀。亦知軒冕榮堪戀，其奈田園老合歸。跛鼈難隨騏驥足，傷禽莫趁鳳凰飛。世間認得身人少，今我雖愚亦庶幾。（2709）

【注】

〔世間認得身人少，今我雖愚亦庶幾〕身，自身。《淮南子・説山》：「魯人身善制冠，妻善織履。」《王梵志詩校注》〇〇一首：「張口哭他屍，不知身去急。」

偶吟

人生變改故無窮，昔是朝官今野翁。久寄形於朱紫內，漸抽身入蕙荷中。荷衣、蕙帶，是《楚詞》也①。無情水任方圓器，不繫舟隨去住風。猶有鱸魚蓴菜興，來春或擬往江東。（2710）

【校】

〔（注）是楚詞也〕馬本、《唐音統籤》、汪本作「皆楚詞也」。

【注】

朱《箋》：作於會昌元年（八四一），洛陽。

〔久寄形於朱紫內，漸抽身入蕙荷中〕《楚辭·九歌·少司命》：「荷衣兮蕙帶，儵而來兮忽而逝。」

〔無情水任方圓器，不繫舟隨去住風〕《荀子·君道》：「君者，盤也，盤圓而水圓。君者，盂也，盂方而水方。」《後漢書·宦者傳·呂强》：「《尸子》曰：君如杅，民如水，杅方則水方，杅圓則水圓。」《莊子·列禦寇》：「巧者勞而知者憂，无能者无所求，飽食而敖遊，汎若不繫之舟，虛而敖遊者也。」

〔猶有鱸魚蓴菜興，來春或擬往江東〕見卷三二《寄楊六侍郎》（2371）注。

雪夜小飲贈夢得

同爲懶慢園林客，共對蕭條雨雪天。小酌酒巡銷永夜，大開口笑送殘年。久將時背成遺

老，多被人呼作散仙。呼作散仙應有以，曾看東海變桑田。（2711）

【注】

朱《箋》：作於會昌元年（八四一），洛陽。

〔久將時背成遺老，多被人呼作散仙〕《太平廣記》卷八《劉安》（出《神仙傳》）：「安未得上天，遇諸仙伯，安少習尊貴，稀爲卑下之禮，坐起不恭，語聲高亮，或誤稱寡人。於是仙伯主者奏安云不敬，應斥遣去。八公爲之謝過，乃見赦，謫守都厠三年，後爲散仙人，不得處職，但得不死而已。」

歲暮夜長病中燈下聞盧尹夜宴以詩戲之且爲來日張本也

榮鬧興多嫌晝短，衰閑睡夜覺明遲①。當君秉燭銜杯夜，是我停燈服藥時②。枕上愁吟堪發病，府中歡笑勝尋醫。明朝强出須謀樂，不詎車公更詎誰③？（2712）

【校】

①〔睡夜〕那波本作「睡久」，馬本、《唐音統籤》、汪本作「睡少」。

②〔停燈〕馬本、《唐音統籤》、汪本作「停殘」。

③〔不詎〕馬本、《唐音統籤》、汪本作「不擬」，下「詎」字同。

【注】

朱《箋》：作於會昌二年（八四二），洛陽。

〔盧尹〕朱《箋》：「河南尹盧貞。」見卷三五《盧尹賀夢得會中作》（2631）注。

〔明朝强出須謀樂，不訝車公更訝誰〕訝，見卷十八《冬至夜》（1139）注。車公，見卷三二《五月齋戒罷宴徹樂聞韋賓客皇甫郎中飲會亦稀又知欲攜酒饌出齋先以長句呈謝》（2358）注。

病中數會張道士見譏以此答之

亦知數出妨將息，不可端居守寂寥。病即藥窗眠盡日，興來酒席坐通宵。賢人易狎須勤飲，姹女難禁莫謾燒。張道士輸白道士，一杯沆瀣便逍遥。（2713）

【注】

朱《箋》：作於會昌元年（八四一），洛陽。

〔張道士〕見本卷《閑題家池寄王屋張道士》（2680）注。

〔賢人易狎須勤飲，姹女難禁莫謾燒〕《三國志·魏書·徐邈傳》：「時科禁酒，而邈私飲至於沈醉。校事趙達問以曹事，邈曰：『中聖人。』達白之太祖，太祖怒甚。度遼將軍鮮于輔進曰：『平日醉客謂酒清者爲聖人，濁者爲賢人。』竟幸坐得免刑。」姹女，見卷十六《尋王道士藥堂因有題贈》（0949）注。

〔張道士輸白道士，一杯沆瀣便逍遥〕沆瀣，見卷一《夢仙》（0005）注。

卯飲

短屏風掩臥牀頭，烏帽青氊白氎裘。卯飲一杯眠一覺，世間何事不悠悠？（2714）

【注】

朱《箋》：作於會昌元年（八四一），洛陽。

〔卯飲〕見卷十七《薔薇正開春酒初熟因招劉十九張大崔二十四同飲》（1048）注。

〔短屏風掩臥牀頭，烏帽青氊白氎裘〕白氎，細棉布，或説爲毛布。樊綽《蠻書》卷十驃國：「男子多衣白氎。」王建《送鄭權尚書南海》：「白氎家家織，紅蕉處處栽。」《舊唐書·南蠻傳·婆利》：「有古貝草，緝其花以作布，粗者名古貝，細者名白氎。」《法苑珠林》卷四二音釋：「氎，達協切。毛布也。」

寄題餘杭郡樓兼呈裴使君

官歷二十政，宦遊三十秋。江山與風月，最憶是杭州。北郭沙堤尾，西湖石岸頭①。緑觴春送客，紅燭夜迴舟。不敢言遺愛，空知念舊遊。憑君吟此句，題向望濤樓。（2715）

【校】

①〔西湖〕馬本、《唐音統籤》作「西潮」，誤。

【注】

朱《箋》：　作於會昌元年（八四一），洛陽。

〔裴使君〕朱《箋》：　「杭州刺史裴夷直。」《舊唐書・武宗紀》：　「（開成五年八月十七日），御史中丞裴夷直爲杭州刺史」；「（會昌元年）三月，（貶）杭州刺史裴夷直驩州司户。」

〔憑君吟此句，題向望濤樓〕望濤樓，即望海樓。見卷二十《杭州春望》（1357）注。

楊六尚書留太湖石在洛下借置庭中因對舉杯寄贈絶句

借君片石意何如，置向庭中慰索居。每就玉山傾一酌，興來如對醉尚書。（2716）

【注】

朱《箋》：　作於會昌元年（八四一），洛陽。

〔楊六尚書〕朱《箋》：　「楊汝士。」見卷三五《楊六尚書頻寄新詩詩中多有思閑相就之志因書鄙意報而諭之》（2641）注。

喜入新年自詠　時年七十一。

白鬚如雪五朝臣，又入新正第七旬①。老過占他藍尾酒，病餘收得到頭身。銷磨歲月成高位，比類時流是幸人。大曆年中騎竹馬，幾人得見會昌春？（2717）

【校】

①〔又入〕馬本、《唐音統籤》、汪本作「又值」。

【注】

陳《譜》、汪《譜》、朱《箋》：作於會昌二年（八四二），洛陽。

〔白鬚如雪五朝臣，又入新正第七旬〕七旬，見卷二八《哭崔兒》（2071）注。

〔老過占他藍尾酒，病餘收得到頭身〕藍尾酒，見卷二四《歲日家宴戲示弟侄等兼呈張侍御二十八丈殷判官二十三兄》（1656）注。

灘聲

碧玉班班沙歷歷，清流決決響泠泠。自從造得灘聲後，玉管朱絃可要聽？（2718）

【注】

朱《箋》：作於會昌二年（八四二），洛陽。

〔碧玉班班沙歷歷，清流決決響泠泠〕決決，見卷二三《途中題山泉》（1568）注。

老題石泉①

殷勤傍石遶泉行，不說何人知我情。漸恐耳聾兼眼暗，聽泉看石不分明。（2719）

【校】

①〔題〕汪本作「題泉石」。

【注】

朱《箋》：作於會昌二年（八四二），洛陽。

送王卿使君赴任蘇州因思花迎新使感舊遊寄題郡中木蘭西院一別①

一別蘇州十八載，時光人事隨年改。不論竹馬盡成人，亦恐桑田半爲海。鶯入故宮含意思，花迎新使生光彩。爲報江山風月知，至今白使君猶在。（2720）

【校】

①〔題〕汪本無「一别」二字。

【注】

朱《箋》：作於會昌三年（八四三），洛陽。

〔王卿使君〕名未詳。朱《箋》：「《姑蘇志》卷二《古今守令表》上有王摶，不著年月，疑非其人。」

〔木蘭西院〕《吳郡志》卷六：「木蘭堂在郡治後。《嵐齋録》云：唐張摶自湖州刺史移蘇州，於堂前大植木蘭花。當盛開時，燕郡中詩客，即席賦之。陸龜蒙後至，張聯酌浮之。龜蒙徑醉，强執筆題兩句云：『洞庭波浪渺無津，日日征帆送遠人。』頹然醉倒。摶命他客續之，皆莫詳其意。既而龜蒙稍醒，援毫卒其章曰：『幾度木蘭船上望，不知元是此花身。』遂爲一時絶唱。按舊堂基在今觀德堂後，古木猶森列。郡守數有欲興廢者，而卒未就。」然據白詩，其得名在陸龜蒙前。

出齋日喜皇甫十早訪

三旬齋滿欲銜杯，平旦敲門門未開。除却朗之攜一榼，的應不是别人來。（2721）

【注】

朱《箋》：作於會昌二年（八四二），洛陽。

〔皇甫十〕朱《箋》：「皇甫曙。」見卷三五《皇甫郎中親家翁赴任絳州宴送出城贈别》（2587）注。

會昌二年春題池西小樓

花邊春水水邊樓，一坐經今四十秋①。望月橋傾三遍換，採蓮船破五迴修。園林一半成喬木，鄰里三分作白頭。蘇李冥濛隨燭滅，陳樊漂泊逐萍流。蘇庶子弘、李中丞道樞及陳、樊二妓，十餘年皆樓中歌酒中伴，或殁或散，獨予在焉。雖貧眼下無妨樂，縱病心中不與愁。自笑靈光巋然在，春來遊得且須遊。（2722）

【校】

①〔四十〕何校從黄校作「十四」。

【注】

朱《箋》：作於會昌二年（八四二），洛陽。

〔蘇李冥濛隨燭滅，陳樊漂泊逐萍流〕蘇庶子弘，見卷二五《答蘇庶子》（1752）注。李中丞道樞，見卷三四《奉和思黯相公以李蘇州所寄太湖石奇狀絶倫因題二十韻見示兼呈夢得》（2508）注。陳，陳結之。見卷二六《結之》（1898）注。樊，樊素。見卷三五《别柳枝》（2565）注。

〔自笑靈光巋然在，春來遊得且須遊〕王延壽《魯靈光殿賦》序：「自西京未央、建章之殿，皆見隳壞，而靈光巋然獨存。」

酬南洛陽早春見贈

物華春意尚遲迴，賴有東風晝夜催。寒綻柳腰收未得，暖熏花口噤初開。古詩云：「口噤不能開。」欲披雲霧聯襟去，先喜瓊琚入袖來。久病長齋詩老退，爭禁年少洛陽才？（2723）

【注】

朱《箋》：作於會昌二年（八四二），洛陽。

〔南洛陽〕朱《箋》：「南卓。」見本卷《南侍御以石相贈助成水聲因以絶句謝之》（2700）注。

〔寒綻柳腰收未得，暖熏花口噤初開〕《相和歌辭·豔歌何嘗行》：「吾欲銜汝去，口噤不能開。」

〔久病長齋詩老退，爭禁年少洛陽才〕洛陽才，見卷三三《喜夢得自馮翊歸洛兼呈令公》（2428）注。

對新家醖玩自種花

香麴親看造，芳叢手自栽。迎春報酒熟，垂老看花開。紅蠟半含萼，緑油新醱醅。玲瓏五六樹，瀲灩兩三杯。恐有狂風起，愁無好客來。獨酣還獨語，待取月明迴。（2724）

【注】

朱《箋》：作於會昌二年（八四二），洛陽。

〔紅蠟半含萼，綠油新醱醅〕醱醅，見卷三三《初冬月夜得皇甫澤州手札並詩數篇因遣報書偶題長句》（2438）注。

攜酒往朗之莊居同飲

慵中又少經過處，別後都無勸酒人。不挈一壺相就醉，若爲將老度殘春？（2725）

【注】

朱《箋》：作於會昌二年（八四二），洛陽。

〔朗之〕朱《箋》：「皇甫曙。」見卷三四《詠懷寄皇甫朗之》（2521）、本卷《出齋日喜皇甫十早訪》（2721）注。

以詩代書酬慕巢尚書見寄

慕巢書中頗切歸休結侶之意，故以此答。

書意詩情不偶然，苦云夢想在林泉①。願爲愚谷煙霞侶，思結空門香火緣。每愧尚書情眷眷，自憐居士病綿綿。不知待得心期否，老校於君六七年。（2726）

【校】

①〔苦云〕馬本、《唐音統籤》、汪本作「若云」。

【注】

朱《箋》：作於會昌二年（八四二），洛陽。

〔慕巢尚書〕朱《箋》：「楊汝士。」見本卷《楊六尚書留太湖石在洛下借置庭中因對舉杯寄贈絶句》（2716）注。

〔願爲愚谷煙霞侶，思結空門香火緣〕《説苑·政理》：「齊桓公出獵，逐鹿而走，入山谷之中，見一老公而問之曰：『是爲何谷？』對曰：『爲愚公之谷。』桓公曰：『何故？』對曰：『以臣名之。』桓公曰：『今視公之儀狀，非愚人也，何爲以公名之？』對曰：『臣請陳之。臣故畜牸牛，生子而大，賣之而買駒。少年曰：「牛不能生馬。」遂持駒去。傍鄰聞之，以臣爲愚，故名此谷爲愚公之谷。』」

春盡日

芳景銷殘暑氣生，感時思事坐含情。無人開口共誰語，有酒迴頭還自傾。醉對數叢紅芍藥，渴嘗一盌緑昌明。蜀茶之名也。春歸似遣鶯留語①，好住林園三兩聲。（2727）

【校】

①〔似遣〕馬本、《唐音統籤》作「自遣」。

【注】

朱《箋》：作於會昌二年（八四二），洛陽。

〔醉對數叢紅芍藥，渴嘗一盌綠昌明〕趙德麟《侯鯖錄》卷四：「唐茶，東川有神泉昌明，白公詩使綠昌明是也。」袁文《甕牖閑評》卷六：「白樂天茶詩云：『渴嘗一盞綠昌明。』昌明乃地名，在綿州。人便謂昌明茶綠，非也。此正與『黄金碾畔綠塵飛』之句相似。蓋是時未知所以造茶，製作不精，故茶之色猶綠。而好事者錄其茶之妙，亦未以白色爲貴，其詩故如此。使樂天見今日之茶之美，而肯爲是語耶？」

招山僧

能入城中乞食否，莫辭塵土汙袈裟。欲知住處東城下，遶竹泉聲是白家。（2728）

【注】

朱《箋》：作於會昌二年（八四二），洛陽。

夏日與閑禪師林下避暑

落景牆西塵土紅①，伴僧閑坐竹泉東。綠蘿潭上不見日，白石灘邊長有風。熱惱漸知隨念盡②，清涼常願與人同。每因毒暑悲親故，多在炎方瘴海中。是歲，潮、韶等郡皆有親友謫居。

（2729）

【校】

①〔落景〕馬本、《唐音統籤》作「洛景」。

②〔熱惱〕馬本、《唐音統籤》作「熱鬧」。

【注】

朱《箋》：作於會昌二年（八四二），洛陽。

〔閑禪師〕朱《箋》：「僧清閑。」見卷二七《清閑上人》（1998）注。

〔每因毒暑悲親故，多在炎方瘴海中〕見卷三五《旱熱》（2637）注。朱《箋》：「此蓋指楊嗣復、李珏等之貶。據《舊唐書·武宗紀》、《楊嗣復傳》、《李珏傳》，李珏貶昭州刺史，再貶端州司馬。嗣復先貶潮州刺史，再貶潮州司馬。白氏自注所『云韶州』，未知何指。疑當作『昭州』。」

題新澗亭兼酬寄朝中親故見贈

何處披襟風快哉，一亭臨澗四門開。金章紫綬辭腰去，白石清泉就眼來。自得所宜還獨樂，各行其志莫相咍。禽魚出得池籠後，縱有人呼可更迴？（2730）

【注】

朱《箋》：作於會昌二年（八四二），洛陽。

〔何處披襟風快哉，一亭臨澗四門開〕宋玉《風賦》：「楚襄王遊於蘭臺之宮，宋玉、景差侍。有風颯然而至，王乃披襟而當之曰：『快哉此風！寡人所與庶人共者邪。』」

病中看經贈諸道侶

右眼昏花左足風，金篦石水用無功。金篦刮眼病，見《涅槃經》。磁石水治風，見《外臺方》。不如迴念三乘樂，便得浮生百疾空①。無子同居草菴下，見《法華經》。有妻偕老道場中。何煩更請僧爲侶，月上新歸伴病翁②。時適談氏女子自太原初歸。維摩詰有女名月上也。（2731）

【校】

①〔百疾〕馬本、《唐音統籤》作「百病」。

②〔月上〕那波本作「月正」。〔伴病翁〕馬本、《唐音統籤》作「侍病翁」。

【注】

朱《箋》：作於會昌二年（八四二），洛陽。

〔右眼昏花左足風，金篦石水用無功〕金篦，見卷二四《眼病二首》之二（1681）注。王燾《外臺秘要方》卷十四：

「元侍郎希聲集療癱瘓風神驗方：……磁石，一斤綿裹。……右十五味切，以水一斗二升煮，麻黄去上沫，内諸藥，煎取三升，分温三服。」

〔不如迴念三乘樂，便得浮生百疾空〕三乘，聲聞乘、緣覺乘、大乘。《維摩經·觀衆生品》：「舍利弗問天：汝於三乘爲何志求？天曰：以聲聞法化衆生，故我爲聲聞；以因緣法化衆生，故我爲辟支佛；以大悲法化衆生，故我爲大乘。」

〔無子同居草菴下，有妻偕老道場中〕《法華經·信解品》：「譬如童子，幼稚無識，捨父逃逝，遠到他土。周流諸國，五十餘年。其父憂念，四方推求。……長者是時，在師子座，遥見其子，默而識之。……經二十年，執作家事。示其金銀，真珠頗梨。諸物出入，皆使令知。猶處門外，止宿草庵。」

〔何煩更請僧爲侶，月上新歸伴病翁〕適談氏女子，居易女適談弘謨。見卷三四《小歲日喜談氏外孫女孩滿月》(2482)注。《佛説月上女經》卷上：「爾時彼城有離車，名毗摩羅詰，其家巨富，資財無量。……其人有妻，名曰無垢。可喜端正，形貌殊美，女相具足。然彼婦人，於時懷妊，滿足九月，便生一女，姿容端正，身體圓足，觀者無厭。其女生時，有大光明，照其家内，處處充滿。……於其身上，出妙光明，勝於月照，猶如金色，耀其家内。然其父母，見彼光故，即爲立名，稱爲月上。」詩注記爲「維摩詰女」，誤。

遊豐樂招提佛光三寺

竹鞋葵扇白綃巾，林野爲家雲是身。山寺每遊多寄宿，都城暫出即經旬。漢容黄綺爲逋客，堯放巢由作外臣。昨日制書臨郡縣，不該愚谷醉鄉人①。(2732)

【校】

①〔不該〕馬本、《唐音統籤》、汪本作「不談」。

【注】

朱《箋》：作於會昌二年（八四二），洛陽。

〔豐樂寺〕在嵩山。《舊唐書·陸贄傳》：「俄丁母憂，東歸洛陽，寓居嵩山豐樂寺。」

〔招提寺〕在緱氏縣。《太平寰宇記》卷五河南道緱氏縣：「古滑城，在縣東一十八里，城東角有招提寺。」

〔佛光寺〕在嵩山。《舊唐書·李師道傳》：「以師道錢千萬，僞理嵩山之佛光寺。」白居易《醉吟先生傳》（《白氏文集》卷七十）：「與嵩山僧如滿爲空門友。」《佛光和尚真贊》（《白氏文集》卷七一）：「和尚姓陸氏，號如滿，居佛光寺東芙蓉山蘭若，因號焉。」

〔漢容黄綺爲逋客，堯放巢由作外臣〕黄綺，綺里季、夏黄公，見卷二《答四皓廟》（0104）注。巢由，巢父、許由。見卷二《讀史五首》之二（0096）注。

〔昨日制書臨郡縣，不該愚谷醉鄉人〕愚谷，見本卷《以詩代書酬慕巢尚書見寄》（2726）注。

醉中得上都親友書以予停俸多時憂問貧乏偶乘酒興詠而報之

頭白醉昏昏，狂歌秋復春。一生耽酒客，五度棄官人。蘇州、刑部侍郎、河南尹、同州刺史、太子少傅，皆以病免也。異世陶元亮，前生劉伯倫。卧將琴作枕，行以鍤隨身。歲要衣三對，年支穀一囷。園葵烹佐飯，林葉掃添薪①。没齒甘蔬食，摇頭謝搢紳。自能抛爵禄，終不惱

交親。但得杯中淥，從生甑上塵。煩君問生計，憂醒不憂貧。（2733）

【校】

①〔林葉〕馬本、《唐音統籤》作「秋葉」。

【注】

朱《箋》：作於會昌二年（八四二），洛陽。

〔異世陶元亮，前生劉伯倫〕陶元亮，陶淵明。見卷五《效陶潛體詩十六首》之十二（0221）注。劉伯倫，劉伶。見卷五《效陶潛體詩十六首》之十三（0222）注。

〔歲要衣三對，年支穀一囷〕三對，三副、三套。見卷四《繚綾》（0153）注。

池畔逐涼

風清泉冷竹修修，三伏炎天涼似秋。黄犬引迎騎馬客，青衣扶下釣魚舟。衰容自覺宜閑坐，蹇步誰能更遠遊？料得此身終老處，只應林下與灘頭。（2734）

【注】

朱《箋》：作於會昌二年（八四二），洛陽。

池鶴八絶句

池上有鶴，介然不羣，烏、鳶、雞、鵝次第嘲噪，諸禽似有所誚，鶴亦時復一鳴。予非冶長，不通其意，因戲與贈答，以意斟酌之，聊亦自取笑耳。

雞贈鶴

一聲警露君能薄①，五德司晨我用多。不會悠悠時俗士，重君輕我意如何？（2735）

【校】

①〔警露〕馬本、《唐音統籤》作「驚露」。

【注】

朱《箋》：作於會昌元年（八四一）至會昌二年（八四二），洛陽。

〔一聲警露君能薄，五德司晨我用多〕《初學記》卷三〇「警露鶴」引周處《風土記》：「鳴鶴戒露，白鶴也。此鳥性警，至八月白露降，即鳴而相警。」《韓詩外傳》卷二：「君獨不見乎雞乎？首戴冠者，文也。足傅距者，武也。敵在前敢鬥者，勇也。得食相告，仁也。守夜不失時，信也。雞有此五德，君猶日瀹而食之者何也？」

鶴答雞

爾爭伉儷泥中鬭，吾整羽儀松上棲。不可遣他天下眼，却輕野鶴重家雞。（2736）

烏贈鶴

與君白黑太分明①，縱不相親莫見輕。我每夜啼君怨別，玉徽琴裏忝同聲。琴曲有《烏夜啼》、《別鶴怨》。（2737）

【校】

①〔太分明〕馬本作「大分明」。

【注】

〔我每夜啼君怨別，玉徽琴裏忝同聲〕烏夜啼，見卷二六《賦得烏夜啼》（1830）注。別鶴怨，即別鶴操。見卷二一《和微之聽妻彈別鶴操因爲解釋其義依韻加四句》（1419）注。

鶴答烏

吾愛棲雲上華表，汝多攫肉下田中。吾音中羽汝聲角，琴曲雖同調不同。《別鶴怨》在羽調，《烏夜啼》在角調。（2738）

【注】

〔吾音中羽汝聲角，琴曲雖同調不同〕《別鶴操》爲琴曲，見前注。《教坊記》：「《烏夜啼》，宋彭城王義康、衡陽王義季，帝因之潯陽，後宥之。使未達，衡王家人扣二王所囚院曰：『昨夜烏夜啼，官當有赦。』少頃使至。故有此曲。亦入《琴操》。」

鳶贈鶴

君誇名鶴我名鳶，君叫聞天我唳天。更有與君相似處，飢來一種啄腥羶。（2739）

鶴答鳶

無妨自是莫相非，清濁高低各有歸。鸞鶴羣中彩雲裏，幾時曾見喘鳶飛？（2740）

鵝贈鶴

君因風送入青雲①，我被人驅向鴨羣。雪頸霜毛紅網掌，請看何處不如君？（2741）

【校】

①〔風送〕馬本、《唐音統籤》作「風起」。

鶴答鵝

右軍歿後欲何依，只合隨雞逐鴨飛。未必犧牲及吾輩，大都我瘦勝君肥。（2742）

【注】

〔右軍歿後欲何依，只合隨雞逐鴨飛〕《晉書·王羲之傳》：「性愛鵝，會稽有孤居姥養一鵝，善鳴，求市未能得，遂攜親友命駕就觀。姥聞羲之將至，烹鵝以待之，羲之歎惜彌日。又山陰有一道士，養好鵝，羲之往觀焉，意甚悅，固求市之。道士云：『爲寫《道德經》，當舉群相贈耳。』羲之欣然寫畢，籠鵝而歸，甚以爲樂。」

談氏小外孫玉童

外翁七十孫三歲，笑指琴書欲遺傳。自念老夫今耄矣，因思稚子更茫然。中郎餘慶鍾羊祜①，子幼能文似馬遷。才與不才爭料得，東床空後且嬌憐。談氏初逝。（2743）

【校】

①〔餘慶〕馬本作「餘祚」。

【注】

朱《箋》：作於會昌二年（八四二），洛陽。

〔談氏外孫玉童〕見卷三五《談氏外孫生三日喜是男偶吟成篇兼戲呈夢得》（2596）注。

〔中郎餘慶鍾羊祜，子幼能文似馬遷〕中郎，蔡邕。《晉書·后妃傳》：「景獻羊皇后諱徽瑜，泰山南城人。父衜，上黨太守。后母陳留蔡氏，漢左中郎將邕之女也。」《羊祜傳》：「祜，蔡邕外孫，景獻皇后同產弟。」《易·坤·文言》：「積善之家必有餘慶。」《漢書·楊敞傳》：「子忠，……忠弟惲，字子幼，以忠任爲郎。補常侍騎。惲母，司馬遷女。惲始讀外祖《太史公記》，頗爲《春秋》。」

〔才與不才爭料得，東床空後且嬌憐〕居易壻談弘謨卒於此年。

送後集往廬山東林寺兼寄雲皐上人

後集寄將何處去，故山迢遞在匡廬。舊僧獨有雲皐在，三二年來不得書。别後道情添幾許，老來筋力又何如？來生緣會應非遠，彼此年過七十餘。(2744)

【注】

朱《箋》：作於會昌二年（八四二），洛陽。

〔雲皐上人〕東林寺僧。白居易《唐故撫州景雲寺律大德上弘和尚石塔碑銘》（《白氏文集》卷四一）：「元和十一年春，廬山東林寺僧……雲皐、太易等凡二十輩，與白黑衆千餘人俱賫持故景雲大德弘公行狀一通，執錢十萬，來詣潯陽府。」又《遊大林寺序》（《白氏文集》卷四三）：「余與河南元集虚……東林寺沙門……雲皐、息慈、寂然，凡十七人，自遺愛草堂，歷東西二林。」

〔後集寄將何處去，故山迢遞在匡廬〕白居易《東林寺白氏文集記》（《白氏文集》卷七十）：「今余前後所著文，大小合二千九百六十四首，勒成六十卷。編次既畢，納于藏中，且欲與二林結他生之緣，復曩歲之志也。故自忘其鄙拙焉，仍請本寺長老及主藏僧，依遠公文集例，不借外客，不出寺門。幸甚！大和九年夏，太子賓客、晉陽縣開國男、太原白居易樂天記。」此爲大和九年編成六十卷本。此詩所云爲會昌二年編成之七十卷本。白居易《白氏集後記》（那波本《白氏文集》卷七一）：「白氏前著《長慶集》五十卷，元微之爲序。《後集》二十卷，自爲序。」即指此本。

客有説

客即李浙東也，所説不能具録其事。

近有人從海上迴，海山深處見樓臺。中有仙龕虛一室，多傳此待樂天來。（2745）

【注】

朱《箋》：作於會昌二年（八四二），洛陽。

〔李浙東〕朱《箋》：「浙東觀察使李師稷。」《會稽掇英總集》卷十八《唐太守題名記》：「李師稷，會昌二年二月自楚州團練使兼淮南營田副使授。」《太平廣記》卷四八《白樂天》（出《逸史》）：「唐會昌元年，李師稷中丞爲浙東觀察使。有商客遭風飄蕩，不知所止。月餘，至一大山，瑞雲奇花，白鶴異樹，盡非人間所睹。山側有人迎問曰：『安得至此？』具言之。令維舟上岸，云：『須謁天師。』遂引至一處，若大寺觀，通一道入。道士鬚眉悉白，侍衛數十，坐大殿上，與語曰：『汝中國人，兹地有緣，方得一到。此蓬萊山也。既至，莫要看否？』遣左右引於宫内遊觀。玉臺翠樹，光彩奪目。院宇數十，皆有名號。至一院，扃鎖甚嚴。因窺之，衆花滿庭，堂有裀褥，焚香階下。客問之，答曰：『此是白樂天院。樂天在中國未來耳。』乃潛記之，遂别之歸。旬日至越，具白廉使。李公盡録以報白公。先是，白公平生唯修上坐業。及覽李公所報，乃自爲詩二首，以記其事，及答李浙東云：『近有人從海上回，海山深處見樓臺。中有仙籠開一室，皆言此待樂天來。』又曰：『吾學空門不學仙，恐君此語是虛傳。海山不是吾歸處，歸即應歸兜率天。』然白公脱屣煙埃，投棄軒冕，與夫昧昧者固不同也。安知非謫仙哉？」

答客説

吾學空門非學仙，恐君此説是虛傳。海山不是吾歸處①，歸即應歸兜率天。予晚年結彌勒上生業，故云。（2746）

【校】

①〔吾歸處〕馬本、汪本作「我歸處」。

【注】

朱《箋》：作於會昌二年（八四二），洛陽。

〔海山不是吾歸處，歸即應歸兜率天〕白居易《畫彌勒上生幀讚》（《白氏文集》卷七十），大和八年作。又《畫彌勒上生幀記》（《白氏文集》卷七一）：「南贍部洲大唐國東都香山居士、太原人白樂天，年老病風，因身有苦，遍念一切惡趣衆生，願同我身，離苦得樂。由是命繪事，按經文，仰兜率天宫，想彌勒内衆。以丹素金碧形容之，以香火花果供養之。一禮一贊，所生功德，若我老病苦者，皆得如本願焉。本願云何？先是，樂天歸三寶，持十齋，受八戒者有年歲矣。常日日焚香佛前，稽首發願，願當來世與一切衆生同彌勒上生，隨慈氏下降。生生劫劫，與慈氏俱，永離生死流，終成無上道。今因老病，重此證明，所以表不忘初心，而必果本願也。慈氏在上，實聞斯言。言訖作禮，自爲此記。時開成五年三月日記。」《觀彌勒菩薩上生兜率天經》：「若有精勤修諸功德，威儀不缺，掃塔塗地，以衆名香妙花供養，行衆三昧，深入正受，讀誦經典，如是等人應當至心，雖不斷結，如得六通，應當繫念念佛形象，稱彌勒名。如是等輩，若一念頃，受八戒齋，修諸淨業，發弘誓願，命終之後，譬如壯士屈申臂頃，即得往生兜率陀天，于蓮華上結跏趺坐。」

哭劉尚書夢得二首

四海齊名白與劉，百年交分兩綢繆。同貧同病退閑日，一死一生臨老頭。杯酒英雄君與操，曹公曰：「天下英雄，唯使君與操耳。」文章微婉我知丘。仲尼云：「後世知丘者《春秋》。」又云：「《春秋》之旨微而婉也。」賢豪雖殁精靈在，應共微之地下游。（2747）

【注】

陳《譜》、汪《譜》、朱《箋》：作於會昌二年（八四二），洛陽。

〔劉尚書夢得〕朱《箋》：「劉禹錫。卒於會昌二年。」見本卷《感舊》（2691）注。

〔杯酒英雄君與操，文章微婉我知丘〕君與操，見卷二二《和微之詩二十三首》（1454）序注。《孟子·滕文公下》：「孔子懼，作《春秋》。《春秋》，天子之事也。是故孔子曰：『知我者其惟《春秋》乎！罪我者其惟《春秋》乎！』」《左傳》成公十四年：「故君子曰：《春秋》之稱，微而顯，志而晦，婉而成章，盡而不汙，懲惡而勸善。非聖人誰能修之？」

今日哭君吾道孤，寢門淚滿白髭鬚。不知箭折弓何用，兼恐脣亡齒亦枯。窅窅窮泉埋寶玉，駸駸落景掛桑榆。夜臺暮齒期非遠，但問前頭相見無？（2748）

【校】

據天海校本，舊抄本此下有篇題「以劍及詩重哭送夢得」，詩失傳。

【注】

〔今日哭君吾道孤，寢門淚滿白髭鬚〕《公羊傳》哀公十四年：「西狩獲麟，孔子曰：『吾道窮矣。』」寢門，見卷二七《哭微之二首》（1946）注。

〔窅窅窮泉埋寶玉，駸駸落景掛桑榆〕《世説新語·傷逝》：「庾文康亡，何揚州臨葬，云：『埋玉樹著土中，使人情何能已已！』」桑榆，見卷十六《東南行一百韻寄通州元九侍御澧州李十一舍人果州崔二十二使君開州韋大員外庾三十二補闕杜十四拾遺李二十助教員外竇七校書》（0902）注。

〔夜臺暮齒期非遠，但問前頭相見無〕夜臺，見卷二一《憶舊遊》（1450）注。

白居易詩集校注卷第三十七①

律詩　五言　七言　凡一百首②

昨日復今辰

昨日復今辰，悠悠七十春。所經多故處，却想似前身。散秩優游老，閑居淨潔貧③。螺杯中有物，鶴氅上無塵。解珮收朝帶，抽簪換野巾。風儀與名號，別是一生人。（2749）

【校】

①〔卷第三十七〕那波本爲卷七十一。

②〔凡一百首〕本卷實有詩五十六首。

③〔淨潔〕馬本、《唐音統籤》、汪本作「清淨」。

【注】

汪《譜》、朱《箋》：作於會昌元年（八四一），洛陽。

〔螺杯中有物，鶴氅上無塵〕螺杯，見卷七《題元十八溪亭》（0299）注。鶴氅，見卷二七《雪夜喜李郎中見訪兼酬所贈》（1980）注。

〔解珮收朝帶，抽簪換野巾〕抽簪，見卷二四《題東武丘寺六韻》（1682）注。

〔風儀與名號，別是一生人〕《世説新語·雅量》：「庾太尉風儀偉長，不輕舉止。」生人，陌生人。《敦煌變文集·維摩詰講經文》：「猧兒亂趁生人咬，奴子頻撚野鴿鷲。」

病瘡

門有醫來往，庭無客送迎。病銷談笑興，老足歎嗟聲。鶴伴臨池立，人扶下砌行。脚瘡春斷酒，那得有心情？（2750）

【注】

朱《箋》：作於會昌元年（八四一），洛陽。

游趙村杏花①

游村紅杏每年開②，十五年來看幾迴？七十三人難再到，今春來是別花來。（2751）

【校】

①〔題〕《唐音統籤》無「游」字。

②〔游村〕《唐音統籤》、汪本作「趙村」。

【注】

汪《譜》、朱《箋》：作於會昌四年（八四四），洛陽。

〔趙村〕本書卷二九《洛陽春贈劉李二賓客》（2150）：「明日期何處，杏花遊趙村。」注：「洛陽城東有趙村，杏花千餘樹。」又本卷《狂吟七言十四韻》（2763）：「洛堰魚鮮供取足，游村果熟饋爭新。」朱《箋》：「疑趙村亦名游村。」

刑部尚書致仕

十五年來洛下居，道緣俗累兩何如？迷路心迴因向佛，宦途事了是懸車。全家遁世曾無悶，半俸資身亦有餘。唯是名銜人不會，毗耶長者白尚書。（2752）

【注】

朱《箋》：作於會昌二年（八四二），洛陽。

〔刑部尚書致仕〕《舊唐書·白居易傳》：「會昌中，請罷太子少傅，以刑部尚書致仕。」朱《箋》：「居易罷太子少傳官在會昌元年春，其《達哉樂天行》詩（本卷2763）云：『七旬纔滿冠已掛，半祿未及車先懸。』唐制，致仕官可得半俸，可知其七十歲罷少傅官時並未同時致仕，至會昌二年秋始以刑部尚書致仕。陳《譜》謂致仕在會昌元年，誤。」

〔全家遁世曾無悶，半俸資身亦有餘〕《易·乾·文言》：「子曰：龍德而隱者也，不易乎世，不成乎名，遯世无悶。」《唐會要》卷六七致仕官：「建中三年九月十二日敕：致仕官所請半祿料及賜物等，並宜從敕出日於本貫及寄住處州府支給。至貞元四年四月二十三日，致仕官給半祿料，其朝會及朔望朝參，並依常式。自今已後，宜准此」；「（貞元）五年三月，以太子少傅兼吏部尚書蕭昕爲太子少師，右武衛上將軍鮑防爲工部尚書，前太子詹事韋建爲秘書監，並致仕，仍給半祿及賜帛。其俸料悉絶，上念舊老，特命賜其半焉。致仕官給半祿料，自昕等始也。」

〔唯是名銜人不會，毗耶長者白尚書〕毗耶長者，即維摩詰，住毗耶離國。《維摩經·方便品》：「爾時毗耶離大城中有長者，名維摩詰。」

初致仕後戲酬留守牛相公并呈分司諸寮友

南北東西無所羈，掛冠自在勝分司。探花嘗酒多先到，拜表行香盡不知。炮笋烹魚飽飡後，擁袍枕臂醉眠時。報君一語君應笑，兼亦無心羨保釐。（2753）

【注】

汪《譜》、朱《箋》：作於會昌二年（八四二），洛陽。

〔留守牛相公〕朱《箋》：「牛僧孺。僧孺再爲東都留守在會昌二年。」杜牧《唐故太子少師奇章郡開國公贈太尉牛公墓誌銘》：「會昌元年秋七月，漢水溢堤入郭，自漢陽王張柬之一百五十歲後水爲最大。李太尉德裕挾維州事，曰修利不至，罷爲太子少師。未幾，檢校司徒兼太子少保。明年，以檢校官兼太子太傅，留守東都。」

〔探花嘗酒多先到，拜表行香盡不知〕拜表，見卷二一《六年春贈分司東都諸公》（1448）注。行香，見卷二三《分司》（1585）注。

〔報君一語君應笑，兼亦無心羨保釐〕保釐，見卷二九《裴侍中晉公以集賢林亭即事詩二十六韻見贈猥蒙徵和才拙詞繁輒廣爲五百言以伸酬獻》（2136）注。

問諸親友

七十人難到，過三更較稀。占花租野寺，定酒典朝衣①。趁醉春多出，貪歡夜未歸。不知親故口，道我是耶非？（2754）

【校】

①〔定酒〕那波本作「嗜酒」。

【注】

汪《譜》、朱《箋》：作於會昌四年（八四四），洛陽。

戲問牛司徒

斗藪塵纓捋白鬚，半酣扶起問司徒。不知詔下懸車後，醉舞狂歌有例無？（2755）

【注】

朱《箋》：作於會昌二年（八四二），洛陽。

〔牛司徒〕朱《箋》：「牛僧孺。時再爲東都留守。」見本卷《初致仕後戲酬留守牛相公並呈分司諸寮友》（2753）注。

不與老爲期

不與老爲期，因何兩鬢絲？纔應免夭促，便已及衰羸。昨夜夢何在，明朝身不知。百憂非我所，三樂是吾師。閉目常閑坐，低頭每靜思。存神機慮息，養氣語言遲。行亦攜詩篋，眠多枕酒卮。自慚無一事，少有不安時。（2756）

【注】

朱《箋》：作於會昌二年（八四二），洛陽。

〔百憂非我所，三樂是吾師〕三樂，見卷一《丘中有一士》之二（0054）注。

開龍門八節石灘詩二首 并序

東都龍門潭之南有八節灘、九峭石，船筏過此，例反破傷。舟人檝師，推挽束縛，大寒之月，躶跣水中，飢凍有聲，聞於終夜。予嘗有願，力及則救之。會昌四年，有悲智僧道遇適同發心，經營開鑿，貧者出力，仁者施財。嗚呼！從古有礙之險，未來無窮之苦，忽乎一旦盡除去之。茲吾所用適願快心、拔苦施樂者耳。豈獨以功德福報爲意哉？因作二詩，刻題石上。以其地屬寺，事因僧，故多引僧言見志。

鐵鑿金鎚殷若雷，八灘九石劍稜摧。竹篙桂檝飛如箭，百筏千艘魚貫來。振錫導師憑衆力，揮金退傅施家財。他時相逐西方去，莫慮塵沙路不開。（2757）

【校】

①〔題〕紹興本題下無「并序」二字，據他本補。

【注】

汪《譜》、朱《箋》：作於會昌四年（八四四），洛陽。

〔龍門八節石灘〕毛晃《禹貢指南》卷三：「伊闕龍門，其下有灘，名八節灘，白居易所開。」邵伯温《邵氏聞見録》卷十一：「司馬温公既居洛，……涉伊水，至香山皇龕，憩石樓，臨八節灘，過白公顯堂，凡所經從，多有詩什。」

〔振錫導師憑衆力，揮金退傅施家財〕《大乘本生心地觀經》卷五：「其旃陀羅每遊行時，手執錫杖，不敢當路。若人逼近，振錫令聞。」張協《詠史》：「昔在西京時，朝野多歡娱。藹藹東都門，群公祖二疏。朱軒曜金城，供帳臨長衢。抽簪解朝衣，散髮歸海隅。行人爲隕涕，賢哉此丈夫。揮金樂當年，歲暮不留儲。顧謂四坐賓，多財爲累愚。」

七十三翁旦暮身，誓開險路作通津。夜舟過此無傾覆，朝脛從今免苦辛。十里叱灘變河漢，八寒陰獄化陽春。八寒地獄，見《佛名》及《涅槃經》，故以八節灘爲比。我身雖殁心長在，闇施慈悲與後人。（2758）

【注】

〔十里叱灘變河漢，八寒陰獄化陽春〕周煇《清波别志》卷二：「歸州西門蜀江叱灘，俗號人鮓甕。大石四五，横截江道。夏秋舟行，多罹其害。」范成大《吴船録》：「過巴東縣九十里至歸州，未至州數里曰叱灘，其險又過東奔，連接新城下大灘，曰人鮓甕。」《清一統志》卷二七三宜昌府：「叱灘，在歸州西二里。宋范成大集：叱灘即人鮓甕。亦名黄魔灘，在歸州郭下。長石截然，據江三之二。水盛時漬淖極大，號峽中最險處。」《佛説佛名經》卷一：「如是八寒八熱一切諸地獄，一一獄中復有八萬四千隔子地獄以爲眷屬。」

閑坐

婆娑放雞犬，嬉戲任兒童。獨坐槐陰下①，開襟向晚風。漚麻池水裏，曬棗日陽中。人物何相稱，居然田舍翁。（2759）

【校】

①〔獨坐〕馬本、《唐音統籤》、汪本作「閑坐」。

【注】

朱《箋》：作於會昌二年（八四二），洛陽。

酬寄牛相公同宿話舊勸酒見贈

每來故事堂中宿①，共憶華陽觀裏時。日暮獨歸愁米盡，泥深同出借驢騎。交遊今日唯殘我，富貴當年更有誰？彼此相看頭雪白，一杯可合重推辭？（2760）

【校】

①〔故事〕馬本、《唐音統籤》、汪本作「政事」。

【注】

朱《箋》：作於會昌二年（八四二），洛陽。

〔牛相公〕朱《箋》：「牛僧孺。」見本卷《初致仕後戲酬留守牛相公並呈分司諸寮友》（2753）注。

〔每來故事堂中宿，共憶華陽觀裏時〕華陽觀，見卷五《永崇里觀居》（0177）注。

道場獨坐

整頓衣巾拂淨牀，一瓶秋水一爐香。不論煩惱先須去，直到菩提亦擬忘。朝謁久停收劍珮，宴遊漸罷廢壺觴。世間無用殘年處，秖合逍遥坐道場。（2761）

【注】

朱《箋》：作於會昌二年（八四二），洛陽。

〔不論煩惱先須去，直到菩提亦擬忘〕《仁王護國般若波羅蜜多經》卷上：「菩薩未成佛時以菩提爲煩惱，菩薩成佛時以煩惱爲菩提。何以故？於第一義而無二故，諸佛如來與一切法悉皆如故。」敦煌本《壇經》：「善知識，即煩惱是菩提，前念迷即凡，後念悟即佛。」

偶作寄朗之

歷想爲官日，無如刺史時。歡娛接賓客，飽暖及妻兒。自到東都後，安閑更得宜。分司勝刺史，致仕勝分司。何况園林下，欣然得朗之。仰名同舊識，爲樂即新知。有雪先相訪，無花不作期。鬬醲乾釀酒，誇妙細吟詩。里巷千來往，都門五別離。歧分兩迴首，書到一開眉。葉落槐亭院，冰生竹閣池。雀羅誰問訊，鶴氅罷追隨。身與心俱病，容將力共衰。老來多健忘，唯不忘相思。（2762）

【注】

朱《箋》：作於會昌二年（八四二），洛陽。

〔朗之〕朱《箋》：「皇甫曙。」見卷三四《詠懷寄皇甫朗之》（2521）注。

〔分司勝刺史，致仕勝分司〕趙翼《甌北詩話》卷四：「律詩内《偶作寄皇甫朗之》一首，本是五排，其中忽有數句云：『歷想爲官日，無如刺史時。』下又云：『分司勝刺史，致仕勝分司。何况園林下，欣然得朗之。』排偶中忽雜單行，此又一體也。」按，「歷想」二句爲起句，趙説微誤。

狂吟七言十四韻①

亦知世是休明世，自想身非富貴身。但恐人間爲長物，不如林下作遺民。遊依二室成三友，住近雙林當四鄰。性海澄渟平少浪，心田灑掃淨無塵。香山閑宿一千夜，梓澤連遊十六春。是客相逢皆故舊，無僧每見不殷勤。藥停有喜閑銷疾，金盡無憂醉忘貧。補綻衣裳愧妻女，支持酒肉賴交親。俸隨日計錢盈貫，禄逐年支粟滿囷。尚書致仕請半俸，百斛亦五十千。歲給禄粟二千，可爲。洛堰魚鮮供取足，游村果熟饋爭新。詩章人與傳千首，壽命天教過七旬。點檢一生徼倖事，東都除我更無人。（2763）

【校】

①〔題〕「十四韻」朱《箋》：「當作十二韻，各本俱誤。」

【注】

朱《箋》：作於會昌四年（八四四），洛陽。

〔但恐人間爲長物，不如林下作遺民〕長物，見卷六《寄張十八》（0268）注。

〔遊依二室成三友，住近雙林當四鄰〕二室，少室山、太室山。見卷二八《與諸道者同遊二室至九龍潭作》（2075）注。雙林，見卷七《贖雞》（0316）注。

〔性海澄渟平少浪，心田灑掃淨無塵〕《大乘本生心地觀經》卷七：「所求道果等無差，同證真如佛性海。」《水經注》河水：「東去玉門、陽關，千三百里，廣輪四百里，其水澄渟，冬夏不減。」《華嚴經》卷七七：「善財見衆生，心田甚荒穢。爲除三毒刺，專求利智犁。」

〔香山閑宿一千夜，梓澤連遊十六春〕梓澤，見卷二五《將發洛中枉令狐相公手札兼辱二篇寵行以長句答之》（1770）注。

〔俸隨日計錢盈貫，禄逐年支粟滿囷〕《唐會要》卷九一內外官料錢：「（貞元）四年，中書門下奏，京文武及京兆縣官……六尚書、御史大夫、太子三少，各一百貫文。」尚書月俸百貫，半俸爲五十千。此句注「百斛」當爲「百貫」之誤。

〔洛堰魚鮮供取足，游村果熟饋爭新〕洛堰，洛陽堰。見卷三二《洛陽堰閑行》（2348）注。游村，見本卷《游趙村杏花》（2751）注。

喜裴儔使君攜詩見訪醉中戲贈①

忽聞扣户醉吟聲，不覺停杯倒屣迎。共放詩狂同酒癖，與君別是一親情。（2764）

【校】

①〔題〕「裴儔」各本作「裴濤」，據朱《箋》改。

【注】

朱《箋》：作於會昌四年（八四四），洛陽。

〔裴使君〕朱《箋》：「當作裴儔，各本俱誤作濤。」本書卷三三《開成二年三月三日河南尹李待價以人和歲稔將禊於洛濱》（2458）有「和州刺史裴儔」，見該詩注。

得潮州楊相公繼之書並詩以此寄之

詩情書意兩殷勤，來自天南瘴海濱。初覩銀鉤還啓齒，細吟瓊什欲沾巾。鳳池隔絕三千里，蝸舍沉冥十五春。唯有新昌故園月，至今分照兩鄉人。鳳池，屬楊相也。蝸舍，自謂也。（2765）

【注】

朱《箋》：作於會昌三年（八四三）至會昌四年（八四四），洛陽。

〔潮州楊相公繼之〕朱《箋》：「楊嗣復。」見卷三五《旱熱》（2637）注。

〔唯有新昌故園月，至今分照兩鄉人〕白居易、楊嗣復故居均在長安新昌坊，詳《唐兩京城坊考》卷三。

宿府池西亭

池上平橋橋下亭，夜深睡覺上橋行。白頭老尹重來宿，十五年前舊月明。（2766）

【注】

汪《譜》、朱《箋》：作於會昌五年（八四四），洛陽。

閑眠

暖牀斜卧日曛腰，一覺閑眠百病銷。盡日一飱茶兩椀，更無所要到明朝。（2767）

【注】

朱《箋》：作於會昌五年（八四五），洛陽。

永豐坊西南角園中有垂柳一株柔條極茂白尚書曾賦詩傳入樂府遍流京都近有詔旨取兩枝植於禁苑乃知一顧增十倍之價非虚言也因此偶成絶句非敢繼和前篇

白尚書篇云①

一樹春風千萬枝②，嫩如金色軟於絲。永豐西角荒園裏，盡日無人屬阿誰？（2768）

【校】

①〔題〕馬本作「和白尚書賦垂柳有序」，以此題爲序。又馬本此首編在「一樹衰殘」(2769)首後，盧貞之作編在最末。「白尚書篇云」《唐音統籤》、《全唐詩》作「楊柳枝詞」。

②〔千萬〕《樂府詩集》、《唐音統籤》作「萬萬」。

【注】

朱《箋》：作於會昌五年(八四五)，洛陽。

〔永豐坊〕《唐兩京城坊考》卷六長夏門之東第一街：「從南第一曰仁和坊，次北永豐坊。」孟棨《本事詩》：「白尚書姬人樊素善歌，姬人小蠻善舞，嘗爲詩曰：『櫻桃樊素口，楊柳小蠻腰。』年既高邁，而小蠻方豐豔，因爲《楊柳》之詞以託意曰：『一樹春風萬萬枝，嫩於金色軟於絲。永豐坊裏東南角，盡日無人屬阿誰？』及宣宗朝，國樂唱是詞，上問：『誰詞？永豐在何處？』左右具以對之。遂因東使，命取永豐柳兩枝植於禁中。白感上知其名，且好尚風雅，又爲詩一章，其末句云：『定知此後天文裏，柳宿光中添兩枝。』」宣宗時居易已卒，《本事詩》所云失實。

河南尹盧貞和

一樹依依在永豐，兩枝飛去杳無蹤。玉皇曾採人間曲，應逐歌聲入九重。

【注】

〔河南尹盧貞〕見卷三五《盧尹賀夢得會中作》(2631)注。

刑部尚書致仕白居易和①

一樹衰殘委泥土，雙枝榮耀植天庭。定知玄象今春後，柳宿光中添兩星。（2769）

【校】

①〔題〕《唐音統籤》、汪本作「詔取永豐柳植禁苑感賦」。

【注】

〔定知玄象今春後，柳宿光中添兩星〕玄象，天象。《説苑·辨物》：「是故玄象著明，莫大於日月；察變之功，莫著於五星。」《史記·天官書》：「柳爲鳥注，主木草。七星。」索隱：「案，《漢書·天文志》注作喙。《爾雅》云：鳥喙謂之柳。孫炎云：喙，朱鳥之口，柳其星聚也。以注爲柳星，故主草木。」

齋居春久感事遣懷

齋戒坐三旬，笙歌發四鄰。月明停酒夜，眼闇看花人①。賴學空爲觀，深知念是塵。猶思閑語笑，未忘舊交親。久作龍門主，多爲兔苑賓。水嬉歌盡日，雪宴燭通晨。事事皆過分，時時自問身。風光抛得也，七十四年春。（2770）

【校】

〔眼闇〕馬本作「眠闇」，誤。

【注】

汪《譜》、朱《箋》：作於會昌五年（八四五），洛陽。

〔賴學空爲觀，深知念是塵〕《大般若波羅蜜多經》卷三七：「如是菩薩摩訶薩修行般若波羅蜜多時，應以本性空觀一切法，作此觀時，於一切法心無行處，是名菩薩摩訶薩無所攝受三摩地。」《楞嚴經》卷四：「若離明暗，見畢竟空。如無前塵，念自性滅。」

〔久作龍門主，多爲兔苑賓〕兔苑，兔園。見卷二五《早春同劉郎中寄宣武令狐相公》（1756）注。

每見呂南二郎中新文輒竊有所歎惜因成長句以詠所懷

雙金百煉少人知，縱我知君徒爾爲。望梅閣老無妨渴，二賢詞藻贍麗。衆多以予曾忝制誥爲此官，故呼閣老。畫餅尚書不救飢。喻無益，自戲也。白日迴頭看又晚，青雲舉足躡何遲。壯年可惜虛銷擲，遣把閑杯吟詠詩。（2771）

【校】

①〔（注）喻無益自戲也〕紹興本、馬本作「喻無戲自益也」，據《唐音統籤》、汪本、盧校改。

【注】

朱《箋》：作於會昌四年（八四四）至會昌五年（八四五），洛陽。

〔呂郎中〕朱《箋》：「呂食。《全唐詩》卷五四七朱景玄《題呂食新水閣兼寄南商州郎中》詩，亦以呂食、南卓並稱，故知白詩中之呂郎中即呂食。一説爲會昌任秘書少監、商州刺史之呂述，疑非其人。」

〔南郎中〕朱《箋》：「南卓。」見卷三六《南侍御以石相贈助成水聲因以絶句謝之》（2700）注。

〔望梅閣老無妨渴，畫餅尚書不救飢〕《世説新語·假譎》：「魏武行役，失汲道，軍皆渴，乃令曰：『前有大梅林，饒子，甘酸可以解渴。』士卒聞之，口皆出水，乘此得及前源。」閣老，見卷十九《待漏入閣書事奉贈元九學士閣老》（1217）注。《三國志·魏書·盧毓傳》：「名如畫地作餅，不可啖也。」

胡吉鄭劉盧張等六賢皆多年壽予亦次焉偶於弊居合成尚齒之會七老相顧既醉甚歡靜而思之此會稀有因成七言六韻以紀之傳好事者①

七人五百七十歲②，拖紫紆朱垂白鬚。手裏無金莫嗟歎，樽中有酒且歡娛。詩吟兩句神還王③，酒飲三杯氣尚粗④。嵬峨狂歌教婢拍，婆娑醉舞遣孫扶。天年高過二疏傳，人數多於四皓圖。除却三山五天竺，人間此會更應無。三仙山、五天竺圖⑥，多老壽者。（2772）

前懷州司馬安定胡杲，年八十九。

衛尉卿致仕馮翊吉皎，年八十六。

前右龍武軍長史滎陽鄭據，年八十四。

前慈州刺史廣平劉真，年八十二。

前侍御史内供奉官范陽盧貞，年八十二⑦。

前永州刺史清河張渾，年七十四。

刑部尚書致仕太原白居易，年七十四。

已上七人合五百七十歲，會昌五年三月二十一日於白家履道宅同宴，宴罷賦詩。時秘書監狄兼謩、河南尹盧貞以年未七十，雖與會而不及列。

【校】

①〔題〕汪本作「七老會詩」，以此題爲序，又接「會昌五年三月二十一日」一段文字。

②〔五百七十歲〕汪本作「五百八十四」。

③〔詩吟兩句〕汪本作「吟成六韻」。〔神還王〕馬本、《唐音統籤》作「神猶王」，汪本作「神還壯」。

④〔酒飲〕汪本作「飲到」。

⑤〔疏傳〕紹興本、那波本作「疏傳」，據馬本、《唐音統籤》、汪本改。

⑥〔（注）天竺圖〕汪本作「天竺國」。

⑦〔范陽盧貞〕馬本、汪本作「范陽盧真」，《唐音統籤》作「范真」，脱二字。〔盧貞年八十二〕馬本作「盧真年七十二」，《唐音統籤》亦作「年七十二」。

【注】

汪《譜》、朱《箋》：作於會昌五年（八四五），洛陽。

〔吉皎〕見卷三四《四年春》（2542）注。

〔范陽盧貞〕參見卷三六《覽盧子蒙侍御舊詩多與微之唱和感今傷昔因贈子蒙題於卷後》（2704）注。

〔七老〕《新唐書·白居易傳》：「嘗與胡杲、吉旼、鄭據、劉真、盧真、張渾、狄兼謨、盧貞燕集，皆高年不事者，人慕之，繪爲《九老圖》。」趙翼《甌北詩話》卷四：「香山《九老圖》故事，《新唐書》謂……，此未考《香山集》也。其自序《七老會詩》，謂胡、吉、劉、鄭、盧、張六賢皆多年壽，余亦次焉。在履道坊合成尚齒之會，七老相顧，以爲希有，各賦七言六韻一章以紀之，時會昌五年三月二十四日也。秘書監狄兼謨、河南尹盧真以年未七十，雖與會而不及列。《後序》又云：其年夏，又有二老李元爽、僧如滿，年貌絶倫，亦來斯會，續命書姓名年齒，寫其形貌，附於圖右，與前七老，題爲《九老圖》。是七老内無狄、盧二人，增元爽、如滿爲九老也。」參見本書《外集》卷上《九老圖詩》。

〔詩吟兩句神還王，酒飲三杯氣尚粗〕王，讀去聲。見卷三三《燒藥不成命酒獨醉》（2473）注。

〔天年高過二疏傅，人數多於四皓圖〕二疏，見卷一《高僕射》（0030）注。四皓，見卷二《讀史五首》之二（0096）、《答四皓廟》（0104）注。

〔除却三山五天竺，人間此會更應無〕海上三仙山，見卷一《題海圖屏風》（0007）注。五天竺，五印度。《大唐西域記》卷二：「詳夫天竺之稱，異議糾紛，舊云身毒，或曰賢豆，今從正音，宜云印度。……五印度之境，周九萬餘里，三垂大海，北背雪山。北廣南狹，形如半月。畫野區分，七十餘國。」

〔秘書監狄兼謩〕狄仁傑族曾孫。《新唐書·狄兼謨傳》：「武宗子峴封爲益王，命兼謨爲傅，俄領天平軍節度使。辭疾，以秘書監歸洛陽。遷東都留守，卒。」朱《箋》：「武宗會昌二年十月封子峴爲益王，見《新唐書·武宗紀》。《唐方鎮年表》卷三繫兼謨爲天平節度在會昌三年及四年，則以秘書監歸洛陽在會昌四年以後，與白氏此詩時間相合。」

〔河南尹盧貞〕見卷三五《盧尹賀夢得會中作》（2631）注。

歡喜二偈

得老加年誠可喜，當春對酒亦宜歡。心中別有歡喜事，開得龍門八節灘。（2773）

【注】

朱《箋》：作於會昌四年（八四四）至會昌五年（八四五），洛陽。

眼暗頭旋耳重聽平①，唯餘心口尚醒醒。今朝歡喜緣何事，禮徹佛名百部經。（2774）

【校】

①〔（注）平〕馬本、《唐音統籤》、汪本作「平聲」。

【注】

〔眼暗頭旋耳重聽，唯餘心口尚醒醒〕醒醒，見卷十七《春聽琵琶兼簡長孫司户》（1077）注。

〔今朝歡喜緣何事，禮徹佛名百部經〕佛名經，見卷三五《戲贈禮經老僧》（2578）注。

閑居貧活①

冠蓋閑居少，簞瓢陋巷深。稱家開户牖，量力置園林。儉薄身都慣，營爲力不任。飢烹一斤肉，暖卧兩重衾。樽有陶潛酒，囊無陸賈金。莫嫌貧活計，更富即勞心。（2775）

【校】

①〔題〕馬本、《唐音統籤》、汪本作「閑居貧活計」。

【注】

朱《箋》：作於會昌二年（八四二）至會昌五年（八四五），洛陽。

〔樽有陶潛酒，囊無陸賈金〕見卷三四《書事詠懷》（2547）注。

贈諸少年

少年莫笑我蹉跎，聽我狂翁一曲歌。入手榮名取雖少，關心穩事得還多。老慚退馬霑芻秣，謂致仕半祿也。高喜歸鴻脱弋羅。官給俸錢天與壽，些些貧病奈吾何。（2776）

【注】

朱《箋》：作於會昌二年（八四二）至會昌五年（八四五），洛陽。

感所見

巧者焦勞智者愁，愚翁何喜復何憂。莫嫌山木無人用，大勝籠禽不自由。網外老雞因斷尾，盤中鮮鱠爲吞鉤。誰人會我心中事，冷笑時時一掉頭。（2777）

【注】

朱《箋》：作於會昌二年（八四二）至會昌五年（八四五），洛陽。

〔巧者焦勞智者愁，愚翁何喜復何憂〕《莊子·列禦寇》：「巧者勞而知者憂，无能者无所求。」

〔莫嫌山木無人用，大勝籠禽不自由〕《莊子·山木》：「弟子問於莊子曰：『昨日山中之木，以不材得終其天年；今主人之雁，以不材死；先生將何處？』莊子笑曰：『周將處乎材與不材之間。』」

〔網外老雞因斷尾，盤中鮮鱠爲吞鉤〕《左傳》昭公二十二年：「賓孟適郊，見雄雞自斷其尾，問之，侍者曰：『自憚其犧也。』」《大莊嚴論經》卷七：「如魚吞鉤餌，如鳥網所覆。諸獸墜阱陷，皆由貪味故。」《大般涅槃經》卷二九：「不能觀察生死虛妄，耽惑致患如魚吞鉤。」

寄黔州馬常侍

閑看雙節信爲貴，樂飲一杯誰與同？可惜風情與心力，五年拋擲在黔中。（2778）

【注】

朱《箋》：作於會昌二年（八四二），洛陽。

〔黔州馬常侍〕朱《箋》：「馬植。」《舊唐書·馬植傳》：「（開成三年），以能政就加檢校左散騎常侍，加中散大夫，轉黔中觀察使。會昌中，入爲大理卿。」《舊唐書·地理志三》江南西道：「黔州下都督府，隋黔安郡。武德元年，改爲黔州。」

〔閑看雙節信爲貴，樂飲一杯誰與同〕《新唐書·百官志下》節度使：「辭日賜雙旌雙節，行則建節，樹六纛。」

和李相公留守題漕上新橋六韻 同用黎字。

選石鋪新路，安橋壓古堤。似從銀漢下，落傍玉川西。影定闌干倒，標高華表齊。烟開

虹半見，月冷鶴雙棲。材映夔龍小，功嫌元凱低。從容濟世後，餘力及黔黎。（2779）

【注】

朱《箋》：作於會昌元年（八四一）至會昌二年（八四二），洛陽。

〔李相公留守〕朱《箋》：「東都留守李程。」見卷三五《雪朝乘興欲詣李司徒留守先以五韻戲之》（2645）注。

〔漕上〕漕河，見卷三四《久雨閑悶對酒偶吟》（2516）注。

〔似從銀漢下，落傍玉川西〕《河南通志》卷五一懷慶府：「玉川泉，在濟源縣東湨河北，盧仝嘗汲水烹茶，亦名玉川井。又玉陽以東，皆爲玉川，故縣亦號玉川。」

〔材映夔龍小，功嫌元凱低〕夔龍，見卷五《題贈鄭秘書徵君石溝溪隱居》（0207）注。《左傳》文公十八年：「昔高陽氏有才子八人，蒼舒、隤敳、檮戭、大臨、尨降、庭堅、仲容、叔達，齊聖廣淵，明允篤誠，天下之民謂之八愷。高辛氏有才子八人，伯奮、仲堪、叔獻、季仲、伯虎、仲熊、叔豹、季貍，忠肅共懿，宣慈惠和，天下之民謂之八元。」

閑居

風雨蕭條秋少客，門庭冷靜晝多關。金羈駱馬近賣却①，羅袖柳枝尋放還。書卷略尋聊取睡，酒杯淺把粗開顔。眼昏入夜休看月，脚重經春不上山。心靜無妨喧處寂，機忘兼覺夢中閑。是非愛惡銷停盡，唯寄空身在世間。（2780）

【校】

①〔貫却〕馬本、《唐音統籤》、汪本作「賈却」。

【注】

朱《箋》：作於開成五年（八四〇），洛陽。

〔金羈駱馬近貫却，羅袖柳枝尋放還〕見卷三五《賣駱馬》（2564）、《别柳枝》（2565）注。

〔書卷略尋聊取睡，酒杯淺把粗開顔〕尋，循序下讀。《王梵志詩校注》原序：「一遍略尋，三思無忘。」《敦煌變文集・唐太宗入冥記》：「把得問頭尋讀，悶悶不已。」

新秋夜雨

蟋蟀暮啾啾，光陰不少留。松簷半夜雨，風幌滿牀秋。曙早燈猶在，涼初簟未收。新晴好天氣，誰伴老人遊？（2781）

【注】

朱《箋》：作於開成五年（八四〇），洛陽。

〔松簷半夜雨，風幌滿牀秋〕風幌，見卷五《前庭涼夜》（0184）注。

春眠

枕低被暖身安穩，日照房門帳未開。還有少年春氣味，時時暫到睡中來①。（2782）

【校】

①〔睡中〕《全唐詩》作「夢中」。

【注】

朱《箋》：作於開成五年（八四〇），洛陽。

喜老自嘲

面黑頭雪白，自嫌還自憐。毛龜蓍下老，蝙蝠鼠中仙。名籍同逋客，衣裝類古賢。裘輕披白氎，靴暖蹋烏氈。周易休開卦，陶琴不上絃。任從人棄擲，自與我周旋。鐵馬因疲退，鉛刀以鈍全。行開第八秩，可謂盡天年。時俗謂七十已上爲開第八秩。（2783）

【注】

朱《箋》：作於開成五年（八四〇），洛陽。

〔毛龜蓍下老，蝙蝠鼠中仙〕《淮南子·說山訓》：「上有叢蓍，下有伏龜。」蝙蝠，見卷三五《洞中蝙蝠》（2625）注。

〔名籍同逋客，衣裝類古賢〕逋客，客户。按，白氏久居洛陽，當屬寄住户或所謂衣冠户，故自比爲客户。武宗會昌五年《加尊號後郊天赦文》：「江淮客户及逃移規避户税等人，比來雖繫兩税，並無差役。或本州百姓，子弟纔沾一官，及官滿後，任往鄰州，兼於諸軍諸使假職，便稱衣冠户。廣置資産，輸税全輕，便免諸色差役。其本鄉家業漸自典賣，以破户籍。」僖宗乾符二年《南郊赦文》：「所在州縣，除前資、寄住、實是衣冠之外，便各將攝官文牒及軍職賂遺，全免科差，多是豪富之家，至苦貧下。准會昌中敕：家有進士及第，方免差役，其餘只庇一身。」

〔裘輕披白氎，靴暖蹋烏氈〕白氎，見卷三六《卯飲》（2713）注。

〔行開第八秩，可謂盡天年〕第八秩，見卷二九《思舊》（2130）注。

能無愧

十兩新緜褐，披行暖似春。一團香絮枕，倚坐穩於人。婢僕遺他嘗藥草，兒孫與我拂衣巾。迴看左右能無愧，養活枯殘廢退身。（2784）

【注】

朱《箋》：作於會昌元年（八四一）至會昌五年（八四五），洛陽。

河陽石尚書破迴鶻迎貴主過上黨射鷺鷥繪畫爲圖猥蒙見示稱歎不足以詩美之

塞北虜郊隨手破，山東賊壘掉鞭收。烏孫公主歸秦地，白馬將軍入潞州。劍拔青鱗蛇尾活，弦抨赤羽火星流。須知鳥目猶難漏，尚書將入潞府，偶逢水鳥鷺鷥，引弓射之，一發中目，三軍踴躍①。其事上聞，詔下美之。縱有天狼豈足憂。畫角三聲刁斗曉，清商一部管絃秋。他時麟閣圖勳業，更合何人居上頭？（2785）

【校】

①〔（注）踴躍〕紹興本脱「踴」字，據他本補。

【注】

朱《箋》：作於會昌五年（八四五），洛陽。

〔河陽石尚書〕《舊唐書·石雄傳》：「會昌初，迴鶻寇天德，詔命劉沔爲招撫迴鶻使。三年，迴鶻大掠雲朔北邊，牙於五原。沔以太原之師屯於雲州。沔謂雄曰：『黠虜離散，不足驅除，國家以公主之故，不欲急攻。今觀其所爲，氣凌我輩，若稟朝旨，或恐依違。我輩捍邊，但能除患，專之可也。公可選驍健，乘其不意，徑趨虜帳，彼以疾雷之勢，不暇枝梧，必棄公主亡竄。事苟不捷，吾自繼進，亦無患也。』雄受教，自選勁騎，得沙陀李國昌三部落兼契苾、雜虜三千騎，月暗，夜發馬邑，徑趨烏介之牙。時虜帳逼振武，雄既入城，登堞視其衆寡，見氈車數十，從者皆衣朱碧，類華人服飾。雄令諜者訊之：『此何大人？』虜曰：『此公主帳也。』雄喻其人曰：『國家兵馬欲取可汗，公主至此，家國也，須謀歸路，俟兵合時不得動帳幕。』雄乃大率城内牛馬雜畜及大鼓，夜穴城爲十餘門。遲明，城上立旗幟炬火，乃於諸門縱其牛畜，鼓噪從之，直犯烏介牙帳。炬火燭天，鼓譟動地，可汗惶駭莫明，率騎而奔。雄率勁騎追至殺胡山，急擊之，斬首萬級，生擒五千，羊馬車帳皆委之而去。遂迎公主還太原。以功加檢校左散騎常侍、豐州刺史，兼御史大夫、天德防禦等使。……俄而昭義劉從諫卒，其子稹擅主軍務，朝議問罪。令徐帥李彦佐爲潞府西南面招撫使，以晉州刺史李丕爲副。時王宰在萬善柵，劉沔在石會，相顧未進。雄受代之翌日，越烏嶺，破賊五砦，斬獲千計。武宗聞捷大悦，謂侍臣曰：『今之義而有勇，罕有雄之比者。』雄既率先破賊，不旬日，王宰收天井關，何弘敬、王元逵亦收磁、洺等郡。先是潞州狂人折腰於市，謂人曰：『雄七千人至矣。』劉從諫捕而誅之。及稹危蹙，大將郭誼密款請斬稹歸朝，軍中疑其詐。雄倡言曰：『賊稹之叛，郭誼爲謀主，今請斬稹則誼自謀，又何疑焉！』武宗亦以狂人之言，詔雄以七千兵受降，雄即徑馳潞州降誼，盡擒其黨與。賊平，進加檢校司空。」《資治通鑑》武宗會昌四年：「（十二月），河中節度使石雄爲河陽節度使。」朱《箋》：「則此詩必作於會昌五年。」

〔烏孫公主歸秦地，白馬將軍入潞州〕《漢書·西域傳》：「始張騫言烏孫本與大月氏共在敦煌間，今烏孫雖强大，可厚賂招，令東居故地，妻以公主，與爲昆弟，以制匈奴。……公主至其國，自治宮室居，歲時一再與昆莫會，置酒飲食，以幣帛賜王左右貴人。昆莫年老，言語不通，公主悲愁，自爲作歌。」《三國志·魏書·龐德傳》：「時德常乘白馬，羽軍謂之白馬將軍，皆憚之。」《舊唐書・地理志二》河東道：「潞州大都督府，隋上黨郡。武德元年，改爲潞州。」

〔劍拔青鱗蛇尾活，弦抨赤羽火星流〕青蛇，見卷一《折劍頭》（0025）注。《藝文類聚》卷六十引《六韜》：「陷堅陣，敗强敵，大黄參連弩，飛鳧、電影自副。飛鳧赤莖白羽，以鐵爲首。電影青莖赤羽，以銅爲首。」

〔須知烏目猶難漏，縱有天狼豈足憂〕揚雄《河東賦》：「掉奔星之流旃，彏天狼之威弧。」《漢書・天文志》：「參爲白虎。……其東有大星曰狼，狼角變色，多盜賊。下有四星曰弧，直狼。」

自詠老身示諸家屬

壽及七十五，俸霑五十千。夫妻皆老日①，甥侄聚居年。粥美嘗新米，袍温换故緜。家居雖濩落，眷屬幸團圓。置榻素屏下，移爐青帳前。書聽孫子讀，湯看侍兒煎。走筆還詩債，抽衣當藥錢。支分閑事了，把背向陽眠。（2786）

【校】

①〔皆老〕馬本、《唐音統籤》、汪本作「偕老」。

【注】

汪《譜》、朱《箋》：作於會昌六年（八四六），洛陽。

〔壽及七十五，俸霑五十千〕五十千，見本卷《狂吟七言十四韻》（2763）注。
〔置榻素屏下，移爐青帳前〕青帳，見卷三一《青氈帳二十韻》（2242）注。
〔支分閑事了，把背向陽眠〕支分，分派、安排。見卷三三《洛下閑居寄山南令狐相公》（2443）注。把，介詞，引入賓語。《寒山詩注》〇九六首：「有人把椿樹，喚作白栴檀。」

自問此心呈諸老伴

朝問此心何所思，暮問此心何所爲。不入公門慵斂手，不看人面免低眉。居士室間眠得所，少年場上飲非宜。閑談亹亹留諸老，美醖徐徐進一巵。心未曾求過分事，身常少有不安時。此心除自謀身外，更問其餘盡不知。（2787）

【注】

朱《箋》：作於會昌六年（八四六），洛陽。

六年立春日人日作

二日立春人七日，盤蔬餅餌逐時新。年方吉鄭猶爲少，家比劉韓未是貧。鄉園節歲應堪重，親故歡遊莫厭頻。試作循潮封眼想，何由得見洛陽春？分司致仕官中，吉傅、鄭諮議最老，韓

庶子、劉員外尤貧。循、潮、封三州遷客①，皆洛下舊遊也。（2788）

【校】

①〔（注）〕紹興本脱「鄭」字，「劉員外」三字在「遷客」後，作「老劉員外韓」，「三州」作「三郡」，據他本改。

【注】

汪《譜》、朱《箋》：作於會昌六年（八四六），洛陽。

〔人日〕《荆楚歲時記》：「正月七日爲人日，以七種菜爲羹，剪綵爲人，或鏤金薄爲人，以貼屏風，亦戴之頭鬢。」

〔年方吉鄭猶爲少，家比劉韓未是貧〕朱《箋》：「吉傅即吉皎，鄭諮議即鄭據。」見本卷《胡吉鄭劉盧張等六賢皆多年壽予亦次焉偶於弊居合成尚齒之會》（2772）注。劉員外，朱《箋》疑爲劉真。韓庶子未詳。

〔試作循潮封眼想，何由得見洛陽春〕《舊唐書·李宗閔傳》：「（會昌）三年，劉稹據澤潞叛，德裕以宗閔素與劉從諫厚，上黨近東都，宗閔分司不便，出爲封州刺史。又發其舊事，貶郴州司馬，卒於貶所。」《資治通鑑》武宗會昌四年：「十一月，復貶牛僧孺循州長史，宗閔長流封州。」楊嗣復貶潮州，見本卷《得潮州楊相公繼之書並詩以此寄之》（2765）注。

齋居偶作

童子裝爐火，行添一炷香。老翁持麈尾，坐拂半張牀。卷縵看天色，移齋近日陽。甘鮮新餅果，穩暖舊衣裳。止足安生理，優閑樂性場。是非一以遣，動靜百無妨。豈有物相累，兼無情可忘。不須憂老病，心是自醫王。（2789）

【注】

朱《箋》：作於會昌六年（八四六），洛陽。

〔止足安生理，優閑樂性場〕本書卷五《養拙》（0198）：「無憂樂性場，寡欲清心源。」

〔不須憂老病，心是自醫王〕本書卷三五《病中五絶》之四（2560）：「身作醫王心是藥，不勞和扁到門前。」參見該詩注。

詠身

自中風來三歷閏，病風八年，凡三閏矣。從懸車後幾逢春。周南留滯稱遺老，見《太史公傳》。漢上羸殘號半人。見《習鑿齒傳》。薄有文章傳子弟，斷無書札答交親。餘年自問將何用，恐是人間賸長身。（2790）

【注】

朱《箋》：作於會昌六年（八四六），洛陽。

〔周南留滯稱遺老，漢上羸殘號半人〕《史記·太史公自序》：「是歲天子始建漢家之封，而太史公留滯周南，不得與從事。」集解：「徐廣曰：摯虞曰：古之周南，今之洛陽。」《高僧傳》卷五《道安傳》：「時苻堅素聞安名，每云：『襄陽有釋道安，是神器，方欲致之，以輔朕躬。』後遣苻丕南攻襄陽，安與朱序俱獲於堅，堅謂僕射權翼曰：『朕以十萬之師取襄陽，唯得一人半。』翼曰：『誰耶？』堅曰：『安公一人，習鑿齒半人也。』」

予與山南王僕射淮南李僕射事歷五朝踰三紀海内年輩今唯三人榮路雖殊交情不替聊題長句寄舉之公垂二相公①

故交海内只三人，二坐巖廊一卧雲②。老愛詩書還似我③，榮兼將相不如君。百年膠漆初心在，萬里烟霄中路分。阿閣鸞凰野田鶴，何人信道舊同羣④？（2791）

【校】

①〔題〕《文苑英華》作「寄荆南淮南二相公」。

②〔二坐〕「二」《文苑英華》作「兩」，校：「集作二。」

③〔還似我〕《文苑英華》作「應似我」。

④〔何人〕《文苑英華》作「誰人」。

【注】

汪《譜》、朱《箋》：作於會昌六年（八四六），洛陽。

〔山南王僕射〕朱《箋》：「王起。」見卷三五《早入皇城贈王留守僕射》(2617)注。《舊唐書·王起傳》：「(會昌)三年，權知禮部貢舉。明年，正拜左僕射，復知貢舉。……其年秋，出爲興元尹，兼同平章事，充山南西道節度使。……在鎮二年，以老疾求代，不許。大中元年，卒于鎮，時年八十八。」

〔淮南李僕射〕朱《箋》：「李紳。」《舊唐書·李紳傳》：「(會昌)四年，暴中風恙，足緩不任朝謁，拜章求罷。十一月，守僕射、平章事，出爲淮南節度使。六年，卒。」李紳入爲中書侍郎、同中書門下平章事，在會昌二年二月。見《舊唐書·武宗紀》。故詩題稱「公垂相公」。

〔阿閣鸞凰野田鶴，何人信道舊同羣〕《初學記》卷三十引《尚書中候》：「堯即政七十年，鳳皇止庭，伯禹拜曰：黄帝軒轅時，鳳皇巢阿閣。」

讀道德經

玄元皇帝著遺文，烏角先生仰後塵。金玉滿堂非己物，子孫委蛻是他人。世間盡不關吾事，天下無親於我身。只有一身宜愛護，少教冰炭逼心神。(2792)

【注】

朱《箋》：作於會昌二年(八四二)會昌六年(八四六)，洛陽。

〔玄元皇帝著遺文，烏角先生仰後塵〕玄元皇帝，老子。見卷一《高僕射》(0030)注。烏角，烏角巾。杜甫《南鄰》：「錦里先生烏角巾，園收芋粟不全貧。」許渾《贈王處士》：「歸卧養天真，鹿裘烏角巾。」

〔金玉滿堂非己物，子孫委蛻是他人〕《老子》九章：「金玉滿堂，莫之能守。」《莊子・知北遊》：「舜曰：『吾身非吾有也，孰有之哉？』曰：『是天地之委形也。生非汝有，是天地之委和也。性命非汝有，是天地之委順也。孫子非汝有，是天地之委蛻也。』」

〔只有一身宜愛護，少教冰炭逼心神〕《諸法集要經》卷十：「離愛除煩惱，無冰炭交心。」

禽蟲十二章　并序

莊列寓言、風騷比興，多假蟲鳥以爲筌蹄。故《詩》義始於《關雎》、《鵲巢》，道説先乎鯤鵬蜩鷃之類是也。予閑居乘興，偶作一十二章，頗類志怪放言。每章可致一哂，一哂之外，亦有以自警其衰耄封執之惑焉。頃如此作，多與故人微之、夢得共之。微之、夢得嘗云：此乃九奏中新聲，八珍中異味也。有旨哉，有旨哉！今則獨吟，想二君在目，能無恨乎！

燕違戊己鵲避歲，兹事因何羽族知？疑有鳳王頒鳥曆①，一時一日不參差。不知其然也。

燕銜泥常避戊己日，鵲巢口常避太歲，驗之皆信。（2793）

【校】

①〔鳳王〕馬本、《唐音統籤》、汪本作「鳳凰」。

【注】

朱《箋》：作於會昌三年（八四三）會昌六年（八四六），洛陽。

〔燕違戊己鵲避歲，兹事因何羽族知〕《藝文類聚》卷九二引《説文》：「燕，布翅，枝尾，作巢避戊己。」同卷引《説文》：「鵲知太歲之所在。」《初學記》卷三十引張華《博物志》：「鵲巢開口背太歲，此非才智，任自然之得也。」陸佃《埤雅》卷三：「蓋蛇蟠向壬，鵲巢面歲，燕伏戊己，虎奮衝破，此亦鳥獸之所靈也。」羅願《爾雅翼》卷十五：「燕之來去皆避社，戊己日不取土，以戊己字書其巢上則去之。豈社主於土，戊己又土位，土剋水，燕之所爲避歟？」

水中科斗長成蛙，林下桑蟲老作蛾。蛙跳蛾舞仰頭笑，焉用鵾鵬鱗羽多？齊物也。（2794）

江魚羣從稱妻妾，塞雁聯行號弟兄。但恐世間真眷屬，親疏亦是强爲名。故名也①。江沱間有魚，每游輒三，如媵隨妻，一先二後，土人號爲婢妾魚。《禮》云：「雁兄弟行。」（2794）

【校】

①〔（注）故名也〕《唐音統籤》作「破名也」。

【注】

〔江魚羣從稱妻妾，塞雁聯行號弟兄〕《爾雅·釋魚》：「鱊鮬，鱖鯞。」郭璞注：「小魚也。似鮒子而黑，俗呼爲魚婢，江東呼爲妾魚。」羅願《爾雅翼》卷二九：「鱖似鯽而小，黑色而揚赤。今人謂之旁皮鯽，又謂之婢妾魚。蓋其行以三爲率，一頭在前，兩頭從之，若媵妾之狀，故以爲名。」《禮記·王制》：「父之齒隨行，兄之齒雁行。」

〔但恐世間真眷屬，親疏亦是强爲名〕本書卷三六《逸老》（2674）：「眷屬偶相依，一夕同棲鳥。」參見該詩注。

蠶老繭成不庇身，蜂飢蜜熟屬他人。須知年老憂家者，恐是二蟲虚苦辛。自警也。

（2794）

阿閣鵷鸞田舍烏，妍蚩貴賤兩懸殊。如何閉向深籠裏，一種摧頹觸四隅？有所感也。

（2797）

【注】

〔阿閣鵷鸞田舍烏，妍蚩貴賤兩懸殊〕阿閣，見本卷《予與山南王僕射淮南李僕射事歷五朝踰三紀海内年輩今唯三人榮路雖殊交情不替聊題長句寄擧之公垂二相》(2791)注。

獸中去刀槍多怒吼，鳥遭羅弋盡哀鳴。羔羊口在緣何事，闇死屠門無一聲④？有所悲也。

(2798)

【校】

①〔屠門〕馬本作「都門」。

蟭螟殺敵蚊巢上，蠻觸交爭蝸角中。應似諸天觀下界，一微塵内鬬英雄。自照也。

(2799)

【注】

〔蟭螟殺敵蚊巢上，蠻觸交爭蝸角中〕蕭衍《孝思賦》：「察蟭螟於蚊睫，觀鵾鵬於北溟。」蕭統《細言》：「坐臥鄰空塵，憑附蟭螟翼。」《莊子·則陽》：「有國於蝸之左角者曰觸氏，有國於蝸之右角者曰蠻氏，時相與爭地而戰，伏屍數萬，逐北旬有五日而後反。」

〔應似諸天觀下界，一微塵内鬬英雄〕《華嚴經》卷十四：「譬如鳥足所履空，亦如大地一微塵。」

蠨蛸網上罥蜉蝣，反覆相持死始休。何異浮生臨老日，一彈指頃報恩讎。誠報也。（2800）

【注】

〔蠨蛸網上罥蜉蝣，反覆相持死始休〕《詩·豳風·東山》：「伊威在室，蠨蛸在户。」毛傳：「蠨蛸，長踦也。」《釋文》：「長踦，長脚蜘蛛。」《詩·曹風·蜉蝣》：「蜉蝣之羽，衣裳楚楚。」毛傳：「蜉蝣，渠略也，朝生夕死，猶有羽翼以自修飾。」《爾雅·釋蟲》郭璞注：「似蛣蜣，身狹而長，有角，黄黑色，叢生糞土中，朝生暮死，猪好啖之。」

〔何異浮生臨老日，一彈指頃報恩讎〕《佛説觀普賢菩薩行法經》：「其有衆生，晝夜六時禮十方佛，誦大乘經，思第一義甚深空法，一彈指頃，除去百萬億億阿僧祇劫生死之罪。」《地藏菩薩本願經》卷上：「不行善者行惡者，乃至不信因果者，邪淫妄語者，兩舌惡口者，毀謗大乘者，如是諸業衆生必墮惡趣。若遇善知識勸令一彈指間歸依地藏菩薩，是諸衆生即得解脱三惡道報。」

蟻王化飯爲臣妾，蠃母偷蟲作子孫①。彼此假名非本物，其間何怨復何恩？（2801）

【校】

①〔蠃母〕紹興本、馬本、《唐音統籤》作「螺母」，汪本作「蜾母」，据那波本改。

【注】

〔蟻王化飯爲臣妾，蠃母偷蟲作子孫〕《詩·小雅·小宛》：「螟蛉有子，蜾蠃負之。」毛傳：「螟蛉，桑蟲也。蜾蠃，蒲盧也。」鄭箋：「蒲盧取桑蟲之子，負持而去，煦嫗養之，以成其子。」《釋文》：「蠃，力果反，即細腰蜂，俗呼虫蠮螉。」

豆苗鹿嚼解烏毒，艾葉雀銜奪燕巢。鳥獸不曾看本草，諳知藥性是誰教？嘗獵者說云：鹿若中箭，發即嚼豆葉食之，多消解。箭毒多用烏頭，故云烏毒。又燕惡艾，雀欲奪其窠，先銜一艾致其窠，輒避去，因而有之。（2802）

【注】

〔豆苗鹿嚼解烏毒，艾葉雀銜奪燕巢〕《爾雅·釋草》：「芨，堇草。」郭璞注：「即烏頭也。江東呼爲堇。」羅願《爾雅翼》卷七：「今烏頭與附子同根，春時莖初生有腦，形似烏鳥之頭，故謂之烏頭。……《後魏書》曰：『匈奴秋收，烏頭爲毒藥，以射禽獸。』《淮南子》曰：『天下之物，莫凶於雞毒，然而良醫槖而藏之，有所用也。』雞毒即附子。」

一鼠得仙生羽翼，衆鼠相看有羨色。豈知飛上未半空，已作烏鳶口中食。（2803）

【注】

〔一鼠得仙生羽翼，衆鼠相看有羨色〕見卷三五《洞中蝙蝠》（2625）注。

鵝乳養雛遺在水，魚心想子變成鱗。細微幽隱何窮事，知者唯應是聖人。鵝放乳水中，不能離羣，雛從而食之，皆飽而去之①。又如魚想子，子成魚，並皆是佛經中說。（2804）

【校】

①〔（注）去之〕紹興本作「肌之」，據《唐音統籤》、汪本改。

【注】

〔鵝乳養雛遺在水，魚心想子變成鱗〕《大莊嚴論經》卷十一：「我今應當學，如鵝飲水乳。能使其乳盡，唯獨留其水。」《正法念處經》卷六四：「譬如水乳同置一器，鵝王飲之，但飲乳汁，其水猶存。」

補入

窗中列遠岫詩 題中以平聲爲韻①。

天静秋山好，窗開曉翠通。遥憐峰窈窕，不隔竹朦朧。萬點當虚室，千重疊遠空。列簷攢秀氣，緣隙助清風②。碧愛新晴後，明宜反照中。宣城郡齋在，望與古時同③。（補01）

【校】

此篇原編於《白氏文集》卷三八（那波本、金澤本卷二一）。

①〔題〕「中」紹興本、馬本作「下」，據他本改。《文苑英華》「窗中」前有「宣州試」三字，無「詩」字。題下注汪本作「以題中平聲爲韻」，金澤本作「題中用平聲韻」。

②〔緣隙〕《文苑英華》作「緑隙」。

③〔古時〕「時」《文苑英華》作「詩」，校：「集作時。」

【注】

陳《譜》、汪《譜》、朱《箋》：作於貞元十五年（七九九），宣城。陳《譜》：貞元十五年己卯，「是歲舉進士於宣州，試《射中正鵠賦》、《窗中列遠岫詩》，公預薦送。」

〔窗中列遠岫〕謝朓《郡内高齋閑坐答呂法曹》：「結構何迢遞，曠望極高深。窗中列遠岫，庭際俯喬林。日出衆鳥散，山暝孤猨吟。已有池上酌，復此風中琴。非君美無度，孰爲勞寸心。惠而能好我，問以瑶華音。若遺金門步，見就玉山岑。」

〔列簷攢秀氣，緣隙助清風〕沈約《會圃臨春風》：「始摇蕩以入閨，終徘徊而緣隙。」

〔宣城郡齋在，望與古時同〕宣城，見卷十三《叙德書情四十韻上宣歙崔中丞》(0608)注。

玉水記方流詩

以流字爲韻，六十字成①。

良璞含章久，寒泉徹底幽。孚尹光灩灩②，方折浪悠悠。凌亂波紋異，縈迴水性柔。似風摇淺瀨，疑月落清流③。潛穎應傍達④，藏真豈上浮。玉人如不記⑤，淪棄即千秋。

（補02）

【校】

此篇原編於《白氏文集》卷三八（那波本、金澤本卷二一）。

①〔題〕「詩」字《文苑英華》、汪本無。題下注「成」金澤本作「成之」。

②〔孚尹〕紹興本、那波本作「尹孚」，金澤本作「孚伊」，《文苑英華》作「尹浮」，馬本、汪本作「短孚」。從平岡校改。

〔灩灩〕《文苑英華》作「泛泛」，校：「集作灩灩。」

③〔疑月〕「疑」,《文苑英華》作「如」,校:「集作疑。」

④〔潛潁〕紹興本、馬本、《唐音統籤》、汪本作「潛穎」,那波本、《文苑英華》作「潛頴」,金澤本作「潛潁」,據改。〔傍達〕金澤本作「旁達」。

⑤〔不記〕汪本作「不見」。

【注】

陳《譜》、汪《譜》、朱《箋》:作於貞元十六年(八〇〇),長安。陳《譜》:貞元十六年庚辰,「二月十四日,中書舍人高郢下第四人及第,試《性習相遠近賦》、《玉水記方流詩》。」

〔玉水記方流〕顏延之《贈王太常》:「玉水記方流,璇源載圓折。蓄寶每希聲,雖秘猶彰徹。聆龍睟九泉,聞鳳窺丹穴。歷聽豈多工,唯然覯世哲。舒文廣國華,敷言遠朝列。德輝灼邦懋,芳風被鄉耋。側同幽人居,郊扉常晝閉。林閭時晏開,亟回長者轍。庭昏見野陰,山明望松雪。靜惟浹群化,徂生入窮節。豫往誠歡歇,悲來非樂闋。屬美謝繁翰,遥懷具短札。」

〔良璞含章久,寒泉徹底幽〕《易·坤·卦》:「含章可貞。」

〔孚尹光灩灩,方折浪悠悠〕《禮記·聘義》:「夫昔者君子比德于玉焉。温潤而澤,仁也。縝密以栗,知也。廉而不劌,義也。垂之如隊,禮也。叩之其聲清越以長,其終詘然,樂也。瑕不揜瑜,瑜不揜瑕,忠也。孚尹旁達,信也。」鄭玄注:「孚,讀爲浮。尹,讀如竹箭之筠。浮筠,謂玉采色也。采色旁達,不有隱翳,似信也。」《淮南子·墜形訓》:「水圓折者有珠,方折者有玉。」《文選》顏延之《贈王太常》李善注:「《尸子》曰:凡水,其方折者有玉,其圓折者有珠也。」

〔潛穎應傍達，藏真豈上浮〕左思《吳都賦》：「其琛賂則琨瑶之阜，銅鍇之垠。……精曜潛穎，折石陊山谷。」

〔玉人如不記，淪棄即千秋〕《周禮·冬官考工記》：「玉人之事。」《孟子·梁惠王下》：「今有璞玉於此，雖萬鎰，必使玉人彫琢之。」

三謡　并序

予廬山草堂中，有朱藤杖一，蟠木机一①，素屏風二，時多杖藤而行，隱机而坐，掩屏而卧。宴息之暇，筆硯在前，偶爲三謡，各導其意。亦猶《座右》、《陋室銘》之類爾②。

蟠木謡

蟠木蟠木，有似我身。不中乎器，無用於人。下擁腫而上輪菌③，桷不桷兮輪不輪。天子建明堂兮既非梁棟，諸侯斲大輅兮材又不中。唯我病夫，或有所用。用爾爲几，承吾臂支吾頤而已矣。不傷爾朴④，不枉爾理。爾勿怏怏爲几之外⑤，無所用爾。爾既不材，吾亦不材，胡爲乎人間徘徊？蟠木蟠木，吾與汝歸草堂去來⑥。（補03）

【校】

此三篇原編于《白氏文集》卷三九（那波本、金澤本卷二二）。

①〔机〕金澤本作「几」，下文同。

②〔座右〕金澤本作「崔氏」。

③〔輪菌〕紹興本等作「轔菌」，據金澤本改。

④〔爾朴〕馬本、《唐音統籤》、汪本作「爾性」。

⑤〔爾勿怏怏〕各本脱「勿」字，據金澤本補。

⑥〔吾與汝〕金澤本作「吾與爾」。

【注】

朱《箋》：作於元和十三年（八一八），江州。

〔座右陋室銘〕《文選》崔子玉（瑗）《座右銘》呂延濟注：「瑗兄璋爲人所殺，瑗遂手刃其仇，亡命，蒙赦而出，作此銘以自戒，嘗置座右，故曰《座右銘》。」《新唐書・崔沔傳》：「沔儉約自持，祿稟隨散宗族，不治居宅，嘗作《陋室銘》以見志。」顏真卿《崔孝公宅陋室銘記》：「公諱沔，字若沖。……爲常侍時著《陋室銘》以自廣。……逆胡再陷洛陽，屋遂崩圮，唯簷下廢井存焉。……後裔乃刻《陋室銘》於井北遺址之前，以抒所心。」

〔下擁腫而上輪菌，楠不楠兮輪不輪〕《莊子・逍遥遊》：「吾有大樹，人謂之樗。其大本擁腫而不中繩墨，其小枝卷曲而不中規矩。立之途，匠者不顧。」枚乘《七發》：「龍門之桐，高百尺而無枝，中鬱結之輪菌，根扶疏以分離。」《文選》李善注：「張晏《漢書》注曰：輪菌，委曲也。」嵇康《與山巨源絶交書》：「足下見直木，必不可以爲輪；曲者，不可以爲桷。」

〔天子建明堂兮既非梁棟，諸侯斲大輅兮材又不中〕明堂，見卷二《寓意詩五首》（0090）注。《左傳》僖公二十八年：「賜之大輅之服，戎輅之服。」杜預注：「大輅，金輅。」

素屏謡

素屏素屏，胡爲乎不文不飾①，不丹不青？當世豈無李陽冰之篆字②，張旭之筆迹，邊鸞之花鳥，張藻之松石③？吾不令加一點一畫於其上④，欲爾保真而全白。吾於香爐峰下置草堂，二屏倚在東西牆。夜如明月入我室⑤，曉如白雲圍我牀。我心久養浩然氣⑥，亦欲與爾表裏相輝光⑦。爾不見當今甲第與王宫⑧，織成步障銀屏風⑨。綴珠陷鈿帖雲母，五金七寶相玲瓏。貴豪待此方悦目，然肯寢卧乎其中⑩。素屏素屏，物各有所宜，用各有所施。爾今木爲骨兮紙爲面，捨吾草堂欲何之？（補04）

【校】

①〔胡爲乎〕《文苑英華》、金澤本作「孰爲乎」。

②〔篆字〕《文苑英華》、金澤本作「篆文」。

③〔張藻〕《全唐詩》作「張璪」。

④〔於其上〕金澤本作「於其上者」。

⑤〔我室〕「室」紹興本、《唐音統籤》校：「一作懷。」

⑥〔浩然氣〕金澤本作「顥然氣」。

⑦〔欲與爾〕《文苑英華》作「欲與汝」。

⑧〔甲第〕《文苑英華》、金澤本作「侯家主第」。

⑨〔銀屏〕馬本、《唐音統籤》、汪本作「錦屏」。

⑩〔然肯〕《文苑英華》作「晏然」。

【注】

〔李陽冰之篆字〕《唐國史補》卷上：「李陽冰善小篆，自言斯翁之後，直至小生，曹嘉、蔡邕不足言也。開元中，張懷瓘《書斷》，陽冰、張旭並不及載。」《宣和畫譜》卷二：「方時顔真卿以書名世，真卿書碑，必得陽冰題其額，欲以擅連璧之美，蓋其篆法妙天下如此。」

〔張旭之筆迹〕《唐國史補》卷上：「張旭草書得筆法，後傳崔邈、顔真卿。旭言：『始吾見公主擔夫爭路，而得筆法之意。後見公孫氏舞劍器，而得其神。』旭飲酒輒草書，揮筆而大叫，以頭揾水墨中而書之，天下呼爲張顛。醒後自視，以爲神異，不可復得。後輩言筆札者，歐、虞、褚、薛，或有異論，至張長史，無間言矣。」

〔邊鸞之花鳥〕《唐朝名畫錄》：「邊鸞，京兆人也。少攻丹青，最長於花鳥，折枝草木之妙，未之有也。或觀其下筆輕利，用色鮮明，窮羽毛之變態，奮花卉之芳妍。貞元中獻孔雀解舞者，德宗詔於玄武殿寫其貌，一正一背，翠彩生動，金羽輝灼，若運清聲，宛應繁節。後因出宦，遂致疏放，其意困窮。於澤潞間寫《玉芝圖》，連根苗之狀，精極，見傳於世。近代折枝花居其第一，凡草木、蜂蝶、雀蟬，並居妙品。」

〔張藻之松石〕張璪亦作張藻。《歷代名畫記》卷十：「張璪，字文通，吳郡人。初，相國劉晏知之，相國王縉奏檢校祠部員外郎、鹽鐵判官，坐事貶衡州司馬，移忠州司馬。尤工樹石山水，自撰《繪境》一篇，言畫之要訣，詞多不載。初，畢庶子宏擅名於代，一見驚歎之，異其唯用禿毫，或以手摸絹素。因問璪所受，璪曰：『外師造化，中得心源。』畢宏於是閣筆。」《唐朝名畫録》：「張藻員外，衣冠文學，時之名流。畫松石山水，當代擅價。唯松樹特出古今，能用筆法。常以手握雙管，一時齊下，一爲生枝，一爲枯枝。氣傲煙霞，勢凌風雨。槎枒之形，鱗皴之狀，隨意縱橫，應手間出，生枝則潤含春澤，枯枝則慘同秋色。其山水之狀，則高低秀絶，咫尺重深，石突欲落，泉噴如吼。其近也若逼人而寒，其遠也若極天之盡。所畫圖録，人間至多。」

〔爾不見當今甲第與王宫，織成步障銀屏風〕織成，一種絲織品。《西京雜記》卷一：「緎以戚里織成錦，一曰斜文錦。」《唐會要》卷八六：「開元二年閏三月敕：諸錦、綾羅、縠繡、織成、紬絹、絲、犛牛尾、真珠、金鐵，並不得與諸蕃互市。」《世説新語·汰侈》：「君夫作紫絲布步障碧綾裹四十里，石崇作錦步障五十里以敵之。」

〔貴豪待此方悦目，然肯寢卧乎其中〕然即乃，然肯即乃肯。説見蔣禮鴻《敦煌變文字義通釋》。

朱藤謡

朱藤朱藤①，温如紅玉，直如朱繩。自我得爾以爲杖，大有裨於股肱。前年左遷②，東南萬里。交遊别我于國門，親友送我于滻水。登商山兮車倒輪摧③，渡漢水兮馬跙蹄開。中途不進，部曲多迴。唯此朱藤，實隨我來。瘴癘之鄉，無人之地。扶衛衰病，驅呵魑魅。吾獨一身，賴爾爲二④。或水或陸，自北徂南。泥黏雪滑，足力不堪。吾本兩足，得爾爲三。紫霄峰頭，黃石巖下。松門石磴，不通輿馬。吾與爾披雲撥水，環山繞野。二年踏遍匡廬間，未嘗一步而相捨。雖有隸子弟⑤，良友朋，扶危助蹇，不如朱藤。嗟乎！窮既若是，通復何如？吾不以常杖待爾，爾勿以常人望吾。朱藤朱藤，吾雖青雲之上，黃泥之下⑥，誓不棄爾於斯須。（補05）

【校】

①〔朱藤朱藤〕金澤本作「朱藤兮朱藤兮」。

②〔左遷〕汪本作「左選」。

③〔商山〕紹興本等作「高山」，據金澤本改。

④〔爲二〕金澤本作「爲貳」。

⑤〔隸子弟〕馬本、《唐音統籤》、汪本作「佳子弟」。

⑥〔黃泥〕金澤本作「與黃泥」。

【注】

〔朱藤〕見卷八《朱藤杖紫驄吟》（0339）注。

〔交遊別我于國門，親友送我于滻水〕見卷十五《紅藤杖》（0869）注。

〔登商山兮車倒輪摧，渡漢水兮馬跙蹄開〕登商山、渡漢水，見卷十《仙娥峰下作》（0488）、《再到襄陽訪問舊居》（0490）注。揚雄《太玄經·從更至應》：「駟馬跙跙，而更其御。」注：「跙跙，不調也。」

〔紫霄峰頭，黃石巖下〕紫霄峰，見卷十七《元十八從事南海欲出廬山臨別舊居有戀泉聲之什因以投和兼伸別情》（1022）注。黃石巖，見卷七《白雲期》（0302）注。

無可奈何①

無可奈何兮，白日走而朱顏頹，少日往而老日摧②。生者不住兮，死者不迴。況乎寵辱豐顇之外物，又何常不十去而一來③。去不可挽兮，來不可推。無可奈何兮，已焉哉。惟天長而地久，前無始兮後無終④。嗟吾生之幾何，寄瞬息乎其中。又如太倉之稊米，委一粒於萬鍾。何不與道逍遥，委化從容⑤？縱心放志，洩洩融融。胡爲乎分愛惡於生死，繫憂喜於窮通？倔强其骨髓，齟齬其心胸。合冰炭以交戰⑥，秖自苦兮厥躬⑦。彼造物者于何不爲⑧？此與化者云何不隨⑨？或煦或吹，或盛或衰。雖千變與萬化，委一順以貫之。爲彼何非？爲此何是？誰冥此心？夢蝶之子。何禍非福？何吉非凶？誰達此觀？喪馬之翁。俾吾爲秋毫之杪，吾亦自足，不見其小。俾吾爲泰山之阿，吾亦無餘，不見其多。是以達人靜則脗然與陰合迹⑩，動則浩然與陽同波⑪。委順而已，孰知其他。時耶命耶，吾其無奈彼何⑫。委耶順耶，彼亦無奈吾何。夫兩無奈何⑬，然後能冥至順而合大和⑭。故吾所以飲大和，扣至順，而爲無可奈何之歌。（補06）

【校】

此篇原編於《白氏文集》卷三九（那波本、金澤本卷二二）。

①〔題〕《文苑英華》、《唐文粹》、汪本作「無可奈何歌」。

②〔往而〕《文苑英華》、《唐文粹》、金澤本作「往兮」。

③〔何常〕《文苑英華》、《唐文粹》、金澤本作「何嘗」。〔十去〕《文苑英華》、《唐文粹》、金澤本作「一去」。

④〔無始兮〕《文苑英華》作「無始而」。

⑤〔從容〕金澤本作「從容之」。

⑥〔合冰炭〕金澤本作「含冰炭」。

⑦〔自苦兮〕《文苑英華》、《唐文粹》、金澤本作「自古乎」。

⑧〔于何〕馬本、《唐音統籤》、汪本作「云何」。

⑨〔此與化者〕《文苑英華》作「而比化者」。

⑩〔胳然〕紹興本校：「一作闇然。」那波本作「闇然」。〔合迹〕金澤本作「合質」。

⑪〔動則〕金澤本作「亦動則」。

⑫〔委耶〕紹興本校：「一作隨耶。」那波本、《文苑英華》、金澤本作「隨耶」。

⑬〔兩無奈何〕《唐文粹》作「兩無可奈何」。

⑭〔大和〕馬本、《唐音統籤》、汪本作「太和」，下文同。

【注】

朱《箋》：作於長慶三年（八二三）以前。

〔又如太倉之稊米，委一粒於萬鐘〕見卷二《和思歸樂》（0100）注。

〔何不與道逍遥，委化從容〕委化，見卷六《冬夜》（0258）注。

〔合冰炭以交戰，秖自苦兮厥躬〕冰炭交戰，見卷三七《讀道德經》（2792）注。

〔或呴或吹，或盛或衰〕吹呴，見卷一《杏園中棗樹》（0056）注。

〔誰冥此心，夢蝶之子〕見卷二八《疑夢二首》之二（2057）注。

〔誰達此理，喪馬之翁〕見卷十五《放言五首》之二（0888）注。

〔俾吾爲秋毫之杪，吾亦自足〕《莊子·齊物論》：「天下莫大於秋豪之末，而大山爲小。」

〔静則脗然與陰合迹，動則浩然與陽同波〕權德輿《祭梁補闕文》：「久要之契，吻然相與。」孫綽《遊天台山賦》：「泯色空以合迹，忽即有而得玄。」陸機《歎逝賦》：「苟性命之弗殊，豈同波而異瀾。」

〔冥至順而合大和〕合大和，見卷六《春眠》（0230）注。

自誨

樂天樂天，來與汝言。汝宜拳拳，終身行焉。物有萬類①，錮人如鎖。事有萬感，熱人如火。萬類遞來②，鎖汝形骸。使汝未老，形枯如柴③。萬感遞至，火汝心懷。使汝未死，心化爲灰。樂天樂天，可不大哀！汝胡不懲往而念來？人生百歲七十稀④，設使與汝七十期⑤，汝今年已四十四⑥，却後二十六年能幾時⑦？汝不思二十五六年來事⑧，疾速倏忽如一寐？往日來日皆瞥然，胡爲自苦於其間？樂天樂天，可不大哀⑨！而今而後，汝宜飢而食⑩，渴而飲，晝而興，夜而寢。無浪喜，無妄憂。病則卧，死則休。此中是汝家，此中是汝鄉。汝何捨此而去⑪，自取其遑遑？遑遑兮欲安往哉？樂天樂天歸去來！（補07）

【校】

此篇原編於《白氏文集》卷三九（那波本、金澤本卷二二）。

①〔萬類〕金澤本作「萬緣」，下文同。

②〔遞叉〕金澤本作「去開」。

③〔使汝未老形枯如柴〕金澤本在「萬感遞至火汝心懷」下。

④〔百歲〕金澤本作「百年」。

⑤〔設使〕金澤本作「設從」。

⑥〔年已〕金澤本作「已年」。

⑦〔却後〕金澤本作「其後」。〔能幾時〕金澤本作「幾何時」。

⑧〔不思〕金澤本作「何不思」。

⑨〔可不大哀〕金澤本無四字。

⑩〔汝宜〕金澤本作「汝其」。

⑪〔而去〕金澤本作「而遠去」。

【注】

朱《箋》：作於元和十年（八一五），長安。

〔往日來日皆瞥然，胡爲自苦於其間〕瞥然，忽然。《太平廣記》卷八六《抱龍道士》（出《野人閑話》）：「復同行十里，瞥然不見。」卷三九八《墜石》（出《酉陽雜俎》）：「須臾大震，有物瞥然墜地。」

〔汝宜飢而食，渴而飲，晝而興，夜而寢〕《祖堂集》卷三懶瓚《樂道歌》：「我不樂生天，亦不愛福田。飢來即喫飯，睡來即卧瞑。」《大珠慧海禪師語錄》卷下：「有源律師來問：『和尚修道，還用功否？』師曰：『用功。』曰：『如何用功？』師曰：『飢來喫飯，困來即眠。』曰：『一切人總如是，同師用功否？』師曰：『不同。』曰：『何故不同？』師曰：『他喫飯時不肯喫飯，百種須索，睡時不肯睡，千般計較，所以不同也。』」

太社觀獻捷詩　以功字爲韻，四韻成①。

淮海妖氛滅，乾坤嘉氣通②。班師郊社内，操袂凱歌中。廟算無遺策，天兵不戰功。小臣同鳥獸，率舞向皇風。（補08）

【校】

此篇原編於《白氏文集》卷四七（那波本卷三十），爲《奉敕試制書詔批答詩等五首》之一。

①〔題〕《文苑英華》無「詩」字，題下注作「入翰林試以功字爲韻」。

②〔嘉氣〕《唐音統籤》作「喜氣」。

【注】

朱《箋》：作於元和二年（八〇七），長安。《奉敕試制書詔批答詩等五首》原注：「元和二年十一月四日，自集賢院召赴銀臺候進旨。五日，召入翰林，奉敕試制詔等五首。翰林院使梁守謙奉宣，宜授翰林學士。數月，除左拾遺。」

〔淮海妖氛滅，乾坤嘉氣通〕指誅滅鎮海軍節度使李錡。見卷一《賀雨》（0001）注。

〔班師郊社内，操袂凱歌中〕《禮記·曲禮上》：「獻民虜者操右袂。」鄭玄注：「民虜，軍所獲也，操其右袂制之。」

〔小臣同鳥獸，率舞向皇風〕《書·益稷》：「簫韶九成，鳳皇來儀。夔曰：於，予擊石拊石，百獸率舞，庶尹允諧。」

池上篇 并序

都城風土水木之勝在東南偏，東南之勝在履道里，里之勝在西北隅，西閈北垣第一第即白氏叟樂天退老之地。地方十七畝，屋室三之一，水五之一，竹九之一，而島樹橋道間之。初，樂天既爲主，喜且曰：雖有臺池①，無粟不能守也，乃作池東粟廩。

又曰：雖有子弟，無書不能訓也，乃作池北書庫。又曰：雖有賓朋，無琴酒不能娯也，乃作池西琴亭，加石樽焉。樂天罷杭州刺史時，得天竺石一，華亭鶴二以歸，始作西平橋②，開環池路。罷蘇州刺史時，得太湖石、白蓮、折腰菱、青板舫以歸，又作中高橋，通三島逕。罷刑部侍郎時，有粟千斛，書一車，洎臧獲之習筦磬絃歌者指百以歸。先是潁川陳孝山與釀法酒，味甚佳。博陵崔晦叔與琴，韻甚清。蜀客姜發授《秋思》，聲甚淡。弘農楊貞一與青石三，方長平滑，可以坐卧。大和三年夏，樂天始得請爲太子賓客，分秩於洛下，息躬於池上。凡三任所得，四人所與，洎吾不才身，今率爲池中物矣。每至池風春，池月秋，水香蓮開之旦，露清鶴唳之夕，拂楊石，舉陳酒，援崔琴，彈姜《秋思》，頽然自適，不知其他。酒酣琴罷，又命樂童登中島亭，合奏《霓裳散序》。聲隨風飄，或凝或散，悠揚於竹烟波月之際者久之。曲未竟而樂天陶然已醉，睡於石上矣。睡起偶詠，非詩非賦。阿龜握筆，因題石間。視其粗成韻章，命爲《池上篇》云爾。

十畝之宅，五畝之園。有水一池，有竹千竿。勿謂土狹，勿謂地偏。足以容膝，足以息肩。有堂有亭③，有橋有船④。有書有酒，有歌有絃。有叟在中，白鬚飄然。識分知足，外無求焉。如鳥擇木，姑務巢安。如鼃居坎⑤，不知海寬。靈鶴怪石，紫菱白蓮。皆吾所好，盡在我前。時引一杯，或吟一篇。妻孥熙熙，雞犬閑閑。優哉游哉，吾將終老乎其間。（補09）

【校】

此篇原編於《白氏文集》卷六九（那波本卷六十）。

①〔臺池〕紹興本、馬本、《唐音統籤》作「臺」，據那波本改。

②〔始作〕馬本作「始住」。

③〔有亭〕馬本作「一亭」。

④〔有船〕馬本作「一船」。

⑤〔如鼃〕馬本、《唐音統籤》作「如黿」，誤。

【注】

陳《譜》、朱《箋》：作於大和三年（八二九），洛陽。

〔履道里〕見卷二三《履道新居二十韻》（1502）注。

〔得天竺石一，華亭鶴二〕參見卷八《洛下卜居》（0375）注。

〔得太湖石、白蓮、折腰菱、青板舫以歸〕見卷二二《太湖石》（1486）、卷二七《問江南物》（1926）、《白蓮池汎舟》（1933）、卷二八《池上小宴問程秀才》（2032）諸詩注。

〔陳孝山〕朱《箋》：「即陳岵。」見卷二六《詠家醞十韻》(1873)注。

〔崔晦叔〕朱《箋》：「崔玄亮。」見卷二一《崔湖州贈紅石琴薦煥如錦文無以答之以詩酬謝》(1403)、卷二七《答崔十八見寄》(1923)注。

〔秋思〕見卷二二《和嘗新酒》(1475)注。

〔楊貞一〕朱《箋》：「楊歸厚。」見卷十一《初到忠州登東樓寄萬州楊八使君》(0525)注。劉禹錫《管城新驛記》：「大和二年閏三月，滎陽守歸厚上言，……太守姓楊氏，字貞一，華陰弘農人。」

〔霓裳散序〕見卷二一《霓裳羽衣歌》(1406)注。

〔阿龜〕即龜兒。見卷二二《和晨興因報問龜兒》(1473)注。

〔如鼃居坎，不知海寬〕《莊子・秋水》：「子獨不聞乎埳井之鼃乎？謂東海之鱉曰：『吾樂與！出跳梁乎井幹之上，入休乎缺甃之崖。赴水則接腋持頤，蹶泥則没足滅跗。還視虷蟹與科斗，莫吾能若也。且夫擅一壑之水，而跨跱埳井之樂，此亦至矣，夫子奚不時來入觀乎？』東海之鼈左足未入，而右膝已縶矣。」俞樾《茶香室叢鈔》卷八：「王應奎《柳南隨筆》云：《莊子・秋水篇》：『子獨不聞夫埳井之鼃乎……。』白香山《池上篇》『如鼃居坎，不知海寬』，用此事也。坎字本即埳字，而鼃字頗近龜字。近世相沿誤刻，前明如董尚書，今如王吏部，皆喜寫《池上篇》，而鼃字不免沿誤作龜，亦疏於考訂矣。」

齒落辭　并序

開成二年，予春秋六十六，瘠黑衰白，老狀具矣。而雙齒又墮，慨然感歎者久之，因爲《齒落辭》以自廣。其辭曰：

嗟嗟乎雙齒，自吾有爾①，俾爾嚼肉咀蔬，銜杯漱水。豐吾膚革，滋吾血髓。從幼逮老，勤亦至矣。幸有輔車，非無斷齶②。胡然捨我，一旦雙落？齒雖無情，吾豈無情？老與齒別，齒隨涕零。我老日來，爾去不迴。嗟嗟乎雙齒，孰謂而來哉？孰謂而去哉？齒不能言，請以意宣。爲君口中之物，忽乎六十餘年。昔君之壯也，血剛齒堅。今君之老矣，血衰齒寒。輔車斷齶，日削月朘。上參差而下齣齶，曾何足以少安。嘻！君其聽哉，女長辭姥，臣老辭主。髮衰辭頭，葉枯辭樹。物無細大，功成者去。君何嗟嗟，獨不聞諸道經。我身非我有也，蓋天地之委形。君何嗟嗟，又不聞諸佛説。是身如浮雲，須臾變滅。由是而言，君何有焉？所宜委百骸而順萬化，胡爲乎嗟嗟於一牙一齒之間？吾應曰：吾過矣，爾之言然。（補10）

【校】

此篇原編於《白氏文集》卷七十（那波本卷六一）。

①〔有爾〕紹興本、那波本、馬本作「有之爾」，從盧校删。

②〔齗⿰口咢〕馬本、汪本作「齗齶」，下文同。

【注】

陳《譜》、朱《箋》：作於開成二年（八三七），洛陽。

〔幸有輔車，非無齗⿰口咢〕《左傳》僖公五年：「諺所謂輔車相依、脣亡齒寒者，其虞、虢之謂也。」杜預注：「輔，頰輔。車，牙車。」

〔輔車齗⿰口咢，日削月朘〕周祈《名義考》卷六：「臄，《説文》：口上阿也。《通俗文》云：口上曰臄，口下曰函。《校獵賦》注：口中之上下曰臄。齶，《廣韻》：口中齗齶。梵書作⿰齒慮。謂齒内上下肉也。是臄者通指口中之上下，分之則上爲臄，下爲函。齗通指齒根之内外，分之則内爲齶。」⿰口咢同齶。《漢書·董仲舒傳》：「民日削月朘，浸以大窮。」

〔上參差而下飢⿰飠臬，曾何足以少安〕《易·困·卦》：「上六，困于葛藟，于⿰飠臬飢。」鄭剛中《周易窺餘》卷十一：「六居上不安⿰飠臬飢之地，字與《泰誓》『杌隉』通。」

〔我身非我有也，蓋天地之委形〕《莊子·知北遊》：「舜曰：『吾身非吾有也，孰有之哉？』曰：『是天地之委形也。……』」

〔是身如浮雲，須臾變滅〕《維摩經·方便品》：「是身如浮雲，須臾變滅。」

不能忘情吟　并序

樂天既老，又病風，乃錄家事，會經費，去長音丈物。妓有樊素者，年二十餘，綽綽有歌舞態，善唱《楊枝》①。人多以曲名名之，由是名聞洛下。籍在經費外②，將放之。馬有駱者，駔壯駿穩，乘之亦有年。籍在長物中③，將鬻之。圉人牽馬出門，馬驤首反顧一鳴，聲音間似知去而旋戀者。素聞馬嘶，慘然立且拜，婉孌有辭，辭具下。辭畢涕下④。予聞素言，亦愍默不能對⑤。且命迴勒反袂，飲素酒，自飲一杯⑥，快吟數十聲。聲成文，文無定句，句隨吟之短長也⑦，凡二百三十五言⑧。噫！予非聖達，不能忘情，又不至於不及情者。事來攪情，情動不可柅。因自哂，題其篇曰《不能忘情吟》。吟曰：

鬻駱馬兮放楊柳枝⑨，掩翠黛兮頓金羈。馬不能言兮長鳴而却顧，楊柳枝再拜長跪而致辭。辭曰：主乘此駱五年，凡千有八百日，銜橛之下，不驚不逸。素事主十年，凡三千有六百日，巾櫛之間，無違無失。今素貌雖陋，未至衰摧。駱力猶壯，又無虺隤。即駱之力，尚可以代主一步。素之歌，亦可以送主一杯。一旦雙去，有去無迴。故素將去，其辭也苦。駱將去，其鳴也哀。此人之情也，馬之情也，豈主君獨無情哉？予俯而歎，仰而咍，且曰：駱駱爾勿嘶，素素爾勿啼。駱反厩，素反閨。吾疾雖作，年雖頽，幸未及項籍之將死，亦何必一日之内棄騅兮而别虞兮。乃目素曰⑩：素兮素兮，爲我歌《楊柳

枝》⑪，我姑酌彼金罍。我與爾歸醉鄉去來⑫。（補1）

【校】

此篇原編於《白氏文集》卷七一（那波本卷七十）。

①〔楊枝〕管見抄本作「楊柳枝」。

②〔經費外〕紹興本等作「經費中」，據管見抄本改。

③〔長物中〕馬本作「經物中」。

④〔涕下〕馬本、《唐音統籤》作「泣下」。

⑤〔愍默〕馬本、《唐音統籤》作「愍然」。

⑥〔自飲〕管見抄本作「自引」。

⑦〔短長〕管見抄本作「長短」。

⑧〔二百三十五言〕馬本、《唐音統籤》作「二百五十五言」，盧校爲「二百三十四言」。

⑨〔放楊柳枝〕管見抄本無「楊」字。

⑩〔素曰〕二字紹興本等無，據管見抄本補。

⑪〔爲我〕管見抄本作「若爲我」。

⑫〔我與爾〕管見抄本作「我與若第」。

【注】

朱《箋》：作於開成四年（八三九），洛陽。

〔樊素〕見卷三五《别柳枝》（2565）注。

〔駱馬〕《詩·小雅·四牡》：「四牡騑騑，嘽嘽駱馬。」毛傳：「白馬黑鬣曰駱。」

〔予非聖達，不能忘情〕《世説新語·傷逝》：「王戎喪兒萬子，山簡往省之。王悲不自勝。簡曰：『孩抱中物，何至於此？』王曰：『聖人忘情，最下不及情。情之所鍾，正在我輩。』」

〔銜橛之下，不驚不逸〕《韓非子·奸劫弑臣》：「無棰策之威，銜橛之備，雖造父不能以服馬。」

〔駱力猶壯，又無虺隤〕《詩·周南·卷耳》：「陟彼崔嵬，我馬虺隤。我姑酌彼金罍，維以不永懷。」毛傳：「虺隤，病也。」

白居易詩集校注外集卷上

詩補遺

聽蘆管吹竹枝①　蘆管，塞北聲也。《竹枝》，江南曲也。北聲南曲，合而益悲，因詠之。

幽咽新蘆管，淒涼古竹枝。似臨猿峽唱，疑在雁門吹。調爲高多切，聲緣小乍遲。麤豪嫌觱篥，細妙勝參差。雲水巴南客，風沙隴上兒。屈原收淚夜，蘇武斷腸時。仰秣胡駒聽，驚棲越鳥知。何言胡越異，聞此一同悲。（外001）

【校】

見金澤本卷六五，自此詩以下八首在原卷《冬初酒熟二首》（本書卷三二2341、2342）後（原卷又有《菩提寺晚眺》一首，已見於本書卷三一2283）。又見《唐音統籤》卷四三五（注據錢太史宋本補）、汪本《補遺》卷上（注出錢氏絳雲樓本）、《全唐詩》卷四六二。

①〔題〕《唐音統籤》、汪本、《全唐詩》作「聽蘆管」，無題下注。

【注】

作於大和八年（八三四），洛陽。詳本書卷三二前後詩注。

〔蘆管〕見卷三四《追歡偶作》（2544）注。

〔竹枝〕竹枝曲，見卷八《題小橋前新竹招客》（0362）注。

〔麤豪嫌觱篥，細妙勝參差〕觱篥，見卷二一《小童薛陽陶吹觱篥歌》（1407）注。

初寒即事憶皇甫十①

冷竹風成韻，荒階葉作堆②。欲尋聯句卷，先飲煖寒杯。帽爲迎霜戴，爐因試火開。時時還有客，終不當君來。（外002）

【校】

見金澤本卷六五。又見《唐音統籤》卷四二九（注據錢太史宋本補）、汪本《補遺》卷上（注出錢氏絳雲樓本）、《全唐詩》卷四六二。

①〔題〕「寒」《唐音統籤》、汪本、《全唐詩》作「冬」。

②〔荒階〕《唐音統籤》、汪本、《全唐詩》作「荒街」。

【注】

朱《箋》：作於大和八年（八三四），洛陽。

〔皇甫十〕朱《箋》：「皇甫曙。」見卷三二《答皇甫十郎中秋深酒熟見憶》（2337）注。

小亭寒夜寄夢得①

亭小同蝸舍②，門閑稱雀羅。火將燈共盡，風與雪相和。老睡隨年減，衰情向夕多。不知同病者，爭奈夜長何？（外003）

【校】

見金澤本卷六五。又見《唐音統籤》卷四二九（注據錢太史宋本補）、汪本《補遺》卷上（注出錢氏絳雲樓本）、《全唐詩》卷四六二。

①〔題〕「亭」《唐音統籤》、汪本、《全唐詩》作「庭」。劉禹錫有《酬樂天小亭寒夜有懷》，作「亭」是。

②〔亭小〕《唐音統籤》、汪本、《全唐詩》作「庭小」。

【注】

朱《箋》：或作於開成元年（八三六）冬禹錫辭同州刺史歸洛陽後。按，亦當作於大和八年（八三四）。時禹錫在汝州刺史任。見卷三二《和劉汝州酬侍中見寄長句因書集賢坊勝事戲而問之》(2354)注。

除夜言懷兼贈張常侍

三百六旬今夜盡①，六十四年明日催。不用歎身隨日老，亦須知壽逐年來。加添雪興憑氈帳，消殺春愁付酒杯。唯恨詩成君去後，紅牋紙卷共誰開②。（外004）

【校】

見金澤本卷六五。又見《唐音統籤》卷四四四(注據錢太史宋本補)、汪本《補遺》卷上(注出錢氏絳雲樓本)、《全唐詩》卷四六二。

①〔三百〕《唐音統籤》作「三十」。

②〔共誰〕「共」《唐音統籤》、汪本、《全唐詩》作「爲」，汪本校：「一作共。」

【注】

朱《箋》：作於大和八年(八三四)，洛陽。

〔張常侍〕朱《箋》：「張仲方。」見卷二九《張常侍相訪》(2126)注。《舊唐書·文宗紀》：「(大和八年十二月)己丑，以太子賓客分司張仲方爲左散騎常侍。」朱《箋》：「白氏作此詩時則仲方已除常侍，將西赴長安，故云『唯恨詩成君去後』也。」

送張常侍西歸

二年花下爲閑伴，一旦鐏前棄老夫。西午橋街行悵望，南龍興寺立踟躕。洛城久住留情否，騎省重歸稱意無①？出鎮歸朝但相訪，此身應不離東都。（外005）

【校】

見金澤本卷六五。又見《唐音統籤》卷四四四（注據錢太史宋本補）、汪本《補遺》卷上（注出錢氏絳雲樓本）、《全唐詩》卷四六二。

①〔騎省〕汪本、《全唐詩》作「省騎」，誤。

【注】

朱《箋》：作於大和九年（八三五），洛陽。

〔張常侍〕朱《箋》：「張仲方。……大和七年，李德裕輔政，張仲方自左散騎常侍出爲太子賓客分司。大和八年，德裕罷相，李宗閔復召仲方爲常侍。」參見上詩注。

〔西午橋街行悵望，南龍興寺立踟躕〕午橋，見卷二九《和裴令公一日日一年年雜言見贈》（2152）注。南龍興寺，見卷二九《南龍興寺殘雪》（2093）注。

和河南鄭尹新歲對雪

白雪吟時鈴閣開①，故情新興兩徘徊。昔經勤苦照書卷，今助歡娱飄酒杯。楚客難酬郢中曲，吴公兼占洛陽才。銅駝金谷春知否②，又有詩人作尹來。（外006）

【校】

見金澤本卷六五。又見《唐音統籤》卷四四四（注據錢太史宋本補）、汪本《補遺》卷上（注出錢氏絳雲樓本）、《全唐詩》卷四六二。

①〔吟時〕《唐音統籤》、汪本、《全唐詩》作「吟詩」。

②〔銅駝〕《唐音統籤》作「銅街」。

【注】

朱《箋》：作於大和九年（八三五），洛陽。

〔河南鄭尹〕朱《箋》：「鄭澣。」《舊唐書・文宗紀》：「（大和八年九月）癸亥，以尚書吏部侍郎鄭澣爲河南尹」；「（開成元年）夏四月庚午朔，以河南尹鄭澣爲左丞。」

〔白雪吟時鈴閣開，故情新興兩徘徊〕鈴閣，見卷八《郡齋暇日辱常州陳郎中使君早春晚坐水西館書事詩十六韻見寄亦以十六韻酬之》（0359）注。

〔昔經勤苦照書卷，今助歡娛飄酒杯〕見卷二十《花樓望雪命宴賦詩》（1335）注。

〔楚客難酬郢中曲，吳公兼占洛陽才〕宋玉《對楚王問》：「客有歌於郢中者，其始曰下里巴人，因中屬而和者數千人。其爲陽阿薤露，國中屬而和者數百人。其爲陽春白雪，國中屬而和者不過數十人。」吳公，見卷三三《春盡日天津橋頭偶呈李尹侍郎》（2409）注。

〔銅駝金谷春知否，又有詩人作尹來〕銅駝街，見卷二八《早春雪後贈洛陽李長官長水鄭明府二同年》（2085）注。金谷，見卷十三《和友人洛中春感》（0620）注。

吹笙内人出家

雨露難忘君念重，電泡易滅妾身輕。金刀已剃頭然髮，佛經云：「若救頭然。」玉管休吹腸斷聲。新戒珠從衣裏得，初心蓮向火中生。道場夜半香花冷，猶在燈前禮佛名。（外007）

【校】

見金澤本卷六五。又見《唐音統籤》卷四四四（注據錢太史宋本補）、汪本《補遺》卷上（注出錢氏絳雲樓本）、《全唐詩》卷四六二。

【注】

作於大和八年（八三四）至大和九年（八三五），洛陽。

〔金刀已剃頭然髮，玉管休吹腸斷聲〕《雜阿含經》卷三九：「當勤修精進，猶如救頭然。」《大寶積經》卷九十：「斷除煩惱，如救頭然。」

〔新戒珠從衣裏得，初心蓮向火中生〕《法華經·受記品》：「譬如有人至親友家醉酒而卧，是時親友官事當行，以無價寶珠繫其衣裏，與之而去。其人醉卧，都不覺知，起已遊行至於他國。爲衣食故，勤力求索，甚大艱難。若少有所得，便以爲足。於後親友會遇見之，而作是言：咄哉丈夫，何爲衣食乃至如是？我昔欲令汝得安樂，五慾自恣，於某年月，以無價寶珠，繫汝衣裏，今故現在，而汝不知，勤苦憂惱，以求自活，甚爲癡也。」《楞嚴經》卷四：「譬如有人，於自衣中，繫如意珠，不自覺知。窮露他方，乞食馳走，雖實貧窮，珠不曾失。忽有智者，指示其珠，所願從心，致大饒富，方悟神珠，非從外得。」《維摩經·佛道品》：「火中生蓮華，是可謂希有。在欲而行禪，希有亦如是。」《央掘魔羅經》卷四：「猶如火中生蓮華，世間希有見二佛。」

〔道場夜半香花冷，猶在燈前禮佛名〕佛名經，見卷三五《戲贈禮經老僧》（2578）注。

醉中見微之舊詩有感①

今朝何事一沾襟，檢得君詩醉後吟。老淚交流風病眼，春情搖動酒悲心②。銀鈎塵覆年年暗，玉樹泥埋日日深。聞道墓松高一丈，更無消息到如今。（外 008）

【校】

見金澤本卷六五。又見《唐音統籤》卷四四四（注據錢太史宋本補）、汪本《補遺》卷上（注出錢氏絳雲樓本）、《全唐詩》卷四六二。

①〔題〕「詩」《唐音統籤》、汪本、《全唐詩》作「卷」。

②〔春情〕《唐音統籤》、汪本、《全唐詩》作「春箋」，管見抄本作「春殘」。〔酒悲〕汪本、《全唐詩》作「酒杯」。

【注】

朱《箋》：作於大和九年（八三五），洛陽。

和楊同州寒食乾坑會後聞楊工部欲到知予與工部有敷水之期榮喜雖多歡宴且阻辱示長句因而答之

往來東道千餘騎，新舊西曹兩侍郎。去年兄自工部拜同州，今年弟從常州拜工部。家占冬官傳印綬，路逢春日助恩光。停留五馬經寒食，指點三峰過故鄉。猶恨乾坑敷水會，差池歸雁不成行。（外003）

【校】

見金澤本卷六五。自此詩以下十首在原卷《路逢青州王大夫赴鎮立馬贈別》（本書卷三二〔2352〕）後。

【注】

朱《箋》：作於大和九年（八三五），洛陽。

〔楊同州〕朱《箋》：「楊汝士。」見卷三十《睡後茶興憶楊同州》（2172）注。

〔乾坑〕《元和郡縣志》卷二關内道同州：「乾坑，漢武帝時嚴熊上言，願穿洛以溉重泉以東萬餘頃。於是發卒穿渠，自徵引洛水至商顔下，名曰龍首渠。按，州西有乾坑，即龍首之尾也。」《資治通鑑》僖宗中和三年：「二月壬子，李克用進軍乾坑。」胡三省注：「乾坑在沙苑西南。乾音干。」《清一統志》卷一九〇同州府：「乾坑，在大荔縣西北十里，唐李元諒敗李懷光於乾坑，即此。」

〔楊工部〕朱《箋》：「楊虞卿。」《舊唐書・文宗紀》：「（大和八年十二月己丑），常州刺史楊虞卿爲工部侍郎。」

〔敷水〕見卷二六《過敷水》（1726）注。

〔停留五馬經寒食，指點三峰過故鄉〕華山三峰，見卷二五《太湖石》（1725）注。

別楊同州後却寄

潘驛橋南醉中別，下邽村北醒時歸。春風惱我君知否①，榆莢楊花撲面飛②。（外010）

【校】

見金澤本卷六五。又見《唐音統籤》卷四五三（注據錢太史宋本補）、汪本《補遺》卷上（注出錢氏絳雲樓本）、《全唐詩》卷四六二。

①〔惱我〕《唐音統籤》、汪本、《全唐詩》作「怪我」。

②〔榆莢〕《唐音統籤》、汪本、《全唐詩》作「榆葉」。

【注】

朱《箋》：作於大和九年（八三五），下邽。

〔楊同州〕朱《箋》：「楊汝士。」見前詩注。

〔潘驛橋南醉中別，下邽村北醒時歸〕《清一統志》卷一九〇同州府：「潘驛鎮，在大荔縣西二十里。」《陝西通志》卷十七同州引《州志》：「潘驛鎮，在州西三十里。」

狐泉店前作

野狐泉上柳花飛，逐水東流便不歸。花水悠悠兩無意，因風吹落偶相依。（外〇三）

【校】

見金澤本卷六五。又見《唐音統籤》卷四五三（注據錢太史宋本補）、汪本《補遺》卷上（注出錢氏絳雲樓本）、《全唐詩》卷四六二。

【注】

朱《箋》：作於大和九年（八三五）春自洛陽赴下邽途中。

〔狐泉店〕《南部新書》戊：「野狐泉店在潼關之西，泉在道南店後坡下。舊傳云：野狐掊而泉湧。店人工爲冷淘，過者行旅止焉。今法饌中有野狐泉者，以菉粉爲之，亦象此也。」

贈盧績①

餘杭縣裏盧明府②，虚白亭中白舍人。今日相逢頭似雪，一杯相勸送殘春。（外012）

【校】

見金澤本卷六五。又見《唐音統籤》卷四五三（注據錢太史宋本補）、汪本《補遺》卷上（注出錢氏絳雲樓本）、《全唐詩》卷四六二。

①〔題〕「盧績」《唐音統籤》、汪本、《全唐詩》作「盧續」。平岡校：「金澤本有去聲符，當從之。」

②〔明府〕《唐音統籤》作「明吉」。

【注】

朱《箋》：作於大和九年（八三五），洛陽。

〔盧績〕未詳。

〔餘杭縣裏盧明府，虚白亭中白舍人〕虚白亭，見卷二五《座上贈盧判官》（1779）注。

與裴華州同過敷水戲贈①

使君五馬且踟躕，馬上能聽絶句無？每過桑間試留意，何妨後代有羅敷。（外013）

【校】

見金澤本卷六五。又見《唐音統籤》卷四五三（注據錢太史宋本補）、汪本《補遺》卷上（注出錢氏絳雲樓本）、《全唐詩》卷四六二。

①〔題〕平岡校：「『與』，金澤本初似作『尋』，後塗改爲『與』。『華』作『美』。『州』字塗抹。『同』作『聞』。此則過水者裴美一人，與汪本迥異。玩詩意，『尋』字、『聞』字似較勝，今姑從之。」

【注】

朱《箋》：作於大和九年（八三五）春赴下邽途中。

〔裴華州〕朱《箋》：「華州刺史裴潾。」《舊唐書·文宗紀》：「（大和八年十二月己亥），以（李）翺爲刑部侍郎代裴潾，以潾爲華州鎮國軍潼關防禦使。」

〔每過桑間試留意，何妨後代有羅敷〕見卷二六《過敷水》（1726）注。

西還壽安路西歇馬

槐陰歇鞍馬，柳絮惹衣巾。日晚獨歸路，春深多思人。去家纔百里，爲客只三旬。已念紗窗下，應生寶瑟塵。（外 014）

【校】

見金澤本卷六五。又見《唐音統籤》卷四二九（注據錢太史宋本補）、汪本《補遺》卷上（注出錢氏絳雲樓本）、《全唐詩》卷四六二。

【注】

朱《箋》：作於大和九年（八三五）春赴下邽途中。

〔壽安〕壽安縣，見卷三十《西行》（2168）注。

歇馬重吟①

春衫細薄馬蹄輕，一日遲遲進一程。野棗花含新蜜氣②，山禽語帶破袍聲③。垂鞭晚就槐陰歇，低帽閑銜柳絮行④。忽憶家園須速去，櫻桃欲熟笋應生。（外015）

【校】

見金澤本卷六五。又見《唐音統籤》卷四四四（注據錢太史宋本補）、汪本《補遺》卷上（注出錢氏絳雲樓本）、《全唐詩》卷四六二。

①〔題〕《唐音統籤》、汪本、《全唐詩》作「壽安歇馬重吟」。

②〔新蜜〕汪本作「新密」，誤。

③〔破袍〕《唐音統籤》、汪本、《全唐詩》作「破匏」。

④〔低帽〕《唐音統籤》、汪本、《全唐詩》作「低倡」。

【注】

朱《箋》：作於大和九年（八三五）春赴下邽途中。

〔野棗花含新蜜氣，山禽語帶破袍聲〕本書卷三一《三月晦日日晚聞鳥聲》（2277）：「晚來林鳥語殷勤，似惜風光說向人。遣脱破袍勞報暖，催沽美酒敢辭貧。」此蓋亦以鳥鳴象聲，如布穀、提壺之類。

閑遊

欲笑隨情酒逐身，此身雖老未孤春①。春來點檢閑遊數，猶自多於年少人。（外016）

【校】

見金澤本卷六五。又見《唐音統籤》卷四五三（注據錢太史宋本補）、汪本《補遺》卷上（注出錢氏絳雲樓本）、《全唐詩》卷四六二。

①〔孤春〕《唐音統籤》、汪本、《全唐詩》作「辜春」。

【注】

朱《箋》：作於大和九年（八三五），洛陽。

池畔閑坐兼呈侍中

池岸最平處①，樹陰新合時。移牀解衣帶，坐任清風吹。舉棹鳥先覺，垂綸魚未知。前頭何所有，一卷晉公詩。（外017）

【校】

見金澤本卷六五。又見《唐音統籤》卷四二九（注據錢太史宋本補）、汪本《補遺》卷上（注出錢氏絳雲樓本）、《全唐詩》卷四六二。

①〔池岸〕《唐音統籤》、汪本、《全唐詩》作「池畔」。

【注】

朱《箋》：作於大和九年（八三五），洛陽。

〔侍中〕朱《箋》：「裴度。」見卷二九《裴侍中晉公以集賢林亭即事詩二十六韻見贈猥蒙徵和才拙詞繁輒廣爲五百言以伸酬獻》（2136）注。

贈鄭尹

府池東北舊亭臺，久别長思醉一迴。但倩主人空掃地①，自攜杯酒管絃來。（外018）

【校】

見金澤本卷六五。又見《唐音統籤》卷四五三（注據錢太史宋本補）、汪本《補遺》卷上（注出錢氏絳雲樓本）、《全唐詩》卷四六二。

①〔但倩〕《唐音統籤》、汪本、《全唐詩》作「但請」。

【注】

朱《箋》：作於大和九年（八三五），洛陽。

〔鄭尹〕朱《箋》：「河南尹鄭澣。」見本卷《和河南鄭尹新歲對雪》注。

懶出

慵遊懶出門多掩，縱暫逢迎不下堂。不是向人情漸薄，病宜閑靜老宜藏。（外019）

【校】

見金澤本卷六八，在《山下留別佛光和尚》（本書卷三五2620）後。

【注】

約作於開成五年（八四〇），詳見本書卷三五前後詩注。

歙州山行憶故山

悔別故山遠，愁行歸路遲。雲峰雜滿眼，不當隱淪時。（外 020）

【校】

據花房英樹《白氏文集の批判的研究》、太田次男《舊鈔本を中心とする白氏文集本文の研究》，見要文抄本卷十三，在《問淮水》（本書0695）前。

【注】

朱《箋》：或作於貞元十五年（七九九）至十七年（八〇一）旅宣城時。

〔歙州〕《舊唐書·地理志三》江南東道：「歙州，隋新安郡。……天寶元年，改爲新安郡。乾元元年，復爲歙州。」

聽琵琶勸殷協律酒

何堪朔塞胡關曲，又是秋天雨夜聞。青冢葬時沙莽莽，烏孫愁處雪紛紛。知君怕病推辭酒，故遣琵琶勸諫君。（外 021）

【校】

據花房英樹《白氏文集の批判的研究》，見管見抄本、天海校本卷十三。

【注】

朱《箋》： 約作於長慶二年（八二二）至長慶三年（八二三），杭州。

〔殷協律〕朱《箋》：「殷堯藩。」見卷十二《醉後狂言酬贈蕭殷二協律》（0602）注。

〔青冢葬時沙莽莽，烏孫愁處雪紛紛〕青冢，見卷二《青冢》（0121）注。烏孫，見卷三七《河陽石尚書破迴鶻迎貴主過上黨射鷺鷥繪畫爲圖猥蒙見示稱歎不足以詩美之》（2785）注。石崇《琵琶引序》：「王明君者，本爲王昭君，以觸文帝諱，改之。匈奴盛，請婚於漢元帝，以明君配焉。昔公主嫁烏孫，令琵琶馬上作樂，以慰其道路之思。其送明君，亦必爾也。」

城西別元九

城西三月三十日，別友辭春兩恨多。帝里却歸猶寂寞，通州獨去又如何①？（外022）

【校】

見殘宋本卷十五，在《松樹》（本書0831）後。又據花房英樹《白氏文集の批判的研究》、太田次男《舊鈔本を中心とする白氏文集本文の研究》，見要文抄本、天海校本卷十五。又見《全唐詩》卷八八三《補遺》二。

①〔又如何〕要文抄本作「復如何」。

【注】

朱《箋》：作於元和十年（八一五），長安。

〔元九〕朱《箋》：「元稹。元和十年正月，自唐州從事召還長安。三月二十五日，又出爲通州司馬。此詩亦當時送別之作。」見卷十五《醉後却寄元九》（0832）注。

陳家紫藤花下贈周判官

藤花無次第，萬朵一時開。不是周從事，何人喚我來？（外023）

【校】

據花房英樹《白氏文集の批判的研究》、太田次男《舊鈔本を中心とする白氏文集本文の研究》，見要文抄本、書陵部校本、蓬左文庫校本卷二十，在《湖中自照》（本書355）前。又見《全唐詩》卷八八三《補遺》二。

【注】

朱《箋》：作於長慶三年（八二三），杭州。

〔周判官〕朱《箋》：「周元範。」見卷二十《重酬周判官》（1373）注。

哭微之

今生豈有相逢日，未死應無暫忘時。從此三篇收淚後，終身無復更吟詩。（外024）

【校】

據花房英樹《白氏文集の批判的研究》，見管見抄本。又見《文苑英華》卷九八九白居易《祭元相公文》。此詩與本書卷二七《哭微之二首》(1976、1977)爲一組。

【注】

朱《箋》：作於大和五年(八三一)，洛陽。

〔微之〕朱《箋》：「元稹。卒於大和五年七月。」見卷二七《哭微之二首》(1976)注。

戲酬皇甫十再勸酒 來句云：「且勸香醪一屈卮。」

淨名居士眠方丈，玄晏先生釀老春。手把屈卮來勸戒，世間何處覓波旬？(外025)

【校】

據花房英樹《白氏文集の批判的研究》，見管見抄本，在舊抄本卷六七，即本書卷三四。

【注】

朱《箋》：約作於開成元年(八三六)至開成二年(八三七)，洛陽。按，據此詩所編卷，當作於開成三年(八三八)。

〔皇甫十〕朱《箋》：「皇甫曙。」見卷三四《早春持齋答皇甫十見贈》(2494)注。

〔淨名居士眠方丈，玄晏先生釀老春〕淨名居士，即維摩詰。見卷二十《東院》(1325)注。玄晏先生，見卷二一《寄皇甫賓客》(1439)注。老春，酒。《東坡志林》卷五：「退之詩曰：『百年未滿不得死，且可勤買抛青春。』《國史補》云：『酒有郢之富春，烏程之若下春，滎陽之土窟春，富平之石凍春，劍南之燒春。』杜子美亦云：『聞道雲安麴米春，才傾一盞便醺人。』裴鉶作《傳奇》，記裴航事，亦有酒名松醪春。乃知唐人名酒多以春，則抛青春亦是酒名也。」王楙《野客叢書》卷十《石凍春》：「僕觀鄭谷《贈富平宰》詩曰：『易博連宵醉，千缸石凍春。』知富平石凍春信矣。觀白樂天杭州詩有『青旗沽酒趁梨花』之句，注：『其俗釀酒趁梨花時熟，號爲梨花春。』是又有梨花春之名。李白詩：『甕中百斛金陵春。』劉夢得詩：『鸚鵡杯中若下春。』」

〔手把屈卮來勸戒，世間何處覓波旬〕屈卮，酒器。孟郊《勸酒》：「勸君金屈卮，勿謂朱顏酡。」李賀《浩歌》：「箏人勸我金屈卮，神血未凝身問誰。」波旬，魔。慧琳《一切經音義》卷十一：「波旬，梵語正云波俾掾，唐云惡魔，佛以慈心訶責，因以爲名。」

濟源上枉舒員外兩篇因酬六韻

歇手不判案，舉頭仍見山。雖來鞍馬上，不離詩酒間。濟源三臨泛，王屋一登攀。猶嫌百里近，祇得十日閑。明朝却歸府，塵事如循環。賴聽瑶華唱，稍開風土顔。（外026）

【校】

見那波本卷五二，在《早冬遊王屋自靈都抵陽臺上方望天壇偶吟成章寄温谷周尊師中書李相公》（本書卷二二1512）後。

【注】

朱《箋》：作於大和六年（八三二），濟源。

〔濟源〕見卷二二《遊坊口懸泉偶題石上》（1505）注。

〔舒員外〕舒元輿。見卷二二《苦熱中寄舒員外》（1508）注。

〔濟源三臨泛，王屋一登攀〕見卷二二《早冬遊王屋自靈都抵陽臺上方望天壇偶吟成章寄温谷周尊師中書李相公》（1512）注。

〔賴聽瑶華唱，稍開風土顔〕見卷五《答元八宗簡同遊曲江後明日見贈》（0174）注。

和裴相公傍水絶句①

行尋春水坐看山，早出中書晚未還。爲報野僧巖客道，偷閑氣味勝長閑。（外027）

【校】

見那波本卷五五，在《微之就拜尚書居易續除刑部因書賀意兼詠離懷》（本書卷二五1783）後。又見《全唐詩》卷四六二。

①〔題〕「傍水」《全唐詩》作「傍水閑行」。《劉賓客集》外集卷一有《和裴相公傍水閑行》詩，朱《箋》據改。

【注】

朱《箋》：作於大和二年（八二八），長安。

〔裴相公〕裴度。見卷二五《酬裴相公題興化小池見招長句》（1739）注。

酬令狐留守尚書見贈十韻

長慶清風在，夔龍燮理餘。大和膏雨降，周邵保釐初。嵩少當宮署，伊瀍入禁渠。曉關開玉兔，夕鑰納銀魚。舊眷憐移疾，新吟念索居。離聲雙白鷴，行色一籃輿。罷免無餘俸，休閑有敝廬。慵於嵇叔夜，渴似馬相如。酒每蒙酤我，《詩》鄭箋云：「酤，賣也。音沽。」詩嘗許起予。洛中歸計定，一半爲尚書。（外028）

【校】

見那波本卷五七，在《白蓮池汎舟》（本書卷二七1933）後。又見《唐音統籤》卷四三五（注據錢太史宋本補）、汪本《補遺》卷上（注出錢氏絳雲樓本）、《全唐詩》卷四六二。

【注】

朱《箋》：作於大和三年（八二九），洛陽。

〔令狐相公〕令狐楚。見卷二七《將至東都先寄令狐留守》（1922）注。

〔長慶清風在，夔龍燮理餘〕夔龍，見卷五《題贈鄭秘書徵君石溝溪隱居》（0207）注。

〔大和膏雨降，周邵保釐初〕周邵，周公、召公。保釐，見卷二九《裴侍中晉公以集賢林亭即事詩二十六韻見贈猥蒙徵和才拙詞繁輒廣爲五百言以伸酬獻》(2136)注。

〔曉關開玉兔，夕鑰納銀魚〕玉兔，指月，言開關之早。江總《答王均早朝守建陽門開》：「金兔猶懸魄，銅龍欲啓扉。」鑰爲魚形。《太平御覽》卷一八四引《風俗通》：「鑰施懸魚，翳伏淵源，欲令楗閉如此。」蕭綱《秋閨夜思》：「夕門掩魚鑰，宵床悲畫屏。」

〔慵於嵇叔夜，渴似馬相如〕嵇叔夜，嵇康。見卷二五《秋齋》(1735)注。《史記・司馬相如列傳》：「相如口吃而善著書，常有消渴疾。」

〔酒每蒙酤我，詩嘗許起予〕《詩・小雅・伐木》：「有酒湑我，無酒酤我。」鄭箋：「酤，買也。」《釋文》：「酤，毛音户，《説文》同，鄭音顧，又音沽。」《論語・八佾》：「子夏問曰：『巧笑倩兮，美目盼兮，素以爲絢兮。』何謂也？』子曰：『繪事後素。』曰：『禮後乎？』子曰：『起予者商也，始可與言《詩》已矣。』」

得夢得新詩①

池上今宵風月涼，閑教少樂理霓裳。集仙殿裏新詞到，便播笙歌作樂章。（外029）

【校】

見那波本卷五七，在《答夢得聞蟬見寄》(本書卷二七1937)後。又見《唐音統籤》卷四五三(注據錢太史宋本補)、汪本《補遺》卷上(注出錢氏絳雲樓本)、《全唐詩》卷四六二。

①〔題〕《唐音統籤》作「夢得得新書」。

【注】

朱《箋》：作於大和三年（八二九），洛陽。

〔夢得〕劉禹錫。時爲集賢殿學士。見卷二六《和劉郎中學士題集賢閣》（1841）注。

〔集仙殿裏新詞到，便播笙歌作樂章〕集仙殿，集賢殿。《舊唐書·玄宗紀》：「（開元十三年）夏四月丁巳，改集仙殿爲集賢殿，麗正殿書院改集賢殿書院，内五品已上爲學士，六品已下爲直學士。」

同崔十八宿龍門兼寄令狐尚書馮常侍

水碧玉磷磷，龍門秋勝春。山中一夜月，海内兩閑人。共是幽棲伴，俱非富貴身。尚書與常侍，不可得相親。（外030）

【校】

見那波本卷五七，在《偶作》（本書卷二七1944）後。

【注】

朱《箋》：作於大和三年（八二九），洛陽。

〔崔十八〕崔玄亮。見卷二七《答崔十八見寄》（1923）注。

〔令狐尚書〕令狐楚。見卷二七《將至東都先寄令狐留守》（1922）注。

〔馮常侍〕馮宿。見卷二七《分司初到洛中偶題六韻兼戲呈馮尹》(2001)注。

送滕庶子致仕歸婺州

春風秋月攜歌酒，八十年來玩物華。已見曾孫騎竹馬，猶聽侍女唱梅花。入鄉不杖歸時健，出郭乘軺到處誇。兒著繡衣身衣錦，東陽門户勝滕家。（外031）

【校】

見那波本卷五七，自此以下三詩在《臨都驛送崔十八》(本書卷二七1948)後。又見《唐音統籤》卷四四四(注據錢太史宋本補)、汪本《補遺》卷上(注出錢氏絳雲樓本)、《全唐詩》卷四六二。

【注】

朱《箋》：作於大和三年(八二九)，洛陽。

〔滕庶子〕滕珦。《唐會要》卷六七：「大和三年冑，左庶子滕珦奏：伏蒙天恩致仕，今欲歸家，鄉在浙東，道路遥遠，官參四品，伏乞給婺州以來虜三三。允其所請。」劉禹錫有《贈致仕滕庶子先輩》。

〔婺州〕《舊唐書·地理志三》江南東道：「婺州，隋東陽郡。……天寶元年，改婺州爲東陽郡。乾元元年，復爲婺州。」

雨中訪崔十八

肩舁仍挈榼，莫怪就君來。秋雨經三宿，無人勸一杯。（外 032）

【校】

見那波本卷五七。又見《唐音統籤》卷四四六（注據錢太史宋本補）、汪本《補遺》卷上（注出錢氏絳雲樓本）、《全唐詩》卷四六二。

【注】

朱《箋》：作於大和三年（八二九），洛陽。

〔崔十八〕崔玄亮。見卷二七《答崔十八見寄》（1923）注。

拜表早出贈皇甫賓客

一月一回同拜表，莫辭侵早過中橋。老於君者應無數，猶趁西京十五朝。（外 033）

【校】

見那波本卷五七。又見《唐音統籤》卷四五三（注據錢太史宋本補）、汪本《補遺》卷上（注出錢氏絳雲樓本）、《全唐詩》卷四六二。

【注】

朱《箋》：作於大和三年（八二九），洛陽。

〔皇甫賓客〕皇甫鏞。見卷二七《贈皇甫賓客》（1924）注。

〔一月一回同拜表，莫辭侵早過中橋〕洛中橋，見卷十二《長相思》（0586）注。

夜題玉泉寺①

遇客多言愛山水，逢僧盡道厭囂塵。玉泉潭畔松間宿，要且經年無一人。（外034）

【校】

見那波本卷五七、殘宋本卷二七，在《偶吟二首》（本書1969、1970）後。又見《唐音統籤》卷四五三（注據錢太史宋本補）、汪本《補遺》卷上（注出錢氏絳雲樓本）、《全唐詩》卷四六二。

①〔題〕《唐音統籤》、汪本、《全唐詩》作「夜題玉泉」。

【注】

朱《箋》：作於大和四年（八三〇），洛陽。

〔玉泉寺〕見卷二八《獨遊玉泉寺》（2026）注。汪立名云：「按《太平寰宇記》：玉泉山在河南縣東南四十里，山內有玉泉寺。近見《西湖志》收此詩，誤以爲杭州之玉泉也。」

初見劉二十八郎中有感

欲話毘陵君反袂，欲言夏口我霑衣。誰知臨老相逢日，悲歎聲多語笑稀。（外035）

【校】

見那波本卷五七，自此以下三詩在《馬上晚吟》（本書卷二七1978）後。又見《唐音統籤》卷四五三（注據錢太史宋本補）、汪本《補遺》卷上（注出錢氏絳雲樓本）、《全唐詩》卷四六二。

【注】

朱《箋》：或作於大和五年（八三一）冬禹錫赴任蘇州過洛陽相見時。按，此詩當與卷二七《醉中重留夢得》（1979）作於同時。

〔欲話毘陵君反袂，欲言夏口我霑衣〕毘陵，常州。按，此句所指不詳。《公羊傳》哀公十四年：「孔子曰：『孰爲來哉？孰爲來哉？』反袂拭面，涕沾袍。」夏口，鄂州。此句當指鄂姬事。見卷二五《和劉郎中傷鄂姬》（1754）注。

送劉郎中赴任蘇州

仁風膏雨去隨輪，勝境歡遊到逐身。水驛路穿兒店月，花船棹入女湖春。語兒店、女墳湖皆勝地也。宣城獨詠窗中岫，柳惲單題汀上蘋。何似姑蘇詩太守，吟詩相繼有三人。領吳郡日，劉嘗贈予詩云：「蘇州刺史例能詩，西掖今來替左司。」故有三人之戲耳。（外036）

【校】

見那波本卷五七。又見《唐音統籤》卷四四四（注據錢太史宋本補）、汪本《補遺》卷上（注出錢氏絳雲樓本）、《全唐詩》卷四六二。

【注】

朱《箋》：作於大和五年（八三一），洛陽。

〔劉郎中〕劉禹錫。見卷二六《寄劉蘇州》（1900）注。

〔水驛路穿兒店月，花船棹入女湖春〕《越絶書》卷八：「語兒鄉，故越界。名曰就李。吳疆越地，以爲戰地。至於柴辟亭。」《至元嘉禾志》卷一：「《九域志》云：崇德縣，古越地也。《輿地廣記》叙崇德云：有語兒水，亦曰禦兒，越之北境也。……考之唐乾符中所立崇福寺二石經幢，一云嘉興縣語兒鄉，一云語兒市。然則語在唐，其名如故。」卷三崇德縣：「語兒鄉，在縣東郭。下管里六。」卷五古涇崇德縣：「語兒中涇，一名語溪，自縣東五十里，達嘉興南谷湖。」女墳湖。見卷二四《武丘寺路宴留別諸妓》（1700）注。

〔宣城獨詠窗中岫，柳惲單題汀上蘋〕謝朓《郡内高齋閑坐答呂法曹》：「窗中列遠岫，廷際俯喬林。」柳惲《江南曲》：「汀洲采白蘋，日落江南曲。」

〔何似姑蘇詩太守，吟詩相繼有三人〕見卷二四《重答和劉和州》（1670）注。三人，指韋應物及白、劉。

福先寺雪中餞劉蘇州

送君何處展離筵，大梵王宫大雪天。庾嶺梅花落歌管，謝家柳絮撲金田。亂從紈袖交加舞，醉入籃輿取次眠。却笑召鄒兼訪戴，只持空酒駕空船。（外037）

【校】

見那波本卷五七。又見《唐音統籤》卷四四四（注據錢太史宋本補）、汪本《補遺》卷上（注出錢氏絳雲樓本）、《全唐詩》卷四六二。

【注】

朱《箋》：作於大和五年（八三一），洛陽。

〔福先寺〕在東都遊藝坊。《唐會要》卷四八：「福先寺，遊藝坊。武太后母楊氏宅。上元二年，立爲太原寺。垂拱三年二月，改爲魏國寺。天授二年，改爲福先寺。」武則天《大福先寺浮圖碑》：「大福先寺者，先聖之舊居也。爾其途臨澗景，地處交風，樓臺鬱而煙霧深，山川曠而原野淨。前瞻太室，控紫嶽之三花；却鏡伊瀍，帶黄河之千里。龍門右辟，通梵宇之清輝；龜浦横流，激禪池之逸派。」

〔庾嶺梅花落歌管，謝家柳絮撲金田〕李嶠《梅》：「大庾天寒少，南枝獨早芳。」張方注：「大庾嶺上梅，南枝落，北枝開。」梅花落曲，見卷三一《楊柳枝詞八首》（2284）注。《世説新語·言語》：「謝太傅寒雪日内集，與兒女講論文義。俄而雪驟，公欣然曰：『白雪紛紛何所似？』兄子胡兒曰：『撒鹽空中差可擬。』兄女曰：『未若柳絮因風起。』公大笑樂。」金田，指佛寺。宋之問《奉和九月九日登慈恩寺浮屠應制》：「散花多寶塔，張樂布金田。」

〔却笑召鄒兼訪戴，只持空酒駕空船〕謝莊《雪賦》：「歲將暮，時既昏，寒風積，愁雲繁。梁王不悦，遊於兔園。乃置旨酒，命賓友，召鄒生，延枚叟，相如末至，居客之右。」訪戴，見卷二十《贈江州李十使君員外十二韻》（1314）注。

送沈倉曹赴江西

落日驅單騎，涼風換袷衣。遠魚傳信至，秋雁趁行飛。洛下閑居在，城東醉伴稀。莫辭船舫重，多覓酒錢歸。（外038）

【校】

見那波本卷五九，即紹興本《白氏文集》卷六八，在《三教論衡》「僧問」、「對」之後，顯係自別卷摻入。

【注】

朱《箋》：或作於大和三年（八二九），洛陽。

〔落日驅單騎，涼風換袷衣〕潘岳《秋興賦》：「藉莞蒻，御袷衣。」《文選》李善注：「《説文》曰：袷衣，無絮也。」

古洽切。」

雨歇池上

簷前微雨歇，池上涼風起。橋竹碧鮮鮮，岸移莎靡靡。蒼然古苔石，清淺平流水。何言中門前，便是深山裏。雙僮侍坐卧，一杖扶行止。飢聞麻粥香，渴覺雲湯美。平生所好物，今日多在此。此外更何思，市朝心已矣。（外 039）

【校】

見那波本卷六三、殘宋本卷三十。此詩與同卷《七月一日作》（本書卷三十2181）同，缺前四句，又字句微異。見該詩校。

贈張處士韋山人①

羅襟蕙帶竹皮巾，雖到塵中不染塵。每見俗人多慘澹，惟逢美酒即殷勤。浮雲心事誰能會，老鶴風標不可親。世説三生如不謬，共疑巢許是前身。（外 040）

【校】

見那波本卷六七，詩題誤與前首《自罷河南已换七尹每一入府悵然舊遊因宿内廳偶題西壁兼呈韋尹常侍》（本書卷三四2540）綴合，作「自罷河南已换七尹每一入府悵然舊遊因宿内廳偶題西壁兼呈韋尹常侍並贈張處士韋山人」。又見《唐音統籤》卷四四四（注據錢太史宋本補）、汪本《補遺》卷上（注出錢氏絳雲樓本）、《全唐詩》卷四六二。

①〔題〕《唐音統籤》、汪本、《全唐詩》作「贈張處士山人」。

【注】

作於開成三年（八三八），洛陽。

〔韋山人〕朱《箋》：「韋楚。」見卷二一《贈韋處士六年夏大熱旱》（1453）注。

〔羅襟蕙帶竹皮巾，雖到塵中不染塵〕王績《被召謝病》：「橫裁桑節杖，直剪竹皮巾。」王維《過太乙觀賈生房》：「共攜松葉酒，俱簪竹皮巾。」趙殿成注：「《漢書》：高帝爲亭長，乃以竹皮爲冠。韋昭注曰：竹皮，竹筠也。今南夷取竹幼時績以爲帳。師古注：竹皮，筍皮，謂筍上所解之籜耳，非竹筠也。今人亦往往爲筍皮巾，古之遺制也。」

〔世説三生如不謬，共疑巢許是前身〕巢許，巢父、許由。見卷二《讀史五首》之二（0096）注。

和夢得夏至憶蘇州呈盧賓客

憶在蘇州日，常諳夏至筵。粽香筒竹嫩，炙脆子鵝鮮。水國多臺榭，吳風尚管絃。每家皆有酒，無處不過船。交印君相次，褰帷我在前。此鄉俱老矣，東望共依然。予與劉、盧三

人前後相次典蘇州，今同分司，老於洛下。洛下麥秋月，江南梅雨天。齊雲樓上事，已上十三年。（外041）

【校】

見汪本《補遺》卷上（注出泰興季氏手校宋本）、《全唐詩》卷四六二。

【注】

朱《箋》：作於開成三年（八三八），洛陽。

〔盧賓客〕朱《箋》：「盧周仁。大和八年，繼劉禹錫爲蘇州刺史。見同治《蘇州府志·職官表》。」李紳《却到浙西》序：「出杭州界，入蘇州。八年，浙西六郡災旱。……初入浙西蘇州界，吴人以恤災之惠，猶懼旌幡留戒於迥野之處，不及城郭之所，則相率拜泣於舟楫前。是歲，盧周仁爲蘇州刺史。」《舊唐書·文宗紀》：「（大和九年八月壬寅），以蘇州刺史盧周仁爲湖南觀察使。」

〔齊雲樓上事，已上十三年〕齊雲樓，見卷二一《吴中好風景二首》之二（1424）注。

歲夜詠懷兼寄思黯

偏數故交親，何人得六旬？與思黯、夢得數還，淪没者少過得六十。今年已入手，餘事豈關身？老自無多興，春應不揀人。陶窗與弘閣，風景一時新。（外042）

【校】

見汪本《補遺》卷上（注出泰興季氏手校宋本）、《全唐詩》卷四六二。又見蒲積中編《歲時雜詠》卷四一。

【注】

朱《箋》：作於大和五年（八三一），洛陽。

〔思黯〕牛僧孺。見卷二三《求分司東都寄牛相公十韻》（1580）注。

〔陶窗與弘閣，風景一時新〕陶淵明《與子儼等疏》：「五六月中，北窗下卧，遇凉風暫至，自謂是羲皇上人。」此自喻。《漢書·公孫弘傳》：「弘自見爲舉首，起徒步，數年至宰相封侯。於是起客館，開東閣，以延賢人，與參謀議。」此喻思黯。

寒食日過棗糰店

寒食棗糰店，春低楊柳枝①。酒香留客住，鶯語和人詩②。困立攀花久，慵行上馬遲。若爲將此意，前字與僧期？（外043）

【校】

見汪本《補遺》卷上（注出泰興季氏手校宋本）、《全唐詩》卷四六二。又見《歲時雜詠》卷十二。

①〔春低〕《歲時雜詠》作「春堤」。

②〔和人〕《歲時雜詠》作「撩人」。

七夕

煙霄微月澹長空，銀漢秋期萬古同。幾許歡情與離恨，年年并在此宵中。（外044）

【校】

見汪本《補遺》卷上（注出泰興季氏手校宋本）、《全唐詩》卷四六二。又見《歲時雜詠》卷二六。

勸酒

昨與美人對尊酒，朱顔如花腰似柳。今與美人傾一杯，秋風颯颯頭上來。年光似水向東去，兩鬢不禁白日催。東鄰起樓高百尺，璇題照日光相射。珠翠無非二八人①，盤筵何啻三千客。鄰家儒者方下帷，夜誦古書朝忍飢。身年三十未入仕，仰望東鄰安可期。一朝逸翮乘風勢，金榜高張登上第。春闈未了冬登科，九萬摶風誰與繼？不逾十稔居台衡，門前車馬紛縱横。人人仰望在何處，造化筆頭雲雨生。東鄰高樓色未改，主人云亡息猶在②。金玉車輿一不存③，朱門更有何人待？牆垣反鎖長安春，樓臺漸漸屬西鄰。

松篁薄暮亦棲鳥④，桃李無情還笑人。憶昔東鄰宅初構，雲甍彩棟皆非舊。瑇瑁筵前翡翠棲，芙蓉池上鴛鴦鬭。日往月來凡幾秋，一衰一盛何悠悠⑤。但教帝里笙歌在，池上年年醉五侯。（外045）

【校】

見《文苑英華》卷三三六，題《勸酒二首》。此爲第一首，其二即本書卷二一《勸酒》(1443)。又見《唐音統籤》卷四二二（注據《文苑英華》補）、汪本《補遺》卷上（注出《文苑英華》）、《全唐詩》卷四六二。

①〔無非〕《文苑英華》校：「一作緋衣。」

②〔主人〕「人」《文苑英華》校：「一作父。」

③〔車輿〕《唐音統籤》、汪本、《全唐詩》作「車馬」。

④〔亦棲鳥〕《文苑英華》校：「一作鳴棲鳥。」

⑤〔何悠悠〕「何」《文苑英華》校：「一作皆。」

【注】

〔東鄰起樓高百尺，璇題照日光相射〕揚雄《甘泉賦》：「珍臺閒館，璇題玉英。」《文選》李善注：「應劭曰：題，頭也。榱椽之頭，皆以玉飾，言其英華相燭也。」

陰雨①

潤葉濡枝浹四方，濃雲來去勢何長。曠然寰宇清風滿，救旱功高暑氣凉。（外 046）

【校】

見《文苑英華》卷一五三。又見汪本《補遺》卷上（注出《文苑英華》）、《全唐詩》卷四六二。

①〔題〕《文苑英華》作「陰雨二首」。此爲第一首，其二見本書卷十八（1132）。

喜雨

西北油然雲勢濃，須臾霶沛雨飄空。頓疏萬物焦枯意，定看秋郊稼穡豐。（外 047）

【校】

見《文苑英華》卷一五三。又見汪本《補遺》卷上（注出《文苑英華》）、《全唐詩》卷四六二。

曲江

細草岸西東，酒旗摇水風。樓臺在花杪，鷗鷺下煙中。翠幄晴相接，芳洲夜暫空。何人

賞秋景，興與此時同？（外048）

【校】

見《文苑英華》卷一六四。又見汪本《補遺》卷上（注出泰興季氏手校宋本）、《全唐詩》卷四六二。按，此詩又見鄭谷《雲臺編》卷上、《唐音統籤》卷七一五鄭谷卷，《全唐詩》卷六七四又收入鄭谷詩。此詩及以下諸篇凡見於別家正集而不見於《白氏文集》本集者，均難確定爲居易之作。唯因《文苑英華》所收署居易名，姑列入此卷備考。其顯非居易之作者，列入卷下附見部分。

新池

數日自穿鑿，引泉來近陂。尋渠通咽處，繞岸待清時。深好求魚樂，閑堪與鶴期。幽聲聽難盡，入夜睡常遲。（外049）

【校】

見《文苑英華》卷一六五。又見汪本《補遺》卷上（注出泰興季氏手校宋本）、《全唐詩》卷四六二。按，此詩又見姚合《姚少監詩集》卷七，題作《題家園新池》；《唐音統籤》卷五二〇姚合卷，題作《家園新池》。《全唐詩》卷四九九又收入姚合詩。

南池

蕭條微雨絶，荒岸抱清源。入舫山侵塞，分泉道接郙①。秋聲依樹色，月影在蒲根。淹泊方難遂，他宵關夢魂。（外050）

【校】

見《文苑英華》卷一六五。又見汪本《補遺》卷上（注出泰興季氏手校宋本）、《全唐詩》卷四六二。按，此詩又見賈島《長江集》卷三、《唐音統籤》卷三七〇賈島卷。《全唐詩》卷五七二又收入賈島詩。

①〔道接郙〕《長江集》、《唐音統籤》作「稻接村」。

宿池上

泉來從絶壑，亭敞在中流。竹密無空岸，松長可絆舟。蟪蛄潭上夜，河漢島前秋。異夕期深漲①，攜琴却此遊。（外051）

【校】

見《文苑英華》卷一六五。又見汪本《補遺》卷上（注出泰興季氏手校宋本）、《全唐詩》卷四六二。按，此詩又見賈島《長江集》卷五、《唐音統籤》卷三七〇賈島卷。《全唐詩》卷五七二又收入賈島詩。

①〔異夕〕「夕」《長江集》校：「一作日。」《唐音統籤》作「日」。〔深漲〕汪本作「新漲」。

宿張雲舉院

不食胡麻飯，杯中自得仙。隔房招好客①，可室致芳筵。美醞香醪嫩②，時新異果鮮。夜深唯畏曉，坐穩不思眠③。棋罷嫌無敵，詩成愧在前。明朝題壁上，誰得衆人傳？（外052）

【校】

見《文苑英華》卷二二七。又見汪本《補遺》卷上（注出泰興季氏手校宋本）、《全唐詩》卷四六二。按，此詩又見姚合《姚少監詩集》卷八。

①〔隔房〕「房」《文苑英華》、汪本校：「集作籬。」

②〔美醞〕「美」《文苑英華》、汪本校：「集作家。」

③〔不思〕「不」《文苑英華》、汪本校：「集作豈。」

【注】

〔張雲舉〕未詳。

〔隔房招好客，可室致芳筵〕可，遍、滿。見卷四《紅線毯》（0151）注。

惜花

可惜夭豔正當時①，剛被狂風一夜吹。今日流鶯來舊處，百般言語泥空枝②。（外053）

【校】

見《文苑英華》卷三二三。又見汪本《補遺》卷上（注出泰興季氏手校宋本）、《全唐詩》卷四六二。按，此詩又見方干《玄英集》卷八、《唐音統籤》卷六〇八方干卷。《萬首唐人絶句》卷五九亦作方干詩，爲《詠花二首》之二。《全唐詩》卷六五三又收入方干詩。

①〔夭豔〕「夭」《文苑英華》、汪本校：「集作妍。」《玄英集》、《唐音統籤》作「妍」。

②〔泥空枝〕「泥」《文苑英華》、汪本校：「集作啼。」《玄英集》、《唐音統籤》作「殢」。

江南喜逢蕭九徹因話長安舊遊戲贈五十韻

憶昔嬉遊伴，多陪歡宴場。寓居同永樂，幽會共平康。師子尋前曲，聲兒出内坊。花深態奴宅，竹錯得憐堂。庭晚開紅藥，門閑蔭綠楊。經過悉同巷，居處盡連牆。時世高梳髻，風流澹作妝。戴花紅石竹，帔暈紫檳榔。鬢動懸蟬翼，釵垂小鳳行。拂胸輕粉絮，煖手小香囊。選勝移銀燭，邀歡舉玉觴。爐煙凝麝氣，酒色注鵝黄①。急管停還奏，繁絃慢更張。雪飛迴舞袖，塵起繞歌梁。舊曲翻調笑，新聲打義揚。多情推阿軟②，巧語許秋娘。風暖春將暮，星迴夜未央。宴餘添粉黛，坐久换衣裳。結伴歸深院，分頭入洞房。綵帷開翡翠，羅薦拂鴛鴦。留宿爭牽袖，貪眠各占牀。綠窗籠水影，紅壁背燈光。索鏡收花鈿，邀人解袷襠。暗嬌妝靨笑，私語口脂香。怕曉聽鐘坐③，羞明映縵藏。眉殘蛾翠淺，鬟解綠雲長。聚散知無定，憂歡事不常。離筵開夕宴，別騎促晨裝。去住青門外，留連滻水傍。車行遥寄語，馬駐共相望。雲雨分何處，山川各異方④。野行初寂寞，店宿乍恓惶。別後嫌宵永，愁來厭歲芳。幾看花結子，頻見露爲霜。歲月何超忽，音容坐渺茫。往還書斷絶，來去夢遊揚。自我辭秦地，逢君客楚鄉。常嗟異歧路，忽喜共舟航。話舊堪垂淚，思鄉數斷腸。愁雲接巫峽，淚竹近瀟湘。月落江湖闊，天高節候凉。浦深煙渺渺，沙冷月蒼蒼。紅葉江楓老，青蕪驛路荒。野風吹蟋蟀，湖水浸菰蔣。帝路何由見，心期不可忘。舊遊千里外，往事十年强。春晝提壺飲，秋林摘橘嘗。强歌還自感，縱飲不成狂。永夜長相憶，逢君各共傷。殷勤萬里意，并寫贈蕭郎。（外054）

【校】

見《才調集》卷一。又見《唐音統籤》卷四三五（注據《才調集》補）、汪本《補遺》卷上（注出《才調集》）、《全唐詩》卷四六二。

①〔鵝黃〕汪本作「鶯黃」。

②〔多情〕《唐音統籤》、汪本、《全唐詩》作「名情」。〔阿軟〕《唐音統籤》、汪本、《全唐詩》作「阿軌」。

③〔怕曉聽鐘〕汪本、《全唐詩》作「怕聽鐘聲」。

④〔各異方〕汪本、《全唐詩》作「共異方」。

【注】

朱《箋》：約作於元和十一年（八一六）至十三年（八一八），江州。

〔蕭九徹〕《舊唐書・敬宗紀》：「（寶曆元年夏四月乙亥），御史蕭徹彈京兆尹兼御史大夫崔元略違詔徵畿内所放錢萬七千貫，付三司勘鞫不虛。」亦見《册府元龜》卷五二〇、卷六九九。《太平廣記》卷三四八《韋齊休》（出《河東記》）：「韋齊休擢進士第，累官至員外郎，爲王璠浙西團練副使。大和八年，卒於潤州之官舍。……其夕，張清似夢中忽見齊休曰：『我昨日已死，先令買塋三畝地，可速支關。』……張清準擬皆畢，十數日，向三更，忽呼其下曰：『速起，報堂前蕭三郎來相看，可隨事具食款待如法，妨他忙也。』二人語歷歷可聽。蕭三郎者，即職方郎中蕭徹。是日卒於興化里。」蓋即其人。唯《河東記》稱「蕭三郎」，而白詩作「蕭九」。

〔寓居同永樂，幽會共平康〕永樂坊，在朱雀門街東第二街，見《唐兩京城坊考》卷二。平康坊，在朱雀門街東第三街。見《唐兩京城坊考》卷三。孫棨《北里志》：「平康里，入北門，東回三曲，即諸妓所居之聚也。妓中有錚錚者，多在南曲、中曲。其循牆一曲，卑屑妓所居，頗爲二曲輕斥之。其南曲、中曲門前通十字街，初登館閣者多於此竊遊焉。」

〔師子尋前曲〕師子，即獅子。《教坊記》所載曲名有「西河獅子」。此或指歌舞伎藝，或指藝人。參見卷四《西涼伎》（0147）注。前曲，即《北里志》所言之南曲。崔令欽《教坊記序》：「太常群樂鼓噪，自負其勝。上不悦，命内養五六十人各執一物，皆鐵馬鞭、骨檛之屬也，潛匿袖中，雜於聲兒後立。」原注：「坊中呼太常人爲聲伎兒。」内坊，内教坊。見卷十二《琵琶引》（0599）注。

〔花深態奴宅，竹錯得憐堂〕態奴，歌妓名，別無見。得憐堂，歌妓所居。取名亦寓狎邪意。《北里志》：「二曲中居者，皆堂宇寬靜，各有三數廳事，前後植花卉，或有怪石盆池，左右對設，小堂垂簾，茵榻帷幌之類稱是。」

〔時世高梳髻，風流澹作妝〕參見卷四《時世妝》（0157）注。

〔戴花紅石竹，帔暈紫檳榔〕參見卷十四《和夢遊春詩一百韻》（0800）注。

〔鬢動懸蟬翼，釵垂小鳳行〕蟬翼，見卷四《井底引銀瓶》（0162）注。《中華古今注》卷中：「釵子，蓋古笄之遺象也。至秦穆公以象牙爲之，敬王以玳瑁爲之。始皇又金銀作鳳頭，以玳瑁爲脚，號曰鳳釵。」《北堂書鈔》卷一三六引王子年《拾遺録》：「石崇愛婢翔鳳刻玉爲倒龍之佩，縈金爲鳳冠之釵。」

〔舊曲翻調笑，新聲打義揚〕調笑令，見卷十三《代書詩一百韻寄微之》（0603）注。義揚，即義陽。《唐國史補》卷下：「貞元十二年，駙馬王士平與義陽公主反目，蔡南史、獨孤申叔播爲樂曲，號《義陽子》，有『團雪』、『散雪』之歌。德宗聞之，怒，欲廢科舉。後但流斥南史、申叔而止。」參見任半塘《唐戲弄》三《劇録》。

〔多情推阿軟，巧語許秋娘〕阿軟，見卷十五《微之到通州日授館未安見塵壁間有數行字讀之即僕舊詩其落句云綠水紅蓮一朵開千花百草無顔色然不知題者何人也微之吟歎不足因綴一章兼録僕詩本同寄省其詩乃是十五年前初及第時贈長安妓人阿軟絶句緬思往事杳若夢中懷舊感今因酬長句》(0849)注。秋娘，見卷十二《琵琶引》(0599)注。

〔索鏡收花鈿，邀人解袷襠〕襠，裲襠。非袴襠。《釋名》卷五：「裲襠，其一當胸，其一當背也。」《玉篇》卷二八：「襠，多郎切。裲襠也。其一當背，其一當胸。又袴襠也。」

〔去住青門外，留連滻水傍〕青門，見卷一《寄隱者》(0058)注。滻水，見卷十五《紅藤杖》(0869)注。

〔野見吹蟋蟀，湖水浸菰蔣〕菰蔣，見卷十五《初到江州》(0899)注。

與薛濤①

蛾眉山勢接雲霓，欲逐劉郎北路迷。若似剡中容易到，春風猶隔武陵溪。(外055)

【校】

見《唐詩紀事》卷三八引張爲《詩人主客圖》。又見《唐音統籤》卷四五三(注據張爲《主客圖》補)、汪本《補遺》卷上(注出張爲《主客圖》)、《全唐詩》卷四六二。

①〔題〕《唐音統籤》、汪本、《全唐詩》作「贈薛濤」。

【注】

〔薛濤〕范攄《雲溪友議》卷下：「安人元相國，應制科之選，歷天祿、畿尉，則聞西蜀樂籍有薛濤者，能篇詠，饒詞辯，常悄悒於懷抱也。及爲監察，求使劍門，以御史推鞫，難得見焉。及就除拾遺，府公嚴司空綬知微之之欲，每遣薛氏往焉。臨途訣别，不敢挈行。洎登翰林，以詩寄曰……。乃廉問浙東，别濤已逾十載，方擬馳使往蜀取濤，乃有俳優周季南、季崇及妻劉采春自淮甸而來，善弄陸參軍，歌聲徹雲，篇韻雖不及濤，容華莫之比也。元公似忘薛濤。」《説郛》卷二四章淵《槁簡贅筆》：「蜀妓薛濤，字弘度，本長安良家子。父鄖，因官寓蜀。濤八九歲知聲律，其父一日坐庭中，指井梧而示之曰：『庭除一古桐，聳幹入雲中。』令濤續之。應聲曰：『枝迎南北鳥，葉送往來風。』父愀然久之。父卒，母孀居。韋皋鎮蜀，召令侍酒賦詩，因入樂籍。濤暮年屏居浣花溪，著女冠服，有詩五百首。」劉禹錫《和西川李尚書傷孔雀及薛濤之什》：「玉兒已逐金環葬，翠羽先隨秋草萎。」言薛濤之卒。《淳熙秘閣續帖》卷五載白居易《與劉禹錫書》：「乃至金環、翠羽之淒韻，每吟數四，如清光在前。」即謂劉詩之句。此外薛、白無來往之迹。此詩真僞亦難確知。

招韜光禪師

白屋炊香飯，葷腥不入家。濾泉澄葛粉，洗手摘藤花。青芥除黄葉，紅薑帶紫牙。命師相伴食，齋罷一甌茶。（外056）

【校】

見潛説友《咸淳臨安志》卷七九。又見汪本《補遺》卷上（注出潛説友《咸淳臨安志》）、《全唐詩》卷四六二。

【注】

朱《箋》：作於長慶四年（八二四），杭州。

〔韜光禪師〕《咸淳臨安志》卷七九：「法安院在靈隱寺西。天福二年吴越王建。舊額廣嚴。唐長慶中，有詩僧結庵於院之西，自號韜光，常與樂天唱和。……白侍郎長慶四年正旦，請韜光齋，以詩招之：……韜光不赴齋，以詩報白云：山僧野性好林泉，每向巖阿倚石眠。不解裁（朱《箋》：《七修類稿》卷三十引此詩裁作栽，是也。）松陪玉勒，惟能飲水種金蓮。白雲乍可來青嶂，明月難教下碧天。城市不能飛錫去，恐妨鶯囀翠樓前。」

翻經臺

一會靈山猶未散，重翻貝葉有來由。是名精進才開眼，巖石無端亦點頭。（外057）

【校】

見潛説友《咸淳臨安志》卷八十。又見汪本《補遺》卷上（注出潛説友《咸淳臨安志》）、《全唐詩》卷四六二。

【注】

〔翻經臺〕《咸淳臨安志》卷八十下天竺靈山教寺：「翻經臺，謝靈運于此與僧將北本《涅槃經》翻爲南本。」

新婦石

堂堂不語望夫君，四畔無家石作鄰。蟬鬢一梳千歲髻，蛾眉長掃萬年春。雪爲輕粉憑風拂，霞作胭脂使日曛。莫道面前無寶鑑，月來山下照夫人。（外058）

【校】

見《咸淳臨安志》卷二六。朱《箋》外集卷中錄。

【注】

〔新婦石〕《咸淳臨安志》卷二六：「新郎新婦石：新郎石在西峰半山之中道，面東昂立，勢高五丈，天然人形，與東峰新婦石相望。嘉祐中新婦石爲雷震碎，今新郎石獨存。」

西巖山

千古仙居物象饒，道成丹熟晝昇霄。巖前寶磬轉松韻，洞口靈池應海潮。崖折百花遲日晚，鶴歸清夜唳聲遥。登臨漸到希夷境，手拂行雲度石橋。（外059）

【校】

見《咸淳臨安志》卷二七。朱《箋》外集卷中錄。

【注】

〔西巖山〕《咸淳臨安志》卷二七：「西巖山，在縣西北三十里，有洞。洞口有池，早晚與潮應。石有葛仙翁足指，前有煉丹鼎。山下有石，扣之鏗然，人號石鼓。世傳有僧坐於巖前，一日，葛仙翁求其地煉丹，僧遂退西巖。丹成上昇，僧亦仙去。今號曰昇里。」

和公權登齊雲樓①

樓外春晴百鳥鳴，樓中春酒美人傾。路傍花日添衣色，雲裹天風散珮聲。向此高吟誰得意，偶來閑客獨多情。佳時莫起興亡恨，遊樂今逢四海清。（外060）

【校】

見范成大《吳郡志》卷六。又見汪本《補遺》卷上（注出范成大《吳郡志》、《全唐詩》卷四六二）。

①〔題〕「公權」汪本、《全唐詩》作「柳公權」。

【注】

朱《箋》：作於寶曆二年（八二六），蘇州。

〔公權〕未詳。汪本、《全唐詩》作「柳公權」，誤。

〔齊雲樓〕見卷二一《吳中好風景二首》之二（1424）注。

毛公壇

毛公壇上片雲閑，得道何年去不還？千載鶴翎歸碧落，五湖空鎮萬重山。（外061）

【校】

見范成大《吳郡志》卷九。又見汪本《補遺》卷上（注出范成大《吳郡志》）、《全唐詩》卷四六二。

【注】

朱《箋》：作於寶曆元年（八二五）至二年（八二六），蘇州。

〔毛公壇〕《吳郡志》卷九：「毛公壇，即毛公壇福地，在洞庭山中，漢劉根得道處也。根既仙身，生綠毛，人或見之，故名毛公。今有石壇，在觀傍，猶漢物也。」

白雲泉

天平山上白雲泉，雲自無心水自閑。何必奔衝山下去，更添波浪向人間。（外062）

【校】

見范成大《吳郡志》卷二九、龔明之《中吳紀聞》卷五。又見汪本《補遺》卷上（注出范成大《吳郡志》）、《全唐詩》卷四六二。

【注】

朱《箋》：作於寶曆元年（八二五）至二年（八二六），蘇州。

〔白雲泉〕《吳郡志》卷十五：「天平山，在吳縣西二十里。此山在吳中最爲峭崒，高聳一峰，端正特立。《續圖經》

以爲吳鎮，不誣也。山皆奇石，卓筆峰爲最。山半白雲泉，亦爲吳中第一水。比年有寺僧師壽，搜採巖巒，別立數亭，皆奇峭。又於白雲之上石壁中，得一泉如綫，尤清洌云。」卷二九：「白雲泉，在天平山腰，乳泉也。」

洞庭小湖①

湖山上頭別有湖，芰荷香氣占仙都。夜含星斗分乾象，曉映雷雲作畫圖。風動綠蘋天上浪，鳥棲寒照月中烏。若非神物多靈迹，爭得長年冬不枯？（外063）

【校】

見范成大《吳郡志》卷十五。又見《全唐詩》卷八八三《補遺》二。

①〔題〕《全唐詩》作「遊小洞庭」。

【注】

朱《箋》：或作於寶曆二年（八二六），蘇州。

〔洞庭小湖〕太湖洞庭山之湖。《吳郡志》卷十五：「今洞庭山在太湖湖中，有東西二山。西山最廣，林屋洞及諸故物悉在焉。」又：「林屋館，即洞庭。前代蓋有宫館，非今龍宇處也。」

寄韜光禪師

一山門作兩山門①，兩寺元從一寺分。東澗水流西澗水，南山雲起北山雲。前臺花發後

臺見，上界鐘聲下界聞。遥想高僧行道處②，天香桂子落紛紛。（外064）

【校】

見《東坡題跋》卷二《書樂天詩》，又見汪本《補遺》卷上（注出《東坡題跋》）、《全唐詩》卷四六二。

①〔一山門〕「門」汪本校：「一作分。」

②〔高僧〕汪本、《全唐詩》作「吾師」。

【注】

朱《箋》：作於寶曆元年（八二五）至二年（八二六），蘇州。

〔韜光禪師〕《東坡題跋》卷二《書樂天詩》：「唐韜光禪師自天竺來住此山，樂天守蘇日以此詩寄之。慶曆中，先君遊此山，猶見樂天真蹟。後四十七年軾南遷過虔，復經此寺，徒見石刻而已。紹聖元年八月十七日。」參見本卷《招韜光禪師》（外056）注。《方輿勝覽》卷二十贛州：「天竺寺，在水東三里。白樂天贈韜光禪師墨迹舊存。眉山老蘇嘗至寺觀焉。後四十七年東坡南遷再訪，惟見石刻。」《咸淳臨安志》卷二三：「靈山之陰、北澗之陽即靈隱寺，靈山之南、南澗之陽即天竺寺。二澗流水號錢源泉，繞寺峰南北而下，至峰前合爲一澗。」又卷八十下天竺靈山教寺題詠：「東坡《虔州天竺寺詩》引云：『予年十二，先君自虔州歸，謂予言：近城山中天竺寺有樂天親書詩云：一山門作兩山門……。』據此，則樂天詩非爲杭作，故舊志不收。但坡公贈杭州上天竺辯才一詩，一云：『想見南北山，花發前後臺。』一云：『南北一山門，上下兩天竺。』又皆採樂天語。姑附著于此，以俟知者。」汪立名云：「要之，白詩自是寄杭州，後韜光移錫，與詩俱去，故遺迹在虔耳。」《石遺室詩話》卷十九：

「此七言律之創格也。惟靈隱、韜光兩寺實一寺，一山門實兩山門者，用此格最合。其餘『東西澗』、『南北峰』、『前後臺』、『上下界』，無一字不真切。故此詩不可無一，不能有二。惟東坡能變化學之。《遊西菩寺》次聯云：『白雲自占東西嶺，明月誰分上下池。』略翻樂天意説之也。據《咸淳臨安志》，寺前有東西雙峰，寺中有清涼池、明月池，有似靈隱、韜光，故東坡亦分東西上下言之。又《贈上天竺辯才師》云：『南北一山門，上下兩天竺。』又《自普照遊二庵》云：『長松吟風晚細雨，東庵半掩西庵閉。』皆用此例。亦以天竺寺有上下、庵有東西故也。王摩詰《訪呂逸人》詩云：『城上青山如屋裏，東家流水入西鄰。』又樂天詩所自出。」

寄題上强山精舍寺

慣遊山水住南州，行盡天台及虎丘。惟有上强精舍寺，最堪遊處未曾遊。（外065）

【校】

見《輿地紀勝》卷四。又見汪本《補遺》卷上（注出王象之《輿地紀勝》）、《全唐詩》卷四六二。

【注】

〔上强山精舍寺〕《輿地紀勝》卷四安吉州：「精舍院，在歸安縣施渚。青州刺史管聚捨宅爲院。白樂天寄題詩云。」《韻語陽秋》卷十六：「湖州上强山精舍寺有陳朝觀音，殷仲容書寺額，三門高百尺，謂之三絶。又池有金鯽魚，數年一現，故白樂天詩有『惟有上强精舍寺，最堪遊處未曾遊』。」

九老圖詩 并序

會昌五年三月，胡、吉、劉、鄭、盧、張等六賢於東都敝居履道坊合尚齒之會。其年夏，又有二老，年貌絶倫，同歸故鄉，亦來斯會，續命書姓名年齒，寫其形貌，附於圖右，與前七名題爲《九老圖》，仍以一絶贈之。二老謂洛中遺老李元爽，年一百三十六；歸洛僧如滿，年九十五。

雪作鬚眉雲作衣，遼東華表暮雙歸①。當時一鶴猶希有，何況今逢兩令威。（外 066）

【校】

見《唐詩紀事》卷四九。又見《唐音統籤》卷四五三、汪本《補遺》卷下、《全唐詩》卷四六二。

①〔暮雙歸〕汪本、《全唐詩》作「鶴雙歸」。

【注】

朱《箋》：作於會昌五年（八四五）夏，洛陽。

〔九老圖〕參見本書卷三七《胡吉鄭劉盧張等六賢皆多年壽予亦次焉偶於弊居合成尚齒之會七老相顧既醉甚歡靜而思之此會稀有因成七言六韻以紀之傳好事者》（2772）注。如滿，見卷三五《山下留別佛光和尚》（2620）注。

李元爽，别無見。

宿雲門寺

昨夜有風雨，雲奔天地合。龍吟古石樓，虎嘯層巖閣。幽意未盡懷，更行三五帀。（外067）

【校】

見《會稽掇英總集》卷七。朱《箋》外集卷中錄。

【注】

〔雲門寺〕《方輿勝覽》卷六紹興府：「雲門寺，在會稽南三十一里，今名雍熙，爲州之偉觀。昔王子敬居此，有五色祥雲，詔建寺，號雲門。杜甫詩：『若耶溪，雲門寺，青鞋布襪從此始。』」

題法華山天衣寺

山爲蓮宮作畫屏，樓臺迤邐插青冥。雲生座底鋪金地，風起松稍韻寶鈴。龍噴水聲連擊磬，猨啼月色閑持經。時人不信非凡境，試入玄關一夜聽①。（外068）

【校】

見《會稽掇英總集》卷八。朱《箋》外集卷中錄。

①〔玄關〕原本作「元關」，蓋避清諱改。

【注】

〔法華山天衣寺〕《嘉泰會稽志》卷九山陰縣：「法華山，在縣西南二十五里。《舊經》云：義熙十三年僧曇翼誦《法華經》，感普賢應現，因置寺。今爲天衣禪院。山有十峰。」

會二同年

一樽聊接故人歡，百歲堪嗟鬢漸殘。莫見白雲容易愛，照湖澄碧四明寒。（外 069）

【校】

見《會稽掇英總集》卷十三。朱《箋》外集卷中錄。

石榴枝上花千朵①

石榴枝上花千朵，荷葉杯中酒十分。滿院弟兄皆痛飲，就中大户不如君。（外 070）

【校】

見王明清《玉照新志》卷四。朱《箋》外集卷中錄。《玉照新志》卷四：「王彥國獻臣，招信人。居縣之近郊。建炎初，虜人將渡淮。獻臣坐於所居小樓，望見一老士大夫彷徨阡陌間。攜一小僕，負一匣，埋於空迥之所。獻臣默然識之。事定，往掘其地，宛然尚存。啓匣，乃白樂天手書詩一紙云……。獻臣後南渡，寓居餘杭，嘗出示余，真奇物也。」

【注】

①〔題〕原無詩題，朱《箋》以首句爲題，從之。

〔滿院弟兄皆痛飲，就中大户不如君〕酒户，見卷十九《醉後》(1216)注。

遊紫霄宮

水洗塵埃道味嘗，甘於名利兩相忘。心懷六洞丹霞客，各調三清紫府章。早里採蓮歌達旦，一輪明月桂飄香。日高公子還相覓，見得山中好酒漿。（外071）

【校】

見桑世昌《回文類聚》卷一藏頭折字詩。朱《箋》外集卷中錄。

《回文類聚》此詩爲環行排列，各句首字略去，附《讀法》云：「每句取第一字下半爲起字，從右轉，首句用『漿』字之下半『水』字讀起，如『水洗塵埃道味嘗，甘於名利兩相忘』是也。」

遊橫龍寺

月射金光新殿開①，風摇清韻古杉松②。問師寶刹因何立③，笑指橫谿有卧龍。（外072）

【校】

見《南岳志》卷十九。朱《箋》外集卷中録。又見陳尚君輯録《全唐詩續拾》卷二八（注出《南嶽總勝集》卷中）。

①〔金光新殿開〕「開」字應爲仄聲，疑誤。《全唐詩續拾》作「冷光新殿宇」。

②〔風摇〕《全唐詩續拾》作「風敲」。

③〔寶刹〕《全唐詩續拾》作「寶額」。

【注】

〔橫龍寺〕《清一統志》卷二八一衡州府：「橫龍寺，在衡山縣西北祝融峰後。唐貞元間建。宋天禧間建於寺右二里。」《湖廣通志》卷八十衡山縣：「橫龍寺，在紫蓋鄉。唐貞元初，僧如滿賜號佛光大師，由洛陽至衡開山建此寺。」

早春閑行（句）

鷽早乍啼猶冷落，花寒欲發尚遲疑。（外073）

【校】

見日本大江維時編《千載佳句》卷上《四時部・早春》（臨川書店《貴重典籍叢書》第二十一卷影印國立歷史民族博物館藏鐮倉時期抄本）。朱《箋》外集卷中、《全唐詩續拾》卷二八錄。

對酒當歌（句）

强來便住無禁老，暗去難留不奈春。（外074）

【校】

見《千載佳句》卷上《四時部・送春》。朱《箋》外集卷中、《全唐詩續拾》卷二八錄。

早夏閑興①（句）

簟冷乍呈新氣味，扇凉重叙舊恩情。（外075）

【校】

見《千載佳句》卷上《四時部・首夏》。朱《箋》外集卷中、《全唐詩續拾》卷二八錄。

①〔題〕内閣文庫藏甲本《千載佳句》「閑興」作「閑居」（據植木久行《千載佳句所收白居易詩逸句考》，《白居易研

究年報》第二號、第四號)。

聞裴李二舍人拜綸閣①(句)

鳳池後面新秋月,龍闕前頭薄暮山。(外076)

【校】

重見《千載佳句》卷上《四時部·早秋》及卷下《宫省部·禁中》,又見藤原公任編《和漢朗詠集》卷下《禁中》。朱《箋》外集卷中、《全唐詩續拾》卷二八録。

①〔題〕前田侯爵家藏釋信阿《和漢朗詠集私注》作「題東北舊院小亭」,花房英樹《白氏文集の批判的研究》疑二者或各爲原題之一部分。

【注】

〔裴李二舍人〕未詳。

辱牛僕射一札寄詩篇遇物寄懷詩①(句)

風雲聚散期難定,魚鳥飛沉勢不同。(外077)

【校】

見《千載佳句》卷上《人事部・朋友》。朱《箋》外集卷中、《全唐詩續拾》卷二八録。

①〔題〕「寄懷詩」花房英樹《白氏文集の批判的研究》所據金子彦二郎校定本作「寄懷情」，朱《箋》、《全唐詩續拾》均同。

【注】

〔牛僕射〕牛僧孺。《舊唐書・牛僧孺傳》：「（大和六年）十二月，檢校左僕射、兼平章事、揚州大都督府長史、淮南節度副使、知節度事。……（開成）三年九月，徵拜左僕射。……四年八月，復檢校司空、兼平章事、襄州刺史、山南東道節度使。」劉禹錫有《和僕射牛相公春日閑坐見懷》、《和僕射牛相公寓言》等詩，爲開成三年至四年間作。嚴紹璗《日本千載佳句白居易詩佚句輯考》、植木久行《千載佳句所收白居易詩逸句考》考此詩亦當作於開成三年九月至四年八月之間。

春詞①（句）

莫怪紅巾遮面笑，春風吹綻牡丹花。（外078）

【校】

見《千載佳句》卷上《人事部・美女》，又見《和漢朗詠集》卷下《妓女》。朱《箋》外集卷中、《全唐詩續拾》卷二八録。

①〔題〕《和漢朗詠集私注》、延慶本《和漢朗詠集》等作「別後寄美人」，《全唐詩續拾》同。

②〔紅巾〕朱《箋》誤「紅中」。

任氏行①（句）

燕脂漠漠桃花淺，青黛微微柳葉新。

【校】

見《千載佳句》卷上《人事部・美女》。朱《箋》外集卷中、《全唐詩續拾》卷二八錄。

①〔題〕竹内理三編《平安遺文》第八卷《慈覺大師在唐送進錄》著錄「任氏怨歌行一帖白居易」，植木久行《千載佳句所收白居易詩逸句考》考定「任氏行」即「任氏怨歌行」之略稱。

【注】

〔任氏行〕小島憲之《國風暗黑時代の文學中（上）》、余田充《任氏傳の一受容形態》、植木久行《千載佳句所收白居易詩逸句考》等均考定此詩所詠即沈既濟《任氏傳》故事。

玉爪蒼鷹雲際滅，素牙黃犬草頭飛。

【校】

見《千載佳句》卷下《遊放部·遊獵》。朱《箋》外集卷中、《全唐詩續拾》卷二八録。

蘭膏新沐雲鬟滑，寶釵斜墜青絲髮。

蟬鬢尚隨雲勢動，素衣猶帶月光來。（外079）

【校】

并見《錦繡萬花谷》卷十七《美人》。《全唐詩續拾》卷二八録。《全唐詩續補遺》收作無名氏詩。

閨情（句）

煙攢錦帳凝還散，風卷羅帷掩更開。（外080）

【校】

見《千載佳句》卷上《人事部·豔情》。朱《箋》外集卷中、《全唐詩續拾》卷二八録。

辱牛僕射相公一札兼寄三篇寄懷雅意多興味亦以三長句各繼來意次而和之①（句）

憂悲欲作煎心火，榮利先爲翳眼塵。（外081）

【校】

見《千載佳句》卷上《人事部·感興》。朱《箋》外集卷中、《全唐詩續拾》卷二八錄。嚴紹璗《日本千載佳句白居易詩佚句輯考》（《文史》二十三輯）考前《辱牛僕射一札寄詩篇遇物寄懷詩》與此題同，乃同作三首中之兩首。

①〔題〕抄本「辱牛僕射」右傍注「遇物」，據前《辱牛僕射一札寄詩篇遇物寄懷詩》題，植木久行考此二字亦當在「寄懷」上。「各繼」金子彦二郎校定本作「各各繼」，朱《箋》、《全唐詩續拾》同。

【注】

〔牛僕射相公〕牛僧孺。見前《辱牛僕射一札寄詩篇遇物寄懷詩》注。

〔憂悲欲作煎心火，榮利先爲翳眼塵〕本書卷十八《感春》（1150）：「憂喜皆心火，榮枯是眼塵。」

木芙蓉（句）

曉函秋露誰相似①，如玉佳人帶酒容。（外082）

【校】

見《千載佳句》卷下《草木部·木芙蓉》。朱《箋》外集卷中、《全唐詩續拾》卷二八録。

①〔曉函〕「曉」松平文庫本、内閣文庫乙本、金子彦二郎本等作「晚」，朱《箋》、《全唐詩續拾》同。「函」抄本原校：「一作涵。」〔秋露〕金子彦二郎本作「秋霧」，朱《箋》、《全唐詩續拾》同。

杭州景致（句）

松風碎助潮聲急，竹露零添澗水流。（外083）

【校】

見《千載佳句》卷下《草木部·松竹》。朱《箋》外集卷中、《全唐詩續拾》卷二八録。

重陽日①（句）

茅屋老妻良釀酒，東籬黄菊任開花。

【校】

見《千載佳句》卷下《草木部·菊酒》。朱《箋》外集卷中録。

①〔題〕「日」抄本傍注：「一無（此字）。」

敬亭山外人歸遠，峽石溪邊水去斜。（外084）

【校】

見《千載佳句》卷下《别離部·送别》。朱《箋》外集卷中録。《全唐詩續拾》卷二八合此二聯爲一，「茅屋」二句接「敬亭」二句後。

【注】

〔敬亭山外人歸遠，峽石溪邊水去斜〕敬亭山，見卷三五《宣州崔大夫閣老忽以近詩數十首見示吟諷之下竊有所喜因成長句寄贈郡齋》（2602）注。峽石溪，植木久行疑當作硤石溪。參見《外集》卷下《登西山望硤石湖》（外147）注。

春興（句）

晚隨酒客花間散①，夜與琴僧月下期。（外085）

【校】

見《千載佳句》卷下《宴喜部・琴酒》。朱《箋》外集卷中、《全唐詩續拾》卷二八録。

①〔花間〕朱《箋》誤「花開」。

新豔（句）

雲鬟獨插鈿蜻蜓①，雪手輕揉玳瑁箏②。
飛雁一行挑玉柱，十三絃上語嚶嚶。（外086）

【校】

見《千載佳句》卷下《宴喜部・箏》。朱《箋》外集卷中、《全唐詩續拾》卷二八録。抄本原注：「白《新豔》發句云：雲鬟獨插鈿蜻蜓，雪手輕柔玳瑁箏。」則二句爲首聯。《全唐詩續拾》合二聯爲一，以「飛雁」二句接「雲鬟」二句後。植木久行以「飛雁」二句非偶句，當爲律詩之尾聯。按，原詩不能斷定爲律詩抑或絶句。

①〔雲鬟〕金子彦二郎本作「雲環」，朱《箋》、《全唐詩續拾》同。〔鈿蜻蜓〕金子彦二郎本等作「細蜻蜓」，朱《箋》、《全唐詩續拾》同。

②〔輕揉〕抄本作「輕柔」，朱《箋》以意改，從之。

同夢得醉後戲贈（句）

唯欠與君同制令，一時封作醉鄉侯。（外087）

【校】

見《千載佳句》卷下《宴喜部·醉》。朱《箋》外集卷中、《全唐詩續拾》卷二八録。

①〔唯欠〕花房英樹《白氏文集の批判的研究》作「唯缺」，朱《箋》同。〔制令〕「令」《全唐詩續拾》校：「一作命。」未知所據。

【注】

〔唯欠與君同制令，一時封作醉鄉侯〕《山堂肆考》卷一九二《醉侯》：「小説：李白爲醉聖。杜詩：死贈劉伶作醉侯。又唐詩：若使劉伶爲酒帝，亦須封我醉鄉侯。」王十朋《東坡詩集注》卷二一《喬將行烹鵝鹿出刀劍以飲客以詩戲之》注引唐人詩：「若使劉伶爲酒帝，亦須封我醉鄉侯。」

行簡別仙詞（句）

三秋別恨攢心裏，一夜歡情似夢中。（外088）

【校】

見《千載佳句》卷下《别離部・别意》。朱《箋》外集卷中録。按，抄本原注：「白/行簡别仙詞」。按抄本體例，「白」即代表白居易。然「行簡」二字殊費解。《全唐詩續拾》未録此詩，亦未歸入白行簡名下。

題新澗亭（句）

今日望鄉迷處所，猿聲暮雨一時來。（外089）

【校】

見《千載佳句》卷下《别離部・旅情》。朱《箋》外集卷中、《全唐詩續拾》卷二八録。按，抄本原注：「一作劉禹錫元日登高。」金子彦二郎、嚴紹璗均考爲白居易作。植木久行考爲劉禹錫作，「元日」爲「九日」之訛。

【注】

〔新澗亭〕白氏履道里宅西亭。見卷三五《新澗亭》（2639）注。

贈隱士（句）

御風縹眇多無伴①，入鳥差池不亂羣。（外090）

【校】

見《千載佳句》卷下《隱逸部・隱士》。朱《箋》外集卷中、《全唐詩續拾》卷二八録。

①〔縹眇〕金子彥二郎本作「煙眇」，朱《箋》、《全唐詩續拾》同。

七夕（句）

憶得少年長乞巧，竹竿頭上願絲多。

【校】

見《千載佳句》卷上《時節部・七夕》，又見《和漢朗詠集》卷上《七夕》。《全唐詩續拾》卷二八録。

今宵織女渡天河，朧月微雲一似羅。（外091）

【校】

見《和漢朗詠集》。朱《箋》外集卷中據花房英樹《白氏文集の批判的研究》録。

贈牛思黯（句）

百尋竿上擲身難。（外 092）

【校】

見《後山詩注》卷六《送杜擇之》注引。朱《箋》外集卷中、《全唐詩續拾》卷二八録。

句

櫻桃樊素口，楊柳小蠻腰。

【校】

見《本事詩·事感》。朱《箋》外集卷中、《全唐詩續拾》卷二八録。《本事詩·事感》：「白尚書姬人樊素善歌，妓人小蠻善舞，嘗爲詩曰：『櫻桃樊素口，楊柳小蠻腰。』」

慈恩塔下題名處，十七人中最少年。

【校】

見《唐摭言》卷三。《全唐詩續拾》卷二八録。《唐摭言》卷三：「白樂天一舉及第，詩曰：『慈恩塔下題名處，十七人中最少年。』樂天時年二十七。」

長生不似無生理，休向青山學煉丹。

白髮鑷不盡，根在愁腸中。

【校】

并見《唐詩紀事》卷三八引《詩人主客圖》。朱《箋》外集卷中、《全唐詩續拾》卷二八録。

【注】

〔白髮鑷不盡，根在愁腸中〕孟郊《達士》：「青春去不還，白髮鑷更多。」

生爲漢宫妃，死作胡地鬼。

【校】

見《集注分類東坡詩》卷四《昭君村》注引。朱《箋》外集卷中、《全唐詩續拾》卷二八録。

漢庭重少公何在。

【校】

見《後山詩注》卷一《次韻答邢居實二首》注引。朱《箋》外集卷中、《全唐詩續拾》卷二八録。

【注】

〔漢庭重少公何在〕本書卷二五《初到洛下閑遊》(1723)：「漢庭重少身宜退，洛下閑居迹可逃。」

園林亦要聞閑置。

【校】

見《山谷詩注》卷十四《萬州太守高仲本約遊岑公洞而夜雨連明戲作二首》注引。朱《箋》外集卷中、《全唐詩續拾》卷二八録。

白居易詩集校注外集卷中

聯句　詞補遺

宴興化池亭送白二十二東歸聯句

東洛言歸去，西園告别來。白頭青眼客，池上手中杯。度。離瑟殷勤奏，仙舟委曲迴。征輪今欲動，賓閣爲誰開？禹錫。坐弄琉璃水，行登緑縟臺①。花低妝照影，萍散酒吹醅。居易。岸蔭新抽竹，亭香欲變梅。隨遊多笑傲，遇勝且徘徊。籍。澄澈連天鏡，潺湲出地雷。林塘難共賞，鞍馬莫相催。度。信及魚還樂，機忘鳥不猜。晚晴槐起露，新暑石添苔②。禹錫。擬作雲泥别，尤思頃刻陪。歌停珠貫斷，飲罷玉峰頹。居易。雖有逍遥志，其如磊落才。會當重用日③，此去肯悠哉？籍。（外093）

【校】

見《劉賓客集》外集卷二，又見《唐音統籤》卷三二〇裴度卷、汪本《補遺》卷下、《全唐詩》卷七九〇《聯句》三。

①〔縟臺〕汪本作「縟苔」，《唐音統籤》、《全唐詩》作「縟堆」。

②〔新暑〕《唐音統籤》、《全唐詩》作「新雨」。

③〔重用日〕《唐音統籤》、汪本、《全唐詩》作「重入用」。

【注】

朱《箋》：大和三年（八二九）三月居易辭刑部侍郎歸洛陽時作。聯句者裴度、劉禹錫、白居易、張籍。

〔興化池亭〕長安興化坊裴度宅。見卷二五《酬裴相公題興化小池見招長句》(1739)注。

首夏猶清和聯句

記得謝家詩，清和即此時。居易。餘花數種在，密葉幾重垂？度。芳謝人人惜，陰成處處宜。禹錫。水萍爭點綴，梁燕共追隨。行式①。亂蝶憐疏蕊，殘鶯戀好枝。籍。草香殊未歇，雲勢漸多奇。居易。單服初寧體，新篁已出籬。度。與春爲別近，覺日轉行遲。禹錫。繞樹風光少，侵階苔蘚滋。行式。唯思奉歡樂，長得在西池。籍。（外094）

【校】

見《劉賓客集》外集卷二，又見《唐音統籤》卷三二〇裴度卷、汪本《補遺》卷下、《全唐詩》卷七九〇《聯句》三。

①〔行式〕劉集作「行武」，誤。據《唐音統籤》、汪本改。

【注】

朱《箋》：作於大和二年（八二八）夏，長安。聯句者白居易、裴度、劉禹錫、韋行式、張籍。

〔行式〕朱《箋》：「韋行式。韋聿之子，韋臯之侄。」《舊唐書·韋臯傳》：「臯侄行式。」

薔薇花聯句

似錦如霞色，連春接夏開。禹錫。波紅分影入，風好帶香來。度。得地依東閣，當階奉上台。行式①。淺深皆有態，次第暗相催。禹錫。滿地愁英落，緣堤惜櫂回。度。芳濃濡雨露，明麗隔塵埃。行式。似著胭脂染，如經巧婦裁。居易。奈花無別計，只有酒殘杯。籍。

（外095）

【校】

見《劉賓客集》外集卷二，又見《唐音統籤》卷三二〇裴度卷、汪本《補遺》卷下、《全唐詩》卷七九〇《聯句》三。

①〔行式〕劉集作「行武」，誤。據《唐音統籤》、汪本改。

【注】

朱《箋》：作於大和二年（八二八），長安。聯句者劉禹錫、裴度、韋行式、白居易、張籍。

西池落泉聯句

東閣聽泉落，能令野興多①。行式②。散時猶帶沫，淙處即跳波③。度。偏洗磷磷石，還驚泛泛鵝。籍。色青塵不染，光白月相和。居易。噴雪縈松竹，攢珠濺芰荷。禹錫。對吟時合響，觸樹更摇柯。籍。照圃紅分藥，侵階緑浸莎。居易。日斜車馬散，餘韻逐鳴珂。禹錫。（外096）

【校】

見《劉賓客集》外集卷二，又見《唐音統籤》卷三二〇裴度卷、汪本《補遺》卷下、《全唐詩》卷七九〇《聯句》三。

①〔野興〕汪本作「夜興」。

②〔行式〕劉集作「行武」，誤。據《唐音統籤》、汪本改。

③〔即跳〕汪本作「却跳」。

④〔色青〕《唐音統籤》作「色清」。

【注】

朱《箋》：作於大和二年（八二八）夏，長安。聯句者韋行式、裴度、張籍、白居易、劉禹錫。

杏園聯句

杏園千畝欲隨風①，一醉同人此暫同。羣上司空②。老態忽忘絲鬢裏③，衰顏宜解酒杯中。絳上白二十二。曲江日暮殘紅盡④，翰苑年深舊事空。居易上主客。二十四年流落者，故人相引到花叢。禹錫。（外097）

【校】

見《劉賓客集》外集卷二，又見《唐音統籤》卷三一一李絳卷、汪本《補遺》卷下、《全唐詩》卷七九〇《聯句》三。

①〔千畝〕《唐音統籤》、《全唐詩》作「千樹」。

②〔羣上司空〕汪本作「醉上司空」，誤。

③〔絲鬢〕《唐音統籤》、《全唐詩》作「絲管」。

④〔紅盡〕《唐音統籤》、《全唐詩》作「紅在」。

【注】

朱《箋》：作於大和二年（八二八）春。聯句者崔羣、李絳、白居易、劉禹錫。

〔杏園〕在長安。見卷一《杏園中棗樹》(0056)注。

〔司空〕朱《箋》：「指李絳。」《舊唐書·李絳傳》：「（長慶）四年，就加檢校司空。……（大和）二年，檢校司空，出爲興元尹、山南西道節度使。」

〔主客〕朱《箋》：「指劉禹錫。大和二年春以主客郎中充集賢學士。」

〔二十四年流落者，故人相引到花叢〕朱《箋》：「禹錫永貞之貶，至大和二年正爲二十四年。」

花下醉中聯句

共醉風光地，花飛落酒杯。絳送劉二十八。殘春猶可賞，晚景莫相催。禹錫送白侍郎。酒幸年年有，花應歲歲開。居易送兵部相公。且當金韻擲，莫遣玉山頽。絳送庾閣長。高會彌堪惜，良時不易陪。承宣送主客。誰能拉花住，爭換得春迴？禹錫送吏部。我輩尋常有，佳人早晚來？嗣復送兵部①。寄言三相府，欲散且徘徊。居易。時户部相公同會。（外 098）

【校】

見《劉賓客集》外集卷二，又見《唐音統籤》卷三一一李絳卷、汪本《補遺》卷下、《全唐詩》卷七九〇《聯句》三。

①〔（注）嗣復送兵部〕《唐音統籤》、《全唐詩》作「嗣復送白侍郎」。

【注】

朱《箋》：此詩稱禹錫爲主客，居易爲侍郎，亦當是大和二年（八二八）春所作。聯句者李絳、劉禹錫、白居易、庾承宣、楊嗣復。

〔兵部相公〕朱《箋》：「指李絳。」《舊唐書·李絳傳》：「穆宗即位，改御史大夫。……絳以疾辭，復爲兵部尚書。長慶元年，轉吏部尚書。」

〔庾閣長〕朱《箋》：「指庾承宣。」《舊唐書·文宗紀》：「（大和元年春正月）癸未，以吏部侍郎庾承宣爲京兆尹、兼御史大夫。」

〔吏部〕朱《箋》：「指楊嗣復。」見卷二五《和楊郎中賀楊僕射致仕後楊侍郎門生合宴席上作》（1733）注。

〔户部相公〕朱《箋》：「指竇易直。」《舊唐書·穆宗紀》：「（長慶二年十二月）庚戌，以吏部侍郎竇易直爲户部侍郎、判度支。」《敬宗紀》：「（長慶四年五月乙卯），以朝議郎、守尚書户部侍郎、兼御史大夫、判度支、上柱國、賜紫金魚袋竇易直爲朝散大夫，本官同中書門下平章事。」

〔寄言三相府〕《唐音統籤》：「按，絳與承宣並嘗爲中書舍人，故相稱閣長。户部相公即前崔羣，並絳與嗣復稱三相府也。」朱《箋》：「似言竇易直同會而未聯句，是時尚有裴度、王播、韋處厚同在相位，故憑易直寄言三相也。」按，崔羣大和元年爲兵部尚書，楊嗣復其時未居相位，當以朱《箋》近是。

喜遇劉二十八偶書兩韻聯句

病來佳興少，老去舊遊稀。笑語縱橫作，杯觴絡繹飛。度。清談如冰玉①，逸韻貫珠璣。高位當金鉉，虛懷似布衣。禹錫。已榮狂取樂②，仍任醉忘機。捨眷將何適，留歡便是歸。居易。風儀常欲附，蚊力自知微。願假尊罍末，膺門自此依。紳。（外099）

【校】

見《劉賓客集》外集卷四，又見《唐音統籤》卷三二〇裴度卷、汪本《補遺》卷下、《全唐詩》卷七九〇《聯句》三。

①〔冰玉〕《唐音統籤》、《全唐詩》作「水玉」。

②〔已榮〕《唐音統籤》、《全唐詩》作「已容」。

【注】

朱《箋》：作於大和九年（八三五），洛陽。聯句者裴度、劉禹錫、白居易、李紳。

〔劉二十八〕朱《箋》：「劉禹錫是年十月，自汝州刺史移任同州刺史，途經洛陽，與裴度、白居易、李紳相會，共同聯句。」

劉二十八自汝赴左馮途經洛中相見聯句

不歸丹掖去，銅竹漫云云。唯喜因過我，須知未賀君。度。詩聞安石詠，香見令公熏。欲首函關路，來披緱嶺雲。居易。貂蟬公獨步，鴛鷺我同羣。插羽先飛酒，交鋒便戰文。紳。鎮嵩知表德，定鼎爲銘勳。顧鄙容商洛，徵歡候汝墳。禹錫。頻年多謔浪，此夕任喧紛。故態猶應在，行期未要聞。度。游藩榮已久，捧袂惜將分。詎厭杯行疾，唯愁日向曛。居易。窮陰初莽蒼，離思漸氤氳。殘雪午橋岸，斜陽伊水濆。紳。上謨尊右掖，全略靜東軍。萬頃徒稱量，滄溟詎有垠？禹錫。（外100）

【校】

見《劉賓客集》外集卷四，又見《唐音統籤》卷三二〇裴度卷、汪本《補遺》卷下、《全唐詩》卷七九〇《聯句》三。

【注】

朱《箋》：禹錫以大和九年（八三五）十月除同州刺史，過洛當在十一月間，此詩即作於是時。聯句者裴度、白居易、李紳、劉禹錫。

度自到洛中與樂天爲文酒之會時時構詠樂不可支則慨然共憶夢得而夢得亦分司至止歡愜可知因爲聯句①

成周文酒會，吾友勝鄒枚。唯憶劉夫子，而今又到來。度。欲迎先倒屣，入座便傾杯②。飲許伯倫右③，詩推公幹才。並以本事。居易。久曾聆郢唱，重喜上燕臺。晝話牆陰轉，宵歡斗柄迴。禹錫。新聲還共聽，故態復相咍。遇物皆先賞，從花半未開。度。起時烏帽側，散處玉山頹。墨客喧東閣，文星犯上台。居易。詠吟君稱首，疏放我爲魁④。憶戴何勞訪，指夢得分司而來⑤。留髡不用猜。宴席上老夫暫起，樂天堅坐不動足⑥。度。奉觴承麴糵，落筆捧瓊瑰。醉弁無妨側，詞鋒不可摧。此兩韻美令公也。居易。水軒看翡翠，石徑踐莓苔。童子能騎竹，佳人解詠梅。陪遊南宅之境。禹錫。洛中三可矣，鄴下七悠哉。自向風光急，不須絃管催。度。樂觀魚踴躍，閑愛鶴徘徊。煙柳青凝黛，波萍綠撥醅。居易。春榆初改火，律管又飛灰。紅藥多遲發，碧松宜亂栽。禹錫。馬嘶駝陌上，鵠泛鳳城隈。色色時堪惜，些些病莫推。度。涸流尋軋軋，餘刃轉恢恢。從此知心伏，無因敢自媒？禹錫。室隨親客入，席許舊寮陪。逸興嵇將阮，交情陳與雷。此二句屬夢得也。居易。洪爐思哲匠，大廈要羣材。他日登龍路，應知免曝顋。禹錫。（外101）

【校】

見《劉賓客集》外集卷四，又見《唐音統籤》卷三二〇裴度卷、汪本《補遺》卷下、《全唐詩》卷七九〇《聯句》三。

①〔題〕「度」劉集、汪本作「予」，據《唐音統籤》、《全唐詩》改。

②〔入座〕汪本作「一座」，《唐音統籤》、《全唐詩》作「亦座」。

③〔伯倫右〕汪本作「伯倫石」。

④〔爲魁〕汪本作「爲魋」。

⑤〔（注）指夢得〕汪本、《全唐詩》作「時夢得」，《唐音統籤》作「隨夢得夢得」。

⑥〔（注）堅坐〕《唐音統籤》、汪本、《全唐詩》作「密坐」。

【注】

朱《箋》：　此詩禹錫有「春榆」、「紅藥」之句，似是開成元年（八三六）禹錫以賓客分司至洛陽之次年春所作。聯句者裴度、白居易、劉禹錫。

秋霖即事聯句三十韻

蕭索窮秋月，蒼茫苦雨天。泄雲生棟上，行潦入庭前。居易送上僕射。苔色侵三徑，波聲想五絃。井蛙爭入户，轍鮒亂歸泉。起送上中丞大監。高響愁晨坐，空階警夜眠。鶴鳴猶未已，蟻穴亦頻遷。禹錫送上少傅侍郎。散漫疏還密，空濛斷復連。竹霑青玉潤，荷滴白珠圓。居易。斷地濕灰蛾滅，池添水馬憐。有苗霑霡霂，無月弄潺湲。起。籬菊潛開秀，園蔬已罷鮮。斷行隨雁翅，孤嘯聳鳶肩。禹錫。橋柱黏黄菌，牆衣點緑錢。草荒行藥路，沙泛釣魚船。居易。長者車猶阻，高人榻且懸。此思劉君之來也①。金烏何日見，玉爵幾時傳？起。近井桐先落，當簷石欲穿。趨風誠有戀，披霧邈無緣。禹錫。以答懸榻之言②。廩米陳生醭，庖薪濕起煙。鳴雞潛報曉，急景暗彫年。居易。蓋灑高松上，絲繁細栁邊。排叢時起蜨，墮葉乍驚蟬。起。巾角皆爭墊，裙裾別似湔。人多蒙翠被，馬盡著連乾。禹錫。好客無來者，貧家但悄然。濕泥印鶴迹，漏壁絡蝸涎。居易。蚊聚雷侵室，鷗翻浪滿川。上樓愁冪冪，繞舍厭濺濺。起。律候今秋矣，歡娱久曠焉。但令高興在，晴後奉周旋。禹錫。（外102）

【校】

見《劉賓客集》外集卷四，又見《唐音統籤》卷五四四王起卷、汪本《補遺》卷下、《全唐詩》卷七九〇《聯句》三。

①〔（注）此思劉君〕汪本作「此思劉台」，《全唐詩》作「此思劉白」，誤。

②〔（注）以答懸榻之言〕汪本、《全唐詩》作「以答懸榻之召」。〔濕泥〕《唐音統籤》作「寒泥」。

【注】

朱《箋》：作於開成五年（八四〇）秋，洛陽。聯句者白居易、王起、劉禹錫。

〔僕射〕朱《箋》：「指王起。王起以開成五年秋檢校左僕射充東都留守，會昌元年即徵爲吏部尚書，聯句當作於開成五年秋。」見卷三五《早入皇城贈王留守僕射》（2617）注。

〔中丞大監〕朱《箋》：「指劉禹錫。禹錫移汝州、同州兩任刺史皆帶御史中丞。其除秘書監分司本傳漏叙。《子劉子自傳》：『移汝州兼御史中丞，又遷同州充本州防禦、長春宮使。後被足疾，改太子賓客分司東都。又改秘書監分司。』與此詩所記正合。」見卷三五《酬夢得貧居詠懷見贈》（2571）注。

喜晴聯句

苦雨晴何喜，喜於未雨時①。氣收雲物變，聲樂鳥烏知。居易送上僕射。蕙泛光風圃，蘭開皎月池。千峰分遠近，九陌好追隨。起送上尚書。白日開天路，玄陰卷地維。餘清在林薄，新照入漣漪。禹錫。碧樹凉先落，青蕪濕更滋。曬毛經浴鶴，曳尾出泥龜。居易。舞去商羊速，飛來野馬遲。柱邊無潤礎，臺上有游絲。起。橋淨行塵息，堤長禁柳垂。宮城開睥睨，觀闕麗罘罳。禹錫。洛水澄清鏡，嵩煙展翠帷。梁成虹乍見，市散蟻初移②。居易。藉草風猶暖，攀條露已晞。屋穿添碧瓦，牆缺召金鎚。起。迥徹來雙目，昏煩去四支。霞文晚煥爛，星影夕參差。禹錫。爽助門庭肅，寒摧草木衰。黃乾向陽菊，紅洗得霜梨。居易。假蓋閑誰惜，彈絃燥更悲。散蹄良馬穩，炙背野人宜。起。洞户晨暉入，空庭宿霧披。推牀出書目③，傾筒上衣椸。禹錫。道路行非阻，軒車望可期。無辭訪圭竇，且願見瓊枝。居易。山閣蓬萊客，古以秘書喻蓬萊。儲宮羽翼師。此言少傅。每優陪麗句，何暇覿英姿。起。以酬圭竇之言。玩景方搔首，懷人尚斂眉。因吟仲文什，高興盡於斯。禹錫。（外103）

【校】

見《劉賓客集》外集卷四，又見《唐音統籤》卷五四四王起卷、汪本《補遺》卷下、《全唐詩》卷七九〇《聯句》三。

①〔喜於未雨時〕汪本作「喜多於雨時」。

②〔蟻初移〕汪本、《全唐詩》作「蜃初移」。

③〔推床〕《唐音統籤》作「堆床」。

【注】

朱《箋》：此詩有「黃乾向陽菊，紅洗得霜梨」之句，則必與上一首《秋霖即事聯句三十韻》同作於開成五年（八四〇）秋。聯句者白居易、王起、劉禹錫。

〔僕射〕朱《箋》：「指王起。」

〔尚書〕朱《箋》：「指劉禹錫。據此詩則禹錫開成五年已加檢校尚書，但非禮部尚書耳。」

會昌春連宴即事

元年寒食日，上巳暮春天。雞黍三家會，鶯花二節連。居易。光風初澹蕩，美景漸暄妍。簪組蘭亭上，車輿曲水邊。禹錫。松聲添奏樂，草色助鋪筵。雀舫宜閑泛，螺杯任漫傳。起。園蔬香帶露，廚柳暗藏煙。麗句輕珠玉，清談勝管絃。居易。陌喧金距鬭，樹動綵繩懸。姹女妝梳豔，遊童衣服鮮。禹錫。圃香知種蕙，池暖憶開蓮。怪石雲疑觸，夭桃火欲然。起。正歡唯恐散，雖醉未思眠。嘯傲人間世，追隨地上仙。居易。燕來雙涎涎①，雁去累翩翩。行樂真吾事，尋芳獨我先。禹錫。滯周慚太史，太史公留滯周南，今榮忝慚古人矣。入洛繼先賢。此言劉、白聲價與二陸爭長矣。昔恨多分手，今歡謬比肩。起。病猶陪讌飲，老更奉周旋。望重青雲客，情深白首年。居易。偏嘗珍饌後，許入畫堂前。舞袖翻紅炬，歌鬟插寶蟬。禹錫。斷金多感激，倚玉貴遷延。說史吞顔注，論詩笑鄭箋。起。松筠寒不變，膠漆冷彌堅。興伴王尋戴，謂隨僕射過尚書也。榮同隗在燕。居易自謂。擲盧誇使氣，刻燭鬭成

篇。實藝皆三捷，虛名媿六聯。禹錫。興闌猶舉白，話靜每思玄。更説歸時好②，亭亭月正圓。起。（外104）

【校】

見《劉賓客集》外集卷四，又見《唐音統籤》卷五四四王起卷、汪本《補遺》卷下、《全唐詩》卷七九〇《聯句》三。

①〔涏涏〕《唐音統籤》、《全唐詩》作「涎涎」。

②〔更説〕汪本作「更記」。

【注】

朱《箋》：作於會昌元年（八四一）春，洛陽。聯句者白居易、劉禹錫、王起。本書卷三五《會昌元年春五絶句》之二《贈舉之僕射》（2630）題注：「今春與僕射三爲寒食之會。」朱《箋》：「可與此聯句相參照。」

僕射來示有三春向晚四者難并之説誠哉是言輒引起題重爲聯句疲兵再戰勍亂難降下筆之時䩄然自哂走呈僕射兼簡尚書

三春今向晚，四者昔難并。借問低眉坐，何如攜手行？居易。舊遊多過隙，新宴且尋盟。禹錫。鸚鵡杯須樂，麒麟閣未成。起。分陰當愛惜，遲景好逢迎。林野熏風起，樓臺穀雨晴。禹錫。牆低山半出，池廣水初平。橋轉長虹曲，舟回小鷁輕。居易。殘花猶布繡，密竹自聞笙。欲過芳菲節，難忘宴慰情。起。月輪行似箭，時物勢如傾①。見雁隨兄去，聽鶯求友聲。禹錫。蕙長書帶展，菰嫩剪刀生。坐密衣裳煖，堂虚絲管清。居易。峰巒侵碧落，草木近朱明。與點非沂水，陪膺是洛城。白爲三川守，故云。起。潑醅爭緑醑，卧酪待朱櫻。幾處能留客，何人唤解酲？禹錫。舊儀尊右揆②，新命寵春卿。有喜鵲頻語，無機鷗不驚。居易。青林思小隱，白雪仰芳名。訪舊殊千里，登高賴九城。起。鄭侯司管鑰，疏傅傲簪纓。綸紼曾同掌，煙霄即上征。禹錫。册庭嘗接武，書殿忝連衡。蘭室春彌馥，松心晚更貞。居易。琴招翠羽下，鈎掣紫鱗呈。只願回烏景，誰能避兕觥③？起。方知醉兀兀，應是走營營。鳳閣鸞臺路，從他年少爭。居易更呈二公。（外105）

【校】

見《劉賓客集》外集卷四，又見《唐音統籤》卷四五三、汪本《補遺》卷下、《全唐詩》卷七九〇《聯句》三。

①〔勢如傾〕汪本、《全唐詩》作「始如傾」。

②〔右揆〕汪本作「右相」。

③〔兕觥〕此下小注劉集、汪本作「居易」，據《唐音統籤》、《全唐詩》改。

【注】

朱《箋》：作於會昌元年（八四一）春，與上一首《會昌春連宴即事》爲同時之作。聯句者白居易、王起、劉禹錫。

樂天是月長齋鄙夫此時愁卧閭里非遠雲霧難披因以寄懷遂爲聯句所期解悶焉敢驚禪

五月長齋月，文心苦行心。蘭葱不入户，薝蔔自成林。夢得。護戒先辭酒，嫌喧亦徹琴。塵埃賓位静，香火道場深。樂天。我静馴狂象，餐餘施衆禽。定知於佛佞，豈復向書淫。夢得。闌藥凋紅豔，庭槐換緑陰。風光徒滿目，雲霧未披襟。樂天。樹爲清凉倚，池因盥漱臨。蘋芳遭燕拂，蓮坼待蜂尋。夢得。舍下環流水，窗中列遠岑。苔斑錢剥落，石怪玉嶔岑。樂天。鵲頂迎秋秃，鶯喉入夏瘖。緑楊垂嫩色①，緌棘露長鍼。夢得。散秩身猶幸，趨朝力不任。官將方共拙，年與病交侵。樂天。徇樂非時選，忘機似陸沈。鑒容稱四皓，捫腹有三壬。夢得。攜手慚連璧，同心許斷金。紫芝雖繼唱，前後各任賓客。白雪少知音。樂天。憶罷吴門守，相逢楚水潯。舟中頻曲宴，夜後各加斟。夢得。濁酒銷殘漏，絃聲間遠砧。酡顔舞長袖，密坐接華簪。樂天。持論峰巒峻，戰文矛戟森。笑言誠莫逆，造次必相箴。夢得。往事應如昨，餘歡迄至今。迎君常倒屣，訪我輒攜衾。樂天。陰魄初離畢，將有雨。陽光正在參。五月之節。待公休一食②，縱飲共狂吟。夢得。（外106）

【校】

見《劉賓客集》外集卷四，又見《唐音統籤》卷四九七劉禹錫卷、汪本《補遺》卷下、《全唐詩》卷七九〇《聯句》三。

①〔綠楊〕《唐音統籤》作「柳絲」。

②〔一食〕《唐音統籤》作「一日」。

【注】

朱《箋》：此詩注中有「前後各任賓客」之語，則或作於禹錫開成四年（八三九）冬爲秘書監分司以前。聯句者劉禹錫、白居易。

宴桃源三首①

前度小花靜院，不比尋常時見。見了又還休，愁却等閑分散。腸斷。腸斷。記取釵橫鬢亂。（外107）

落月西窗驚起，好箇恩恩些子。鬢鬌嚲輕鬆，凝了一雙秋水。告你。告你。休向人間整理。（外108）

頻日雅歡幽會，打得來來越殺。説著暫分飛，蹙損一雙眉黛。無奈。無奈。兩箇心兒總

待。（外109）

【校】

見《尊前集》，又見《全唐詩》卷八九〇《詞》二。曾昭岷等編著《全唐五代詞》：「疑非白居易作，蓋《宴桃源》即《如夢令》。蘇軾《如夢令》（水垢何曾相受）題注云：『此曲本唐莊宗製，名《憶仙姿》，嫌其名不雅，故改爲《如夢令》。莊宗作此詞，卒章云：「如夢。如夢。和淚出門相送。」因取以爲名云。』又因莊宗詞首句爲『曾宴桃源深洞』，故後人又名《宴桃源》。中唐之白居易何以能用後唐莊宗所製調填詞？殊可懷疑。」

①〔題〕《全唐詩》、《歷代詩餘》作「如夢令」。

長相思二首①

汴水流。泗水流。流到瓜洲古渡頭。吳山點點愁。　思悠悠。恨悠悠。恨到歸時方始休。月明人倚樓。（外110）

深畫眉②。淺畫眉。蟬鬢鬅鬙雲滿衣③。陽臺行雨迴④。　巫山高，巫山低。暮雨瀟瀟郎不歸。空房獨守時⑤。（外111）

【校】

見《唐宋諸賢絶妙詞選》卷一，又見《全唐詩》卷八九〇《詞》二。此詞《唐宋諸賢絶妙詞選》、《花草粹編》等作白居易詞，《吟窗雜録》、《古今詞統》等作吴二娘詞。《本事詞》卷上：「吴二娘，江南名姬也，善歌。白香山守蘇時，嘗製《長相思》詞……吴喜歌之。」曾昭岷等編著《全唐五代詞》：「據此，則詞爲白居易作而吴二娘歌唱，未知《本事詞》有無確據。……究屬誰作，尚難斷定，姑兩存之，俟考。」參見本書卷二五《寄殷協律》(1767)注。

①〔題〕《吟窗雜録》作「長相思令」。

②〔畫眉〕《吟窗雜録》作「黛眉」，下文同。

③〔蟬鬢鬅鬙雲滿衣〕《吟窗雜録》作「十指蘢蔥雲染衣」。

④〔行雨迴〕《吟窗雜録》作「行雨歸」。

⑤〔獨守時〕《吟窗雜録》作「獨守誰」。

白居易詩集校注外集卷下

附見

李德裕相公貶崖州三首

樂天嘗任蘇州日，要勒須教用禮儀。從此結成千萬恨，今朝果中白家詩。（外112）

昨夜新生黄雀兒，飛來直上紫藤枝。擺頭撼腦花園裏，將爲春光總屬伊。（外113）

閑園不解栽桃李，滿地唯聞種蒺藜。萬里崖州君自去，臨行惆悵欲怨誰。（外114）

【校】

見那波本卷二十。

【注】

〔李德裕相公貶崖州〕蘇轍《欒城後集》卷二一《書白樂天集後二首》：「然樂天處世，不幸在牛李黨中。觀其平生，端而不倚，非有附麗者也。蓋勢有所至，而不能已耳。會昌之初，李文饒用事，樂天適已七十，遂求致仕，不一二年而没。嗟夫！文饒尚不能置一樂天於分司中耶？然樂天每閑冷衰病，發於詠歎，輒以公卿投荒、僇死不獲其終者自解，予亦鄙之。至其聞文饒謫朱崖三絶句，刻覈尤甚。樂天雖陋，蓋不至此也。且樂天死於會昌末年，而文饒之竄，在大中之初。此決非樂天之詩，豈樂天之徒淺陋不學者附益之耶？樂天之賢，當爲辨之。」胡仔《苕溪漁隱叢話》後集卷十三：「余以《元和録》考之，居易年長於德裕，視德裕爲晚進。方德裕任浙西觀察使，居易爲蘇州刺史，德裕以使職自居，不少假借，居易不得已以卑禮見。及其貶也，故爲詩云……。然《醉吟先生傳》及《實録》皆謂居易會昌六年卒，而德裕貶於大中二年，或謂此詩爲僞。余又以《新唐書》二人本傳考之，會昌初，白居易以刑部尚書致政，六年卒。李德裕大中二年貶崖州司户參軍。會昌盡六年，距大中二年，正隔三年，則此三詩非樂天所作明甚。但蘇子由以謂樂天死於會昌之初，而文饒竄於會昌之末，偶一時所記之誤耳。」按，胡仔所辨良是，然《欒城集》傳本自有異文。

白侍郎蒲桃架詩一首

道鄧凋庭度，引葉易盈蹊。繳結亘高架，肣朧連落遼。陰暗奄幽屋，蒙密夢冥苗。七秋青且翠，冬到頓都彫。（外 115）

【校】

見敦煌寫本P. 3597，錄文據徐俊《敦煌詩集殘卷輯考》。《姚少監詩集》目錄卷十有《題葡萄架》，正文闕。《全唐詩》卷五〇二姚合卷中輯有詩正文，注「蒲萄架」。徐俊考所據爲史繩祖《學齋占畢》卷四《一字詩不始於東坡》。黄永武考此詩爲白居易作，項楚、張錫厚、徐俊等考爲姚合作。

寫本音、形訛字極多，錄《全唐詩》姚合詩以參照：

萄藤洞庭頭，引葉漾盈搖。皎潔鈎高掛，玲瓏影落寮。陰煙壓幽屋，濛密夢冥苗。清秋青且翠，冬到凍都凋。

讚碎金

獦頭譾趠人難識，㳷泧婢㛹惱家心。寫向篋中甚敬重，要來一字一碏金。（外116）

【校】

見敦煌寫本P. 3906 S. 6204《字寶》，錄文據徐俊《敦煌詩集殘卷輯考》。花房英樹《白氏文集の批判的研究》、朱《箋》外集卷中、《全唐詩續拾》卷二八錄。

寫本此前爲「沈侍郎讚碎金」詩，此詩題「白侍郎　同前」。

寄盧協律

滿卷玲瓏實碎金，展開無不稱人心。曉眉歌得白居易，𩓤𩓤盧郎更敢尋。（外117）

【校】

見敦煌寫本P. 3906、S. 619、S. 6204《字寶》，錄文據徐俊《敦煌詩集殘卷輯考》。花房英樹《白氏文集の批判的研究》、朱《箋》外集卷中、《全唐詩續拾》卷二八錄。

P. 3906、S. 6204題「白侍郎寄盧協律」，S. 619題「白侍郎贈」。

【注】

〔盧協律〕鄭阿財、朱鳳玉《敦煌蒙書研究》謂盧協律爲盧載。按，《白氏文集》卷四九中書制誥有《楊景復可檢校膳部員外郎鄆州觀察判官李緩可監察御史天平軍判官盧載可協律郎天平軍巡官……六人同制》，與其人並無往來。協律郎爲低品官，任職者難於詳考。

崔氏夫人訓女文讚

崔氏善女，萬古傳名。細而察之①，寶(實)亦周備。養育之法，方擬事人。若乏禮儀②，過在父母。

亭亭獨步一枝花③，紅臉青娥不是誇。作將喜貌爲愁貌，未慣離家往壻家。（外118）

拜别高堂日欲斜，紅巾拭淚貴新花。徒來生處却爲客，今日隨夫始是家。（外119）

【校】

見敦煌寫本P. 2633《崔氏夫人訓女文》，錄文據徐俊《敦煌詩集殘卷輯考》。《全唐詩續拾》卷二八據《敦煌掇瑣》錄。寫本此前爲「崔氏夫人訓女文一本」，此篇題「白侍郎讚」。序文後標「詩一首」，第二首前標「又詩一首」。

①〔萬古傳名細而察之〕原本「名」、「細」二字互乙，從徐俊《輯考》乙正。

②〔若乏禮儀〕《輯考》作「若之禮儀」，從《全唐詩續拾》改。

③〔一枝花〕「一」字原缺，從《輯考》補。

白侍郎十二時行孝文

平旦寅，早起堂前參二親。處分家中送梳水，莫交父母喚聲頻。（外120）

日出卯，立身之本須行孝。甘脆盤中莫使空，時時奉上知飢飽。（外121）

食時辰，居家治務最須懃。無事等閑莫外宿，歸來勞費父孃嗔。（外122）

隅中巳，忠孝之心不合二。竭力懃酬乳哺恩，自得名高上史記。（外123）

正南午，侍奉尊親莫辭訢（訴）。迴乾就濕長成人，如今豈合論辛苦。（外124）

日昳未，在家行孝兼行義。莫取妻言兄弟疎，却交父母流雙淚。（外125）

晡時申，父母堂前莫動塵。縱有些些不稱意，向前少語善諮聞。（外126）

日入酉，但願父母得長壽。身如松栢色堅貞，莫學愚人多飲酒。（外127）

黄昏戌，下簾拂床早交畢。安置父母卧高堂，睡定然乃抽身出。（外128）

人定亥，父母年高須保愛。但能行孝向尊親，必得揚名於後世。（外129）

夜半子，孝養父母存終始。百年恩愛暫時間，莫學愚人不歡喜。（外130）

雞鳴丑，高樓大宅安得久。常勸父母發慈心，孝傳題名終不朽。（外131）

【校】

見敦煌寫本P.3821、上博四八，録文據徐俊《敦煌殘卷詩集輯考》。《全唐詩續拾》卷二八録。

P.3821原題「白侍郎作十二時行孝文」，上博四八無「作」字。敦煌文書署名「白侍郎」之作，王重民、陳祚龍等人論定出於託名。雖有反駁者，然證據不足。參徐俊《輯考》。

南陽小將張彦硤口鎮税人場射虎歌

海内昔年狎太平，横目穰穰何崢嶸。天生天殺豈天怒，忍使朝朝喂猛虎。關東驛路多丘荒，行人最忌税人場。張彦雄特制殘暴，見之叱起如叱羊。鳴弦霹靂越幽阻，往往依林猶旅拒。草際旋看委錦茵，腰間不更抽白羽①。老饕已斃梟雛恐，童稚揶揄皆自勇。忠良效順勢亦然，一劍猜狂敢輕動。有文有武方爲國，不是英雄伏不得。試徵張彦作將軍，幾箇將軍願策勳？（外132）

【校】

見汪本《補遺》卷上（注出《文苑英華》）、《全唐詩》卷四六二。《全唐詩》卷七百又收入韋莊詩，注：「一作白居易詩。」按，《文苑英華》卷三四四韋莊《南陽小將張彦硤口鎮税人場射虎歌》，前一首爲白居易《馴犀》。汪本蓋因此致誤，將此詩歸入居易名下。

①〔不更〕「更」《文苑英華》校：「一作見。」

【注】

〔税人場〕《太平廣記》卷四三二《周雄》（出《北夢瑣言》）：「唐大順景福已後，蜀路劍利之間，白衛嶺石筒溪虎暴尤甚，號税人場。商旅結伴而行，軍人帶甲列隊而過，亦遭攫搏。時遞鋪卒有周雄者，膂力心膽有異於常，日夜行役，不肯規避，仍持托杈利劍，前後於税人場連斃數虎，行旅賴之。西川書記韋莊作長語以賞之，蜀帥補軍職以壯之。」此詩所詠即此事，唯記人名有異。此詩爲韋莊作，更無疑。

宿誠禪師山房題贈

不出孤峰上，人間四十秋。視身如傳舍，閲世任東流①。法爲因緣立，心從次第修。中宵問真偈，有住是吾憂。（外133）

【校】

見汪本《補遺》卷上（注出泰興季氏手校宋本）、《全唐詩》卷四六二。按，此詩見《文苑英華》卷二三七，爲劉禹錫《宿誠禪師山房題贈二首》之二。此二詩又見《劉賓客集》卷二二、《唐音統籤》卷四八六劉禹錫卷。《全唐詩》卷三五七亦收入劉禹錫詩。當爲劉禹錫詩。

①〔任東流〕《文苑英華》、劉集作「甚東流」。

過故洛城

故城門前春日斜，故城門裏無人家。市朝欲認不知處，漠漠野田飛草花。（外134）

【校】

見《文苑英華》卷三〇九。又見汪本《補遺》卷上（注出《文苑英華》）、《全唐詩》卷四六二。《全唐詩》卷二三九又收入錢起詩。朱《箋》：「疑非白氏之作。」按，此詩洪邁《萬首唐人絶句》卷七、四庫本《錢仲文集》卷十、高棅《唐詩品彙》卷四九、《唐音統籤》卷二四九均作錢起詩，《文苑英華》署白居易名，蓋誤。

靈巖寺

館娃宮畔千年寺①，水闊雲多客到稀。聞説春來更惆悵，百花深處一僧歸②。（外135）

【校】

見汪本《補遺》卷上（注出范成大《吴郡志》）、《全唐詩》卷四六二。按，此詩不見《吴郡志》，見《姑蘇志》卷二九。《萬首唐人絶句》卷三七、周弼《三體唐詩》卷二、《唐詩品彙》卷五三、《唐音統籤》卷六一二作趙嘏詩。《全唐詩》卷五五〇又收入趙嘏詩。當爲趙嘏詩。

①〔宫畔〕《萬首唐人絶句》、《全唐詩》卷五五〇作「宫伴」。

②〔更惆悵〕《唐音統籤》作「倍惆悵」。

一字至七字詩

詩。綺美，瓌奇。明月夜，落花時。能助歡笑，亦傷别離。調清金石怨，吟苦鬼神悲。天下只應我愛，世間唯有君知。自從都尉别蘇句，便到司空送白辭。（外136）

【校】

見《唐詩紀事》卷三九。又見《唐音統籤》卷五四四王起卷、汪本《補遺》卷下（注出《唐詩紀事》）、《全唐詩》卷四六二。《唐詩紀事》卷三九韋式：「樂天分司東洛，朝賢悉會興化亭送别。酒酣，各請一字至七字詩，以題爲韻。王起賦《花》詩云……。李紳賦《月》詩云……。令狐楚賦《山》詩云……。元稹賦《茶》詩云……。魏扶賦《愁》詩云……。韋式郎中賦《竹》詩云……。張籍司業賦《花》詩云……。范堯佐道士賦《書字》詩云……。居易賦《詩字》詩云……。」朱《箋》：「考大和三年春間，王起方爲陝虢觀察使，李紳方爲滁州刺史，令狐楚方爲東都留守，元稹仍爲浙東觀察使，均不在長安，無從會興化亭送別，故王起、李紳、令狐楚、元稹等詩，題係僞作無疑，則白氏此作亦有可疑。」

東山寺 在黄梅縣。

直上青霄望八都，白雲影裏月輪孤。茫茫宇宙人無數，幾箇男兒是丈夫？（外137）

【校】

見弘治《黄州府志》卷七《藝文》。童養年輯錄《全唐詩續補遺》卷五收入。陳尚君修訂《全唐詩外編》引曹訊謂：「《全唐詩》卷八五八呂巖《絶句》三十二首之十四，後二句與此全同，前二句稍異，作白詩疑誤。」

送阿龜歸華

草堂歸意背烟蘿，黄綬垂腰不奈何。因汝華陽求藥物，碧松根下茯苓多。（外138）

【校】

見馮浩《玉谿生詩詳注》卷三。馮浩注云：「浩曰：意境不似玉谿，蓄疑者久矣，今而知爲香山詩也。香山，下邽人，華州之屬縣也。香山弟行簡，行簡子龜郎，史傳中亦呼阿龜，而白公詩集尤詳之。此必白公送侄歸家之作，乃香山集漏收而反入斯集，可怪已。」朱《箋》據以收入《外集》卷中。按，馮氏僅據「阿龜」之名推論，實無堅證。李商隱《與白秀才狀》（《樊南文集補編》卷七）：「伏思大和之初，便獲通刺，升堂辱顧，前席交談」，曾拜見白居易，與白居易之侄阿龜相識亦有可能。

春遊

酒户年年減，山行漸漸難。欲從心懶慢，轉恐性闌散。鏡水波猶冷，稽峰雪尚殘。不能孤物色，乍可愛春寒。遠目傷千里，新年思萬端。無人知我意，閑憑曲欄干。（外139）

【校】

《元氏長慶集》收入集外文章，《全唐詩》卷四二三收入元稹詩。顧校據歷史博物館藏明王氏藏宋拓本四名人法書册頁及朱彝尊説、朱《箋》據朱彝尊説，以爲白氏之作。朱彝尊《曝書亭集》卷四九：「右白傅草一十九行，錢穆父在越勒石，置蓬萊閣下，今《長慶集》不載。或以是詩補入元微之集中，誤也。『散』字《廣韻》未收，而毛晃《增注禮部韻略》有之，引白詩爲證，且注云：『重增。』然則今之《廣韻》亦非《唐韻》之舊矣。『從』雕本譌『終』，『愛』雕本譌『怯』，皆所當勘正者。」此詩又見洪邁《容齋五筆》卷二《元微之詩》：「《唐書·藝文志》：元稹《長慶集》一百卷，小集十卷。而傳於今者惟閩蜀刻本，爲六十卷。三館所藏獨有小集。文惠公鎮越，以其舊治而《文集》蓋缺，乃求而刻之。外《春遊》一篇云……。白樂天書之，題云『元相公春遊』。錢思公藏其真迹，穆父守越時，摹刻於蓬萊閣下，今不復存。集中逸此詩，文惠爲列之於集外。李端民平叔嘗和其韻寄公云。」陳尚君修訂《全唐詩外編》引此，云：「錢思公指錢惟演，穆父指錢勰，爲北宋前中期人。其言似比明清人所説更可靠些。此詩是否白作，恐尚難論定。」按，據洪邁説，此詩爲白居易書元稹詩，宋人刻《元氏長慶集》既已列入集外。朱彝尊等因其爲白氏所書，便以爲白居易詩，實誤。

辭閑中好三首

閑中好，盡日松爲侶。此趣人不知，輕風□僧語①。（外140）

閑中好，塵□不縈心②。坐對當窗木，看移三□陰③。（外141）

閑中好，幽磬度鐘遲。卷上論題肇，畫中僧姓支。（外142）

【校】

見張之象《唐詩類苑》卷九一，朱《箋》外集卷中錄。按，此三詩見段成式《酉陽雜俎》續集卷六，又見《唐詩紀事》卷五七。作者分别爲夢復（鄭符）、柯古（段成式）、善繼（張希復）。

①〔輕風□〕《酉陽雜俎》爲「輕風度」。

②〔塵□〕《酉陽雜俎》爲「塵務」。

③〔三□陰〕《酉陽雜俎》爲「三面陰」。

六言

把酒留君聽琴，那堪歲暮離心。霜葉無風自落，秋天不雨多陰①。人愁荒村路遠②，馬怯寒溪水深。望盡青山猶在，不知何處相尋③。（外143）

【校】

見張之象《唐詩類苑》卷一一五，朱《箋》外集卷中録。按，此詩見《文苑英華》卷二七三，題《送萬巨六言》，盧綸作。又見《唐詩紀事》卷八十不知名作者。《全唐詩》卷二七六收入盧綸卷中，卷七八六無名氏重出。

①〔多陰〕《文苑英華》作「空陰」。

②〔荒村〕「村」《文苑英華》作「落」，校：「集作村。」〔路遠〕「遠」《文苑英華》校：「集作細。」

③〔不知〕《文苑英華》作「更知」。

詠蘭 并序

余自昔西濱得蘭數本，移藝於庭，亦既逾歲，而芃然蕃殖。自余遊者，未始以芳草爲遇矣。因悲夫物有厭常，而反不若混然者有之焉。遂寄情於此。

寓常本殊致①，意幽非我情。吾常有疏淺，外物無重輕。各言藝幽深，彼美香素莖。豈爲賞者說②，自保孤根生。易地無赤株，麗土亦同榮。賞際林壑近，汎餘煙霞清③。余懷既鬱陶，爾類徒縱橫。妍媸苟不信，寵辱何爲驚？貞隱諒無迹，激時猶揀名。幽叢靄綠畹，豈必懷歸耕。（外144）

【校】

見張之象《唐詩類苑》卷一八九，朱《箋》外集卷中錄。按，此詩見《文苑英華》卷三二七，温庭筠作，題同此詩序，無「詠蘭并序」字。又見《温飛卿詩集箋注》卷三。

①〔寓常〕《文苑英華》、《温飛卿詩集箋注》作「寓賞」。

②〔賞者說〕《文苑英華》、《温飛卿詩集箋注》作「賞者設」。

③〔煙霞〕《文苑英華》、《温飛卿詩集箋注》作「煙露」。

江郎山

林慮雙童長不食，江郎三子夢還家。安得此身生羽翼，與君來往共烟霞。（外145）

【校】

見《古今圖書集成·職方典》卷一〇一六《衢州府部》、卷一三〇《江郎山部》。《全唐詩續拾》卷二八錄。

【注】

〔江郎山〕《方輿勝覽》卷七衢州：「江郎山，在江山。……江郎廟，在江山南五十里。」《太平御覽》卷四七引《郡國志》：「江郎山有三峰，峰上各有一巨石，高數十丈，歲漸長成。昔有江家在山下居，兄弟三人神化於此，故有三石峰在焉。有湛滿者亦居山下，其子仕晉，遭永嘉之亂，不得歸。滿乃使祝宗言于三石之靈：能致其子，靡愛斯牲。旬日中，湛子出浴水邊，見三少年，使閉眼入車欄中。但聞去如疾風，俄頃間從空墮，怳然不知所以，良久乃覺，是家園中也。」《太平廣記》卷二九四《湛滿》（出《十道記》）略同。詩所詠即此傳説，然不見前代方志。

題天柱峰

太微星斗拱瓊宫，聖祖琳宫鎮九垓。天柱一峰擎日月，洞門千仞鎖雲雷。玉光白橘相爭秀，金翠佳蓮蕊鬭開。時訪左慈高隱處，紫清仙鶴認巢來。（外146）

【校】

見《天柱山志》。《全唐詩續拾》卷二八錄。陳尚君按：「《輿地紀勝》收三、四兩句爲南唐李明作。」

登西山望硤石湖

菱歌清唱棹舟迴，樹裏南湖似鑒開。平障煙浮低落日，出溪路細長新苔。居民地僻常無事，太守官閑好獨來。猶憶長安論詩句，至今惆悵讀書臺。（外147）

【校】

見《海昌勝蹟志》。《全唐詩續拾》卷二八錄。陳尚君按：「同書引秦瀛語，謂疑出後人附會。」

【注】

〔硤石湖〕《明一統志》卷三八杭州府：「紫微山，在海寧縣東北六十里，唐白居易嘗登此山望硤石湖。」《浙江通志》卷十杭州府：「硤石湖，《硤川志》亦稱硤川。在縣東北六十里，廣三十二丈。成化《杭州府志》：其源自茶湖，南通麻涇港，迤西南流入於洛塘河，東達海鹽縣界黃道湖。」

句

學織繚綾功未多，亂投機杼錯抛梭。莫教宮錦行家見，把此文章笑殺他。

如今不重文章事，莫把文章誇向人。

【校】

見《太平廣記》卷二五七《織錦人》（出《盧氏雜説》）。又見《唐音統籤》卷四五三、汪本《補遺》卷上（並引《盧氏雜説》）。《太平廣記》卷二五七《織錦人》：「唐盧氏子不中第，徒步及都城門東，其日風甚寒，且投逆旅，俄有一人續至，附火良久，忽吟詩曰：『學織繚綾功未多，亂投機杼錯拋梭。莫教宮錦行家見，把此文章笑殺他。』又云：『如今不重文章事，莫把文章詩向人。』盧愕然，憶是白居易詩。因問姓名，曰：『姓李。世織綾錦，離亂前屬東都官錦坊織宮錦巧兒。以薄藝投本行，皆云如今花樣與前不同，不謂伎倆兒以文綵求售者不重於世，且東歸去。』」此亦世人託名之作。

空夜窗閑螢度後，深更軒白月明初。

【校】

見藤原公任《和漢朗詠集》卷上《夏夜》。《全唐詩續拾》卷二八録。川口久雄校注：「《私注》以下諸本作《夜陰歸房》，紀納言。」

碧浪金波三五初，秋風計會似空虚。

【校】

見《和漢朗詠集》卷上《十五夜》。《全唐詩續拾》卷二八錄。

川口久雄校注：「《私注》作《月影滿秋池詩》發句，菅淳茂。《文粹》八作《八月十五夜侍亭子院同賦月影滿秋池應太上法皇製》，菅淳茂。……底本注作者『白』，似誤。」

嫌褰錦帳長薰麝，惡卷珠簾晚著釵。

【校】

見《和漢朗詠集》卷下《妓女》。《全唐詩續拾》卷二八錄。

川口久雄校注：「《私注》作《佳人難出》，田達音。《集注》作《古題》，作者不知，或云菅三品作。底本『白』字疑誤。」陳尚君按：「以上三聯疑皆非白居易作。因其出處甚早，仍附存之。」

也向慈恩寺裏遊。

【校】

見《中山詩話》。朱《箋》外集卷中錄。按，劉攽《中山詩話》：「詞人以也字作夜音。杜云：『青袍也自公。』白公云：『也向慈恩寺裏遊。』不可如字讀也。」按，元稹《梁州夢》：「夢君同繞曲江頭，也向慈恩院院遊。」劉氏蓋誤引。《詩話總龜》卷二九引《古今詩話》，作「元稹云也向慈恩寺裏遊。」

百年青天過鳥翼。

【校】

見《山谷詩注》卷九《乞桃花二首》注引。朱《箋》外集卷中、《全唐詩續拾》卷二八録。按，《山谷外集》卷十一《新涼示同學》：「豈無熟書試一讀，欲似平生不相識。今日明日相尋來，百年青天過鳥翼。」吳曾《能改齋漫録》卷八《身輕一鳥過》：「歐陽文忠公《詩話》：陳公時得杜集，至《蔡都尉》『身得一鳥』下脱一字，數客補之。各云疾、落、起、下，終莫能定。後得善本，乃是『過』字。其後東坡詩：『如觀老杜飛鳥句，脱字欲補知無緣。』山谷詩：『百年青天過鳥翼。』東坡詩：『百年同過鳥。』皆從而效之也。」則此句本爲黄庭堅詩，任淵注誤引。

青燈明滅照不寐，但把君詩闔且開。

【校】

朱《箋》外集卷中據《山谷詩注外集》卷十《次韻和答孔毅甫》注引樂天《和微之高齋》録。按，此爲王安石《和王微之登高齋三首》之二句。見《臨川文集》卷六。李壁《王荆公詩注》卷九以此詩單出，題《和微之登高齋》。朱《箋》誤引。

白居易年譜簡編

唐代宗大曆七年壬子(七七二),白居易生,一歲。

《自撰墓誌銘》(《文苑英華》卷九四五,馬本題《醉吟先生墓誌銘》):「大曆六年正月二十日生於鄭州新鄭縣東郭宅。」「六年」爲「七年」之訛,陳《譜》有辨。岑仲勉、陳寅恪均辨此文爲僞作,則所謂「生於鄭州新鄭縣東郭宅」亦不無可疑。

父季庚年四十四歲。母陳氏年十八歲。長兄幼文年約二十歲。

劉禹錫生。崔羣生。李紳生。韓愈五歲。令狐楚五歲。李建八歲。張籍約七八歲。杜甫前二年卒。李白前十年卒。

七月,盧龍經略副使朱泚自立爲留後。十月,以朱泚爲盧龍節吏使。

大曆八年癸丑(七七三),二歲。

五月三日,祖父鞏縣令鍠卒于長安,年六十八歲。以其年權厝于下邽縣下邑里(《故鞏縣令白府君事狀》)。則白家此時居長安。

柳宗元生。

大曆九年甲寅(七七四),三歲。

大曆十年乙卯（七七五），四歲。

大曆十一年丙辰（七七六），五歲。

五六歲便學爲詩（《與元九書》）。弟行簡生。

五月，汴宋軍亂，汴將李靈耀叛。

大曆十二年丁巳（七七七），六歲。

六月十九日，祖母薛氏卒于新鄭縣私第，年七十歲（《故鞏縣令白府君事狀》）。則白家此時已移居新鄭。父季庚此時當官宋州司户參軍。

大曆十三年戊午（七七八），七歲。

楊汝士生。

大曆十四年己未（七七九），八歲。

元稹生。

三月，汴宋將李希烈自稱留後。五月，代宗卒。德宗即位。

德宗建中元年庚申（七八〇），九歲。

父季庚授徐州彭城縣令（《襄州别駕府君事狀》）。

牛僧孺生。

正月，廢租庸調法，改行兩税法。

建中二年辛酉(七八一),十歲。

正月,唐發軍討成德節度使李惟岳、魏博節度使田悅。二月,討襄陽節度使梁崇義。八月,崇義伏誅。平盧留後李納以軍助田悅。九月,討李納。李納將徐州刺史李洧以徐州降。父季庚與李洧堅守徐州,拒李納。以功授徐州别駕(《襄州别駕府君事狀》)。

建中三年壬戌(七八二),十一歲。

約于此年從父任移居徐州符離。

閏正月,王武俊殺李惟岳,代領其衆。四月,盧龍朱滔叛唐。六月,王武俊叛唐。十月,李希烈叛唐。十一月,朱滔、田悅、王武俊、李納皆自稱王。十二月,李希烈自稱天下都元帥。唐發諸道軍往討。

建中四年癸亥(七八三),十二歲。

居符離。汪《譜》、朱《箋》、顧校附《年譜簡編》等均據《江南送北客因憑寄徐州兄弟書》注:「時年十五。」《江樓望歸》注:「時避難越中。」謂居易十五歲前避難越中,在此一二年間。按,所謂「避難」,係指去年避兩河兵亂,白家自新鄭移居符離。去「越中」,則係從季庚往衢州任職。詩注蓋含混言之。白季庚任衢州别駕在貞元四年左右。白詩自注所記時間不確。

正月,李希烈陷汝州,東都震恐。六月,初行税間架、除陌錢。十月,涇原軍五千增援襄城,至長安兵變。德宗逃往奉天。朱泚據長安稱帝,圍奉天。十二月,李希烈陷汴州。

興元元年甲子（七八四），十三歲。

弟幼美（金剛奴）生（《唐太原白氏之殤墓誌銘》）。

正月，田悦、王武俊、李納皆去王號，復受唐職。二月，行營副元帥李懷光叛唐。德宗逃往梁州。六月，李晟收復長安，朱泚敗走，被殺。七月，德宗還長安。是年秋，關中大饑。

貞元元年乙丑（七八五），十四歲。

父季庚加檢校大理少卿，依前徐州别駕，仍知州事（《襄州别駕府君事狀》）。

六月，朱滔死。七月，李懷光兵敗，死。

貞元二年丙寅（七八六），十五歲。

四月，李希烈爲部將所殺。各地戰亂暫息。

貞元三年丁卯（七八七），十六歲。

居易自述：「十五六始知有進士，苦節讀書。」（《與元九書》）

李德裕生。

貞元四年戊辰（七八八），十七歲。

父季庚約於此年改除大理少卿、衢州别駕（《襄州别駕府君事狀》）。從父任往衢州。途經蘇、杭二郡。《吳郡詩石記》：「貞元初，韋應物爲蘇州牧，房孺復爲杭州牧，……時予年十四五，旅二郡，以幼賤不得與遊宴。……前後相去三十七年，江山是而齒髮非。」此文作於寶曆元年（八二五），上溯三十七年，當爲貞元四年（七八八）。據傅璇琮《韋應物繫年考證》，韋應物任蘇州刺史在貞元四年七月以後。《吳郡詩石記》所謂「年十四五」，不確。

貞元五年己巳（七八九），十八歲。

在衢州。汪《譜》據是年定中和節，居易《中和節頌》有「皇帝握符之十載」語，謂居易是年在長安，不確。朱《箋》有辨。

《唐摭言》載居易以「離離原上草」詩謁顧況于長安，況謔曰「長安物貴，居大不易」事。據傅璇琮《顧況考》，況於貞元五年貶饒州司户參軍，途經蘇州、杭州、睦州，居易則於此年前不可能至長安。朱《箋》謂居易如有謁顧況之事，或相遇于饒州及蘇州。按，衢州亦爲自蘇、杭赴饒州所經，居易謁況或在衢州。

貞元六年庚午（七九〇），十九歲。

在衢州。

李賀生。

貞元七年辛未（七九一），二十歲。

白家約於此年返符離。居易與張徹、賈餗等在符離共勉學（《醉後走筆酬劉五主簿長句之贈兼簡張大賈二十四先輩昆季》）。

貞元八年壬申（七九二），二十一歲。

居符離。弟幼美夭，權窆于符離縣南原（《唐太原白氏之殤墓誌銘》）。

父季庚約於是年除襄州別駕。

是年，陸贄主試下，韓愈、李觀、李絳、崔羣、王涯、馮宿、庾承宣等登進士第，時稱得士，號「龍虎榜」。

貞元九年癸酉（七九三），二十二歲。

是年，元稹十五歲，明經及第。劉禹錫二十二歲，柳宗元二十一歲，登進士第。

貞元十年甲戌（七九四），二十三歲。

在襄陽。五月二十八日，父季庚卒于襄陽官舍，年六十六歲。權窆于襄陽縣東津鄉南原（《襄州別駕府君事狀》）。

貞元十一年乙亥（七九五），二十四歲。

守喪于符離。

貞元十二年丙子（七九六），二十五歲。

仍守喪于符離。

貞元十三年丁丑（七九七），二十六歲。

仍居符離。

是年六月以後，淮南、徐、蔡等地水災，瀕淮之地，爲害特甚。

貞元十四年戊寅（七九七），二十七歲。

是年夏，白家移居洛陽。時長兄幼文任饒州浮梁主簿，居易往饒州依長兄。唯行簡隨侍其母。「苦乏衣食資，遠爲江海遊。」（《將之饒州江浦夜泊》）此數年家人分散，生活尤爲窘迫。

貞元十五年己卯（七九九），二十八歲。

春，奉長兄命返洛陽，分微祿歸養（《傷遠行賦》）。秋返宣州，應鄉試于宣州。爲宣歙觀察使崔衍所貢，往長安應進士試。《與元九書》：「家貧多故，二十七方從鄉賦。」記憶微誤。

二月，宣武軍節度使董晉卒。宣武軍亂，殺行軍司馬陸長源。三月，彰義節度使吳少誠據蔡州反。明年，赦吳少誠，復其官爵。夏，旱，京畿饑。

貞元十六年庚辰（八〇〇），二十九歲。

正月，在長安。二月十四日，中書侍郎高郢主試下以第四名登進士第。同登進士第者有崔玄亮、杜元穎、吳丹、鄭俞、王鑑、陳昌言、戴叔倫、李某、陸某等。及第後歸洛陽省親。朱《箋》據《祭符離六兄文》「去年春，居易南游，兄亦東適，黟歙之間，欣然一覿」，謂此年暮春居易又南游至浮梁。考其時間，似太促。四月，外祖母陳白氏疾殁于徐州豐縣官舍。九月，居易至徐州。十一月，權窆外祖母于符離縣之南偏（《唐故坊州鄜城縣尉陳府君夫人白氏墓誌銘》）。

五月，徐泗濠節度使張建封卒，徐州軍亂，不納行軍司馬韋夏卿。六月，委淮南節度使杜佑討伐。九月，以建封子愔爲留後。

貞元十七年辛巳（八〇一），三十歲。

春，在符離。七月，在宣州。秋，歸洛陽。有《祭符離六兄文》、《祭烏江十五兄文》。

十月，杜佑編《通典》二百卷成。

貞元十八年壬午（八〇二），三十一歲。

在長安。冬，于吏部侍郎鄭珣瑜主試下，試書判拔萃科，至來年春及第。

與元稹訂交約始於此年前。

貞元十九年癸未（八〇三），三十二歲。

春，與元稹、李復禮、呂潁、哥舒恒、崔玄亮同登書判拔萃科，王起、呂炅登博學宏辭科。授秘書省校書郎。始假居長安常樂里故宰相關播園亭。秋冬之際，在許昌。

杜牧生。冬，韓愈因上疏請緩徵京畿稅及罷宫市，貶連州陽山令。十二月，高郢、鄭珣瑜同中書門下平章事。劉禹錫授監察御史。

貞元二十年甲申（八〇四），三十三歲。

在長安，爲校書郎。春，在洛陽。始徙家秦中，卜居下邽縣義津鄉金氏村（《泛渭賦》）。

貞元二十一年乙酉（八〇五），即順宗永貞元年，三十四歲。

在長安，爲校書郎。寓居永崇里華陽觀。二月十九日，上書于宰相韋執誼（《爲人上宰相書》）。

正月，德宗卒，順宗（李誦）即位。二月，以韋執誼爲尚書左丞、同中書門下平章事。執誼引用王伾、王叔文等，罷進奉、宫市、五坊小兒等弊政。八月，順宗内禪位於太子純（憲宗）。王伾貶開州司馬，王叔文貶渝州司户。九月，劉禹錫貶連州刺史。十月，再貶朗州司馬。韓泰、陳諫、柳宗元、韓曄、凌準、程异等皆貶。韋執誼貶崖州司馬。

十月，西川留後劉闢叛唐，唐發兵往討。十一月，夏綏留後楊惠琳叛唐。

憲宗元和元年丙戌（八〇六），三十五歲。

在長安。罷校書郎。與元稹寓居華陽觀，撰《策林》七十五篇。四月，應才識兼茂明於體用科，以對策語直，入第四等（乙等）。同登第者有元稹、韋惇（處厚）、獨孤郁等。同月二十八日，授盩厔尉。七月，權攝昭應事。十二月，在盩厔與陳鴻、王質夫同遊仙遊寺，作《長恨歌》。

元稹制科入三等（甲等），授左拾遺。屢上書論時事，爲執政者所惡。九月，貶河南尉。母鄭氏卒，丁憂。

正月，順宗卒，改元。三月，平楊惠琳亂。九月，平劉闢亂。

元和二年丁亥（八〇七），三十六歲。

秋，自盩厔尉調京兆府進士考官。試畢，帖集賢院校理。十一月五日，由集賢院召入翰林，奉敕試制詔等五首，授翰林學士（《奉敕試制書詔批答詩等五首》）。

弟行簡進士登第。

正月，武元衡、李吉甫同平章事。十月，浙西節度使李錡反。十一月，平李錡亂。

元和三年戊子(八〇八),三十七歲。

在長安。居新昌里。四月,與裴垍、王涯等同爲制策覆考官。二十八日,除左拾遺,依前充翰林學士。是年,策試賢良方正能言極諫科,牛僧孺、皇甫湜、李宗閔等登第。宰相李吉甫以三人對策語直,泣訴於上,三人均不如常例授官,出爲幕職。考官楊於陵、韋貫之、王涯等坐貶。居易上《論制科人狀》,極言不當貶黜。其後,李吉甫子德裕與牛僧孺、李宗閔各結黨相爭數十年,即種因於此。居易後亦因此爲德裕所排擠。九月,淮南節度使王鍔入朝,多進奉,謀爲宰相。居易上《論王鍔欲除官事宜狀》,力諫不可。此年,與楊虞卿從妹楊氏結婚。陳《譜》據《祭楊夫人文》「元和二年歲次戊子」之文,繫於元和二年。戊子歲乃元和三年,刊本作「二年」誤。朱《箋》等有辨。

九月,裴垍爲中書侍郎、同平章事。

元和四年己丑(八〇九),三十八歲。

在長安。爲左拾遺、翰林學士。屢陳時政,請降繫囚,蠲租稅,放宫人,絶進奉,禁掠賣良人等,皆從之。又論裴均違制進奉銀器,于頔不應暗進愛妾,宦官吐突承璀不當爲制軍中統領。女金鑾子生。弟行簡爲秘書省校書郎。

二月,元稹除監察御史。三月,使蜀,劾奏故劍南東川節度使嚴礪違法加税,並平八十八家冤事,爲執政者所忌。使還,命分司東都。七月,元稹妻韋叢卒。

二月,鄭絪罷,李藩同中書門下平章事。九月,以王承宗爲成德節度使,恒冀深趙州觀察使,割其所屬德、棣二州。承宗拒不奉命。十月，以左神策軍中尉吐突承璀爲諸行營兵馬使、招討處置軍使，率軍進討。諫官力言不應以宦官爲統帥，乃改爲宣慰使。

元和五年（八一〇），三十九歲。

在長安。五月五日，改官京兆府户曹參軍，仍充翰林學士。上疏請罷討王承宗兵，論元稹不當貶，皆不納。

河南尹房式有不法事，元稹在東都奏攝之，令其停務。執政者惡稹專横，罰俸，召還長安。途經華陰敷水驛，與中使劉士元爭驛房，辱之。宰相以稹失憲臣體，貶江陵府士曹參軍。

七月，吐突承璀討王承宗，師久無功，復承宗官，還其二州。罷諸道征討軍，降承璀爲軍器使。九月，高郢右僕射致仕。權德輿同中書門下平章事。李絳爲中書舍人。

元和六年辛卯（八一一），四十歲。

在長安。京兆府户曹參軍、翰林學士。母陳氏卒于長安宣平里第，年五十七。丁憂，退居下邽。十月，遷葬祖鍠、祖母薛氏、父季庚于下邽。是年，女金鑾子夭。

正月，李吉甫同中書門下平章事。二月，李藩罷。六月，呂温卒。七月，高郢卒。十二月，李絳同中書門下平章事。裴垍卒。是年，韓愈自河南令遷職方員外郎。

元和七年壬辰（八一二），四十一歲。

居下邽。

十一月，杜佑卒。是年，李商隱生。

元和八年癸巳（八一三），四十二歲。

夏，服除。仍居下邽。遷葬外祖母陳夫人、季弟幼美于下邽義津原。行簡子龜兒生。

正月，權德輿罷。二月，于頔貶。春，韓愈自國子博士除尚書比部郎中史館修撰。

元和九年甲午（八一四），四十三歲。

仍居下邽。春，病眼。八月，遊藍田悟真寺。冬召授太子左贊善大夫入朝。弟行簡參東川節度使盧坦幕，夏抵梓州。

元稹自江陵移唐州從事。

二月，李絳罷爲禮部尚書。閏八月，彰義軍節度使吴少陽卒，子元濟自稱知軍事。十月，李吉甫卒。十二月，韋貫之同中書門下平章事。是年八月，孟郊卒，年六十四。

元和十年乙未（八一五），四十四歲。

在長安，居昭國里。六月，首上疏請捕刺殺宰相武元衡之賊。宰相以宫官先臺諫言事，惡之，忌之者復誣言居易母看花墜井死，而作《賞花》及《新井》詩，有傷名教。八月，乃奏貶州刺史。王涯復論不當治郡，追改江州司馬。初出藍田，到襄陽，乘舟經鄂州，冬初到江州。十二月，自編詩集十五卷。有《與元九書》。

正月，元稹自唐州召還。三月，復出爲通州司馬。同年春，劉禹錫、柳宗元等召還長安。復出柳宗元爲柳州刺史，劉禹錫初出爲播州刺史，改連州刺史。
正月，吴元濟反，李師道、王承宗陰助之。唐發諸道軍討元濟，不勝。五月，遣御史中丞裴度宣慰淮西行營。六月，李師道遣盜刺殺宰相武元衡，傷裴度首。以裴度同中書門下平章事。

元和十一年丙申（八一六），四十五歲。
在江州司馬任。二月，遊廬山。秋，長兄幼文自徐州攜諸院孤小、弟妹六七人至。是年，女阿羅生。
正月，削王承宗官爵，命河東、幽州等六道軍進討。張弘靖罷相。時唐軍與李師道、吴元濟、王承宗軍相持，師久無功。二月，李逢吉同中書門下平章事。十二月，王涯同中書門下平章事。是年，李賀卒，年二十七。韓愈自中書舍人除太子左庶子。

元和十二年丁酉（八一七），四十六歲。
在江州司馬任。廬山草堂成。閏五月，長兄幼文卒。
七月，以裴度爲門下侍郎同平章事、淮西宣慰招討使，韓愈爲行軍司馬，率諸軍往討。崔羣爲中書侍郎、同中書門下平章事。十月，李愬夜襲蔡州，擒元濟，淮西亂平。

元和十三年戊戌（八一八），四十七歲。
在江州司馬任。春，弟行簡自梓州至。十二月二十日，遷忠州刺史。
冬，元稹自通州司馬移虢州長史。
三月，李鄘罷。李夷簡同中書門下平章事。淮西亂既平，李師道、王承宗懼，各奉表納地自贖。赦承宗。七月，討師道。八月，王涯罷。九月，皇甫鎛、程异同中書門下平章事。

元和十四年己亥（八一九），四十八歲。

春，自江州啓程赴忠州。弟行簡隨行。時元稹離通州赴虢州長史任，三月十一日相遇於黄牛峽口，停舟夷陵。二十八日抵忠州。

元稹在虢州長史任。冬，召還，授膳部員外郎。

正月，刑部侍郎韓愈諫迎佛骨，貶爲潮州刺史。旋移袁州。二月，李師道爲部下所殺，淄青亂平。四月，裴度罷。七月，令狐楚同中書門下平章事。十二月，崔羣罷。是年十一月，柳宗元卒於柳州，年四十七。

元和十五年庚子（八二〇），四十九歲。

夏，自忠州召還。經三峽，由商山路返長安。除尚書司門員外郎。十二月，充重考訂科目官。二十八日，改授主客郎中、知制誥。

五月，以元稹爲祠部郎中、知制誥。劉禹錫丁母憂在洛陽。

正月二十七日，憲宗服金丹暴卒，傳爲宦官陳弘志所毒殺。右神策軍中尉梁守謙等立太子恒（穆宗），殺左神策軍中尉吐突承璀。皇甫鎛貶爲崖州司户。蕭俛、段文昌同中書門下平章事。七月，令狐楚罷爲宣歙觀察使。八月，崔植同中書門下平章事。九月，韓愈自袁州刺史召還，除國子祭酒。十月，王承宗卒。其弟宗元以鎮趙深冀四州歸唐。

穆宗長慶元年辛丑(八二一),五十歲。

在長安。尚書主客郎中、知制誥。春,購新昌里宅。四月,充重考試進士官,覆試禮部侍郎錢徽主試下及第進士鄭朗等十四人。時李宗閔壻、楊汝士弟皆及第,李德裕、元稹與李宗閔有隙,因同李紳上言,以爲不公。詔居易與王起重試,黜朗等十人。錢徽、李宗閔、楊汝士皆遠貶。自是李德裕與李宗閔各分朋黨相傾軋,垂四十年。夏,居易加朝散大夫,始著緋,又轉上柱國。妻楊氏授弘農縣君。七月,奉命宣諭魏博節度使田布,布贈絹五百匹,不受。十月十九日,轉中書舍人。十一月二十八日,充制策考官。是年,弟行簡授拾遺。

二月,元稹充翰林學士,轉中書舍人。十月,遷工部侍郎出院。冬,劉禹錫除夔州刺史。

正月,蕭俛罷。二月,段文昌罷。杜元穎同中書門下平章事。幽州節度使劉聰以幽涿等八州獻於唐。七月,幽州都知兵馬使朱克融囚節度使張弘靖。成德牙將王廷湊殺節度使田弘正。以弘正子布爲魏博節度使,討廷湊。國子監祭酒韓愈爲兵部侍郎。十月,以司空裴度充鎮州四面行營都招討使,討廷湊。

長慶二年壬寅(八二二),五十一歲。

在長安。中書舍人。時唐軍十餘萬圍王廷湊,久無功。正月,上疏論河北用兵事,皆不聽。復以朋黨傾軋,兩河再亂,國是日荒,民生益困,乃求外任。七月,自中書舍人除杭州刺史。時宣武軍亂,汴河未通,乃取道襄漢赴任。途經江州,與李渤會,訪廬山草堂。十月,至杭州。

二月，元稹以工部侍郎同中書門下平章事。三月，裴度以司空同平章事。裴度與元稹爭相，或誣言稹遣刺客刺度，無佐驗。六月，罷度爲右僕射。罷稹爲同州刺史。以李逢吉同平章事。

正月，魏博軍亂，節度使田布自殺。二月，赦王廷湊。李德裕、李紳俱爲中書舍人、翰林學士。九月，李德裕出爲浙西觀察使。

長慶三年癸卯（八二三），五十二歲。

在杭州刺史任。杭州夏秋旱，虎出爲患。有《祈皋亭神文》、《禱仇王神文》、《祭龍文》。

八月，元稹自同州刺史遷浙東觀察使、越州刺史。十月，經杭州，與居易會。

三月，牛僧孺同中書門下平章事，李德裕以爲李逢吉所引，牛、李之怨益深。十月，京兆尹韓愈爲兵部侍郎，再除吏部侍郎。

長慶四年甲辰（八二四），五十三歲。

在杭州刺史任。修築錢唐湖堤，蓄水可溉田千餘頃。又濬城中六井，以供飲用。有《錢唐湖石記》。五月，除太子左庶子（陳《譜》據元稹《白氏長慶集序》作「右庶子」）分司東都。月末離杭，經汴河路，秋至洛陽。買洛陽履道里楊憑故宅居之。冬，《白氏長慶集》五十卷編成，元稹爲序。是年，弟行簡爲司門員外郎。

夏，劉禹錫移任和州刺史。

正月，穆宗服方士金石藥卒，太子湛（敬宗）即位。二月，户部侍郎李紳貶端州司馬。五月，李程、實易直同中書門下平章事。十二月，吏部侍郎韓愈卒。時李逢吉用事，所親厚者甚衆，號「八關十六子」。

敬宗寶曆元年乙巳（八二五），五十四歲。

在洛陽。三月四日，除蘇州刺史。二十九日，發東都。過汴州，渡淮水，五月五日，至蘇州。是年，弟行簡遷主客郎中。

正月，牛僧孺罷爲武昌軍節度使。四月，李絳爲左僕射。

寶曆二年丙午（八二六），五十五歲。

在蘇州刺史任。五月末，以眼病肺傷，請百日長假。九月初，假滿，免郡事。十月初，發蘇州。與劉禹錫相遇於揚子津，同游揚州、楚州。是年冬，弟行簡卒。

二月，山南西道節度使裴度還朝，同中書門下平章事。十一月，李逢吉罷。十二月，宦官劉克明等弑敬宗，立絳王悟。樞密使王守澄、中尉魏從簡以兵誅劉克明，迎江王（昂），立爲帝（文宗）。裴度以參與密謀功，加門下侍郎、集賢殿大學士。韋處厚同中書門下平章事。

文宗大和元年丁未（八二七），五十六歲。

春，返洛陽。三月十七日，徵爲秘書監，賜金紫。復居長安新昌里第。十月十日，文宗誕日，詔居易與安國寺沙門義林、太清宫道士楊弘元於麟德殿講論儒釋道三教教義。歲暮，奉使洛陽。

九月，元稹加檢校禮部尚書，仍在浙東觀察使任。六月，劉禹錫爲主客郎中分司東都。

大和二年戊申(八二八),五十七歲。

春,自洛陽使還。二月十九日,除刑部侍郎,封晉陽縣男。十二月,乞百日病假。繼五十卷集後,續編《後集》五卷成。又編與元稹唱和集《因繼集》二卷成。又爲弟行簡編次文集二十卷,題爲《白郎中集》。

春,劉禹錫除主客郎中、集賢殿學士,至長安。

十二月,韋處厚暴卒。路隋爲中書侍郎、同平章事。

大和三年己酉(八二九),五十八歲。

三月末假滿,罷刑部侍郎,以太子賓客分司東都。四月,返洛陽。居履道里第。冬,生子阿崔。

九月,元稹徵爲尚書左丞,返長安。與居易會於洛陽。劉禹錫轉禮部郎中、依前充集賢殿學士。

八月,李宗閔同中書門下平章事。九月,兵部侍郎李德裕出爲義成軍節度使。

大和四年庚戌(八三〇),五十九歲。

在洛陽。太子賓客分司。冬,病眼。十二月二十八日,除河南尹。

正月,元稹自尚書左丞除武昌軍節度使代牛僧孺。

正月,武昌軍節度使牛僧孺入朝,李宗閔引爲兵部尚書、同平章事,共排李德裕黨。二月,興元軍亂,殺節度使李絳。七月,宋申錫同中書門下平章事。

大和五年辛亥(八三一),六十歲。

在河南尹任。子阿崔夭。從祖弟敏中自殿中侍御史出爲邠寧副使。

七月二十二日，元稹卒于武昌任所。十月，劉禹錫除蘇州刺史。過洛陽，留十五日，與居易酬唱宴遊甚歡。

二月，宋申錫爲神策軍中尉王守澄誣構與漳王謀反，罷相。

大和六年壬子（八三二），六十一歲。

在洛陽。爲河南尹。七月，爲元稹撰墓誌，以其家所饋六七十萬錢悉布施修龍門香山寺。八月，修香山寺成。編《劉白唱和集》三卷成。

八月，崔羣卒，年六十一。十二月，牛僧孺罷爲淮南節度使。李德裕自西川節度使入爲兵部尚書，李宗閔、楊虞卿百計阻之。杜元穎卒於循州貶所。楊歸厚卒。

大和七年癸丑（八三三），六十二歲。

在河南尹任。二月，以病乞假。四月二十五日，以頭風病免河南尹，再授太子賓客分司東都。李紳自壽州刺史轉太子賓客分司，三月至洛陽。七月，遷浙東觀察使，發洛陽，有詩送行。是年正月，從祖弟敏中丁母憂。

二月，兵部尚書李德裕同中書門下平章事。鄭注爲右神策軍判官。六月，李宗閔罷爲山南西道節度使。楊虞卿自給事中出爲常州刺史。七月，崔玄亮卒。

大和八年甲寅（八三四），六十三歲。

在洛陽。爲太子賓客分司。三月，裴度爲東都留守兼侍中至洛陽，居易頻與往還。七月，編集在洛所作詩，有《序洛詩》。

七月，劉禹錫自蘇州刺史移任汝州刺史。

十月，山南西道節度使李宗閔同平章事。罷李德裕爲山南西道節度使，改兵部尚書。十一月，出兵部尚書李德裕檢校右僕射、充鎮海軍節度使、浙江西道觀察等使。十二月，楊虞卿自常州刺史召爲工部侍郎。

大和九年乙卯（八三五），六十四歲。

在洛陽。爲太子賓客分司。春，自洛陽西遊，至下邽渭村小住，約三月末返洛陽。九月，授同州刺史，辭疾不就。十月，改授太子少傅分司東都，進封馮翊縣開國侯。冬，女阿羅嫁談弘謩。編六十卷《白氏文集》成，送廬山東林寺收藏。

十月，劉禹錫自汝州刺史移任同州刺史。

二月，庾敬休卒。四月，浙江西道觀察使賈餗爲中書侍郎、同中書門下平章事。工部侍郎楊虞卿爲京兆尹。浙西觀察使李德裕爲太子賓客分司東都，再貶袁州長史。五月，浙東觀察使李紳爲太子賓客分司東都。六月，貶李宗閔爲明州刺史。七月，貶李宗閔党楊虞卿爲虔州司馬，再貶虔州司户。九月，舒元輿、李訓同中書門下平章事。十一月二十一日，宰相李訓、舒元輿及鄭注等謀誅宦官，事敗，左神策軍中尉仇士良等殺李訓、舒元輿、王涯、賈餗、鄭注、王璠、郭行餘、李孝本、羅立言、韓約等，史稱「甘露之變」。鄭覃、李石同中書門下平章事。歲暮，楊虞卿卒於虔州。

開成元年丙辰（八三六），六十五歲。

在洛陽。爲太子少傅分司。春初，遊少室山。編六十五卷《白氏文集》成，藏東都聖善寺。從弟敏中授右拾遺。

四月，李紳爲河南尹。李固言同中書門下平章事。六月，李紳除汴州刺史、宣武軍節度使。七月，李德裕爲太子賓客分司。十一月，李德裕爲浙西觀察使。

開成二年丁巳（八三七），六十六歲。

在洛陽。爲太子少傅分司。三月三日，與東都留守裴度、河南尹李珏等修禊於洛濱。劉禹錫爲太子賓客分司，至洛陽。

四月，陳夷行同中書門下平章事。五月，裴度自東都留守移太原尹、北都留守。牛僧孺自淮南節度使除東都留守。是年，李商隱進士及第。

開成三年戊午（八三八），六十七歲。

在洛陽。爲太子少傅分司。作《醉吟先生傳》。從弟敏中爲殿中侍御史分司東都。

正月，楊嗣復、李珏同中書門下平章事。十月，衡州司馬李宗閔爲杭州刺史。九月，東都留守牛僧孺爲左僕射。

開成四年己未（八三九），六十八歲。

二月，編六十七卷《白氏文集》成，藏于蘇州南禪院。十月，得風痺之疾，乃放妓賣馬。

劉禹錫爲太子賓客分司東都，是年加尚書銜。十二月，改秘書監分司東都。

三月，裴度卒，年七十五。八月，牛僧孺爲山南東都節度使。十二月，杭州刺史李宗閔爲太子賓客分司東都。

開成五年庚申（八四〇），六十九歲。

在洛陽。爲太子少傅分司。春，風疾稍痊。十一月，編《洛中集》十卷成，藏於香山寺。冬，以疾請百日長假。

正月，文宗卒。中尉仇士良、魚弘志以兵迎立太弟瀍（武宗），殺太子成美。八月，楊嗣復出爲湖南觀察使。李珏出爲桂管觀察使。冬，楊嗣復貶爲潮州刺史，李珏貶爲昭州刺史。九月，淮南節度使李德裕同中書門下平章事。

武宗會昌元年辛酉（八四一），七十歲。

春，百日長假滿，停少傅官。

劉禹錫加檢校禮部尚書，兼太子賓客。

三月，楊嗣復再貶潮州司馬，李珏爲端州司馬。

會昌二年壬戌（八四二），七十一歲。

在洛陽。以刑部尚書致仕，給半俸。編七十卷《白氏文集》成，送廬山東林寺收藏。

劉禹錫卒，年七十一。

二月，淮南節度使李紳爲中書侍郎、同中書門下平章事。春，牛僧孺除東都留守。武宗素聞居易名，及即位，欲徵用之，宰相李德裕言居易衰病不任朝謁，因言從弟敏中辭藝類居易。九月，以敏中爲翰林學士。

會昌三年癸亥（八四三），七十二歲。

在洛陽。刑部尚書致仕。五月，從弟敏中轉職方郎中，依前充翰林學士。

正月，回鶻烏介可汗侵逼靈武。二月，天德軍行營副使石雄大破之，烏介可汗遁走。雄迎太和公主歸。是年，賈島卒。

會昌四年甲子（八四四），七十三歲。

在洛陽。刑部尚書致仕。施家財，開龍門八節石灘，以利舟楫。四月，從弟敏中拜中書舍人。九月，遷户部侍郎。

閏七月，李紳罷爲淮南節度使。九月，貶牛僧孺汀州刺史，李宗閔漳州長史。十一月，再貶牛僧孺循州長史。李宗閔長流封州。

會昌五年乙丑（八四五），七十四歲。

在洛陽。刑部尚書致仕。三月，於洛陽履道里宅爲「七老會」。夏，又合僧如滿、李元爽寫爲「九老圖」，有詩。五月，編七十五卷《白氏文集》成。

七月，毁天下佛寺四萬餘所，僧尼二十六萬還俗。

會昌六年丙寅（八四六），七十五歲。

在洛陽。刑部尚書致仕。八月，卒於洛陽履道里第。贈尚書右僕射。十一月，葬香山如滿師塔側。

五月，從弟敏中以兵部侍郎同中書門下平章事。

三月，武宗卒。立皇太叔忱（宣宗）。四月，李德裕罷爲荆南節度使。七月，李紳卒于淮南節度使任所。八月，牛僧孺爲衡州長史，封州流人李宗閔爲郴州司馬。武宗所貶五相皆北遷。宗閔未離封州而卒。

大中三年（八四九），李商隱爲撰墓碑。白敏中上疏請謚，曰文。

引用書目

白氏文集　文學古籍刊行社一九五五年影印宋紹興刻本
白氏文集　四部叢刊影印日本元和四年（一六一八）那波道圓翻刻朝鮮刻本
白氏文集　北京國家圖書館藏宋刻殘本
白氏長慶集　明萬曆三十四年馬元調刻本
白香山詩集　清康熙四十三年汪立名刻本
白香山詩集　北京國家圖書館藏失名臨清何焯校本
白氏諷諫　北京國家圖書館藏明曾大有刻本、明公文紙印本
新雕校正大字白氏諷諫　中華書局一九五八年影印清光緒十九年費念慈影刻宋本
白居易集　顧學頡　中華書局一九七九年
白居易集箋校　朱金城　上海古籍出版社一九八八年
白氏文集の批判的研究　花房英樹　朋友書店一九六〇年
白氏文集　平岡武夫　今井清　京都大學人文科學研究所一九七一至一九七三年
神田本白氏文集の研究　太田次男　小林芳規　勉誠社一九八二年
金澤文庫本白氏文集　勉誠社一九八三至一九八四年

舊鈔本を中心とする白氏文集本文の研究　太田次男　勉誠社一九九七年
白居易資料彙編　陳友琴　中華書局一九六二年
白居易詩選　顧學頡　周汝昌　人民文學出版社一九六三年
白居易選集　王汝弼　上海古籍出版社一九八〇年
白居易年譜　朱金城　上海古籍出版社一九八二年
白氏文集を讀む　下定雅弘　勉誠社一九九六年
白居易研究講座（一至七卷）　勉誠社一九九三至一九九八年
白居易研究年報（一至五號）　勉誠出版二〇〇〇至二〇〇四年

周易正義　十三經注疏本
尚書正義　十三經注疏本
毛詩正義　十三經注疏本
周禮注疏　十三經注疏本
儀禮注疏　十三經注疏本
禮記正義　十三經注疏本
春秋左傳正義　十三經注疏本

春秋公羊傳注疏　十三經注疏本
春秋穀梁傳注疏　十三經注疏本
論語注疏　十三經注疏本
孝經注疏　十三經注疏本
爾雅注疏　十三經注疏本
孟子注疏　十三經注疏本
大戴禮記　叢書集成本
韓詩外傳集釋　許維遹　中華書局一九八〇年
樂書　四庫全書本
埤雅　四庫全書本
爾雅翼　學津討原本
説文解字注　段玉裁　上海古籍出版社影印本
玉篇　四部叢刊本
類篇　四庫全書本
龍龕手鏡　中華書局影印本
廣韻校本　周祖謨　中華書局一九六〇年

集韻　中國書店影印本

史記　中華書局排印本
漢書　中華書局排印本
後漢書　中華書局排印本
三國志　中華書局排印本
宋書　中華書局排印本
南齊書　中華書局排印本
梁書　中華書局排印本
陳書　中華書局排印本
魏書　中華書局排印本
北齊書　中華書局排印本
周書　中華書局排印本
隋書　中華書局排印本
南史　中華書局排印本
北史　中華書局排印本

舊唐書　中華書局排印本
新唐書　中華書局排印本
舊五代史　中華書局排印本
後漢紀　中華書局排印本
資治通鑑　中華書局排印本
國語　上海古籍出版社排印本
戰國策　上海古籍出版社排印本
吳越春秋　四部叢刊本
越絶書　四部叢刊本
列女傳　四部叢刊本
高士傳　叢書集成本
華陽國志校注　劉琳　巴蜀書社一九八四年
大唐創業起居注　上海古籍出版社排印本
貞觀政要　上海古籍出版社排印本
唐才子傳校箋　傅璇琮等　中華書局一九八七至一九九五年
雲南志（蠻書）校釋　趙呂甫　中國社會科學出版社一九八五年

三輔黄圖　叢書集成本
元和郡縣圖志　中華書局排印本
太平寰宇記　四庫全書本
方輿勝覽　上海古籍出版社影印本
明一統志　四庫全書本
清一統志　四庫全書本
嘉慶重修一統志　四部叢刊本
河南通志　四庫全書本
江南通志　四庫全書本
江西通志　四庫全書本
長安志　中華書局宋元方志叢刊本
雍錄　中華書局排印本
永樂大典本河南志　中華書局排印本
乾道臨安志　中華書局宋元方志叢刊本
咸淳臨安志　中華書局宋元方志叢刊本
吳地記　四庫全書本

吳郡志　中華書局宋元方志叢刊本
吳郡圖經續記　中華書局宋元方志叢刊本
嚴州圖經　中華書局宋元方志叢刊本
嘉泰吳興志　中華書局宋元方志叢刊本
嘉泰會稽志　中華書局宋元方志叢刊本
咸淳毗陵志　中華書局宋元方志叢刊本
至元嘉禾志　中華書局宋元方志叢刊本
姑蘇志　四庫全書本
水經注　四部叢刊本
廬山記　四庫全書本
洛陽伽藍記校注　范祥雍　上海古籍出版社一九七八年
唐兩京城坊考　徐松　中華書局排印本
通鑑地理通釋　叢書集成本
南方草木狀　叢書集成本
荆楚歲時記　中華書局排印本
嶺表錄異　四庫全書本

東京夢華録注　鄧之誠　中華書局一九八二年
夢粱録　浙江人民出版社排印本
游城南記　叢書集成本
大唐西域記校注　季羨林等　中華書局一九八五年
漢官儀　叢書集成本
唐六典　中華書局排印本
翰林志　四庫全書本
通典　中華書局排印本
唐會要　中華書局影印本
文獻通考　中華書局影印本
唐律疏議　中華書局排印本
職官分紀　四庫全書本
寶刻叢編　十萬卷樓叢書本
重修承旨學士壁記　知不足齋叢書本
登科記考　徐松　中華書局排印本
郎官石柱題名考　勞格　趙鉞　月河精舍叢書本

老子　諸子集成本
莊子　諸子集成本
墨子　諸子集成本
韓非子　諸子集成本
荀子　諸子集成本
管子　諸子集成本
呂氏春秋　諸子集成本
陸賈新語　諸子集成本
淮南子　諸子集成本
春秋繁露義證　蘇輿　中華書局一九九二年
鹽鐵論　諸子集成本
新序校釋　石光瑛　中華書局二〇〇一年
説苑　中華書局排印本
法言　諸子集成本
白虎通　四部叢刊本
論衡　諸子集成本

風俗通義校注　王利器　中華書局一九八一年
孔子家語　四部叢刊本
列子　諸子集成本
抱朴子内篇校釋　王明　中華書局一九八五年
顔氏家訓集解　王利器　上海古籍出版社一九八〇年
朱子語類　中華書局排印本
齊民要術校釋　繆啟愉　中國農業出版社一九九八年
四時纂要　華夏出版社中國本草全書本
歲華紀麗　叢書集成本
備急千金要方　四庫全書本
外臺秘要　四庫全書本
重修政和證類本草　四部叢刊本
本草綱目　四庫全書本
焦氏易林　四部叢刊本
歷代名畫記　人民美術出版社排印本
唐朝名畫録　四川美術出版社排印本

宣和畫譜　人民美術出版社排印本
法書要錄　人民美術出版社排印本
羯鼓錄　上海古籍出版社排印本
樂府雜錄　上海古籍出版社排印本
茶經　中華書局排印本
煎茶水記　中華書局排印本
北山酒經　四庫全書本
禽經　四庫全書本
古今注　顧氏文房小説本
博物志校證　范寧　中華書局一九八〇年
資暇集　叢書集成本
封氏聞見記　中華書局排印本
尚書故實　寶顔堂祕笈本
東齋記事　中華書局排印本
夢溪筆談校證　胡道靜　古典文學出版社一九五七年
東坡志林　中華書局排印本

嬾真子　儒學警悟本
明道雜志　顧氏文房小説本
石林燕語　中華書局排印本
避暑録話　津逮秘書本
鐵圍山叢談　中華書局排印本
雞肋編　中華書局排印本
猗覺寮雜記　知不足齋叢書本
能改齋漫録　上海古籍出版社排印本
老學庵筆記　中華書局排印本
西溪叢語　津逮秘書本
容齋隨筆　上海古籍出版社排印本
演繁露　中華書局排印本
芥隱筆記　顧氏文房小説本
雲麓漫鈔　古典文學出版社排印本
野客叢書　中華書局排印本
賓退録　上海古籍出版社排印本

困學紀聞　四部叢刊本
齊東野語　中華書局排印本
甕牖閑評　上海古籍出版社排印本
愛日齋叢鈔　守山閣叢書本
通雅　中國書店影印本
巵林　四庫全書本
別雅　四庫全書本
日知錄　清康熙刻本
潛邱劄記　四庫全書本
義門讀書記　中華書局排印本
居易錄　叢書集成本
古夫于亭雜錄　清康熙六十年刻本
一鶚齋養新錄　商務印書館排印本
陔餘叢考　商務印書館排印本
茶餘客話　叢書集成本
類説　文學古籍刊行社影印本

紺珠集　叢書集成本
説郛　宛委山堂本、商務印書館排印本
玉芝堂談薈　四庫全書本
少室山房筆叢　中華書局排印本
藝文類聚　上海古籍出版社排印本
初學記　中華書局排印本
元和姓纂(附四校記)　中華書局排印本
白孔六帖　四庫全書本
太平御覽　中華書局影印本
册府元龜　中華書局影印本
玉海　上海書店影印本
宋朝事實類苑　上海古籍出版社排印本
事物紀原　中華書局排印本
天中記　四庫全書本
山堂肆考　四庫全書本
格致鏡原　四庫全書本

海録碎事　四庫全書本
郡書拾補　抱經堂叢書本
通俗編　商務印書館排印本
古今圖書集成　中華書局影印本
西京雜記校注　劉克任　上海古籍出版社一九九一年
世説新語校箋　徐震堮　中華書局一九八四年
朝野僉載　寶顔堂秘笈本
唐國史補　古典文學出版社排印本
大唐新語　中華書局排印本
明皇雜録　守山閣叢書本
因話録　古典文學出版社排印本
鑒戒録　知不足齋叢書本
大唐傳載　叢書集成本
教坊記箋訂　任二北　中華書局上海編輯所一九六四年
松窗雜録　叢書集成本
北里志　古典文學出版社排印本

杜陽雜編　中華書局上海編輯所排印本
幽閒鼓吹　叢書集成本
雲溪友議　四部叢刊本
唐摭言　上海古籍出版社排印本
開元天寶遺事　上海古籍出版社排印本
北夢瑣言　上海古籍出版社排印本
續談助　十萬卷樓叢書本
歸田錄　中華書局排印本
江鄰幾雜志　稗海本
南部新書　中華書局排印本
東軒筆錄　中華書排印本
侯鯖錄　中華書局排印本
唐語林校證　周勛初　中華書局一九八七年
邵氏聞見錄　中華書局排印本
邵氏聞見後錄　中華書局排印本
燕翼詒謀錄　中華書局排印本

玉照新志　叢書集成本
墨莊漫録　中華書局排印本
梁溪漫志　上海古籍出版社排印本
堯山堂外記　四庫全書存目叢書本
五雜俎　中華書局排印本
山海經校注　袁珂　上海古籍出版社一九八〇年
穆天子傳　四部叢刊本
漢武故事　魯迅古小説鈎沉本
漢武帝内傳　守山閣叢書本
搜神記　中華書局排印本
殷芸小説　上海古籍出版社排印本
續齊諧記　顧氏文房小説本
獨異志　中華書局排印本
幽明録　叢書集成本
遊仙窟　古典文學出版社排印本
劇談録　古典文學出版社排印本

宣室志　中華書局排印本
唐闕史　知不足齋叢書本
甘澤謠　津逮秘書本
酉陽雜俎　中華書局排印本
清異録　叢書集成本
雲仙雜記　四部叢刊本
太平廣記　中華書局排印本

弘明集　四部叢刊本
廣弘明集　四部叢刊本
法苑珠林　中華書局排印本
高僧傳　中華書局排印本
續高僧傳　大正藏本
宋高僧傳　中華書局排印本
祖堂集　上海古籍出版社影印本
景德傳燈録　四部叢刊本

五燈會元　中華書局排印本
敦煌新本六祖壇經　上海古籍出版社一九九三年
壇經校釋　郭朋　中華書局一九八三年
楞伽師資記　敦煌本
歷代法寶記　大正藏本
大乘無生方便門　大正藏本
荷澤神會禪師語錄　中華書局中國佛教思想資料選編本
古尊宿語錄　中華書局排印本
（其他佛教經論律據大正藏本，不一一臚列）

太平經合校　王明　中華書局一九六〇年
周易參同契　叢書集成本
雲笈七籤　四部叢刊本
黄庭内景經　道藏本
真誥　道藏本
神仙傳　叢書集成本

列仙傳　叢書集成本
楚辭章句　中華書局排印本
楚辭補注　中華書局排印本
影印宋本杜工部集　續古逸叢書本
分門集注杜工部詩　四部叢刊本
杜詩詳注　仇兆鼇　中華書局排印本
長江集　四部叢刊本
張司業集　四部叢刊本
元氏長慶集　四部叢刊本
劉賓客集　四部叢刊本
劉禹錫集箋證　瞿蜕園　上海古籍出版社一九八九年
玉溪生詩集箋注　馮浩　上海古籍出版社排印本
姚少監詩集　四部叢刊本
溫飛卿詩集箋注　曾益等　上海古籍出版社排印本
雲臺編　四部叢刊本

蘇東坡全集　中國書店影印本
東坡題跋　叢書集成本
欒城集　上海古籍出版社排印本
升庵集　楊慎　四庫全書本
曝書亭集　朱彝尊　四庫全書本
西河文集　毛奇齡　四庫全書本
通志堂集　納蘭性德　四庫全書存目叢書本
春在堂全書　俞樾　清光緒九年重訂本
文選　中華書局排印本
玉臺新詠　中華書局排印本
才調集　四部叢刊本
文苑英華　北京國家圖書館藏宋周必大刻本（殘）、明抄本、中華書局影印明隆慶刊本
文苑英華辨證　中華書局影印本
唐文粹　北京國家圖書館藏宋紹興九年臨安府刻本
樂府詩集　四部叢刊本、中華書局排印本
歲時雜詠　四庫全書本

萬首唐人絕句　文學古籍刊行社影印本
回文類聚　四庫全書本
唐音統籤　上海古籍出版社影印本
唐詩類苑　四庫全書存目叢書本
全唐詩　揚州詩局本
全唐詩補編　陳尚君　中華書局一九九二年
全唐文　中華書局影印本
唐宋詩醇　清光緒七年浙江書局本
唐人選唐詩十種　上海古籍出版社排印本
唐人選唐詩新編　傅璇琮　陝西教育出版社一九九六年
唐代墓誌彙編　周紹良　上海古籍出版社一九九二年
全上古三代秦漢三國六朝文　中華書局影印本
先秦漢魏晉南北朝詩　逯欽立　中華書局一九八三年
全唐五代詞　曾昭岷等　中華書局一九九九年
會稽掇英總集　四庫全書本
文心雕龍注　范文瀾　人民文學出版社一九五八年

詩品注　陳延傑　人民文學出版社一九六一年
文鏡秘府論校注　王利器　中國社會科學出版社一九八三年
詩人主客圖　中華書局歷代詩話續編本
本事詩　中華書局歷代詩話續編本
六一詩話　中華書局歷代詩話本
中山詩話　中華書局歷代詩話本
臨漢隱居詩話　中華書局歷代詩話本
後山詩話　中華書局歷代詩話本
詩話總龜　人民文學出版社排印本
苕溪漁隱叢話　人民文學出版社排印本
韻語陽秋　中華書局歷代詩話本
歲寒堂詩話　中華書局歷代詩話續編本
庚溪詩話　中華書局歷代詩話續編本
䂬溪詩話　中華書局歷代詩話續編本
珊瑚鉤詩話　中華書局歷代詩話本
觀林詩話　中華書局歷代詩話續編本

對床夜語　中華書局歷代詩話續編本
唐詩紀事　上海古籍出版社排印本
詩人玉屑　中華書局排印本
碧雞漫志　中華書局詞話叢編本
詞源　中華書局詞話叢編本
唐音癸籤　古典文學出版社排印本
歸田詩話　叢書集成本
聲調譜　上海古籍出版社清詩話本
甌北詩話　人民文學出版社排印本
石洲詩話　上海古籍出版社清詩話續編本
小石帆亭著錄　叢書集成本
圍爐詩話　叢書集成本
北江詩話　叢書集成本
歷代詩話　吳景旭　中華書局排印本
敦煌寶藏　新文豐出版社公司影印

英藏敦煌文獻　四川人民出版社影印
法藏敦煌西域文獻　上海古籍出版社影印
俄藏敦煌文獻　上海古籍出版社影印
敦煌變文集　王重民等　人民文學出版社一九五七年
敦煌變文校注　黄征　張涌泉　中華書局一九九七年
敦煌歌辭總編　任半塘　上海古籍出版社一九八七年
敦煌詩集殘卷輯考　徐俊　中華書局二〇〇〇年

人間詞話　王國維　人民文學出版社排印本
詩辭曲語辭匯釋　張相　中華書局一九五四年
元白詩箋證稿　陳寅恪　中華書局上海編輯所一九五九年
唐代政治史述論稿　陳寅恪　生活讀書新知三聯書店一九五七年
唐代長安與西域文明　向達　生活讀書新知三聯書店一九五七年
突厥集史　岑仲勉　中華書局一九五八年
唐史餘瀋　岑仲勉　中華書局上海編輯所一九六〇年
唐人行第錄　讀全唐詩劄記　讀全唐文劄記　唐集質疑　岑仲勉　中華書局上海編輯所一九六二年

金石論叢　岑仲勉　上海古籍出版社一九八一年
郎官石柱題名新考訂　翰林學士壁記注補　岑仲勉　上海古籍出版社一九八四年
岑仲勉史學論文集　中華書局一九九〇年
敦煌變文字義通釋　蔣禮鴻　上海古籍出版社一九八一年
唐代詩人叢考　傅璇琮　中華書局一九八〇年
元稹年譜　卞孝萱　齊魯書社一九八〇年
唐聲詩　任半塘　上海古籍出版社一九八二年
唐戲弄　任半塘　上海古籍出版社一九八四年
敦煌的唐詩　黃永武　洪範書店一九八七年
燕樂探微　邱瓊蓀　上海古籍出版社一九八九年
王梵志詩校注　項楚　上海古籍出版社一九九一年
寒山詩注　項楚　中華書局二〇〇〇年
隋唐兩京叢考　辛德勇　三秦出版社一九九一年
唐代酒令藝術　王昆吾　東方出版中心一九九五年
隋唐五代燕樂歌辭研究　王昆吾　中華書局一九九六年
隋唐五代社會經濟史論稿　胡如雷　中國社會科學出版社一九九六年

全唐詩人名考證　陶敏　陝西人民教育出版社一九九七年
唐代九姓胡與突厥文化　蔡鴻生　中華書局一九九八年
啟功叢稿論文卷　中華書局一九九九年
文史探微　黄永年　中華書局二〇〇〇年
唐傳奇箋證　周紹良　人民文學出版社二〇〇〇年
唐代衣食住行研究　黄正建　首都師範大學出版社一九九八年
敦煌占卜文書與唐五代占卜研究　黄正建　學苑出版社二〇〇一年
唐代財政史稿下卷　李錦繡　北京大學出版社二〇〇一年
唐代樂舞新論　沈冬　北京大學出版社二〇〇四年

白居易詩集校注篇目索引

本索引以漢語拼音爲序。其中組詩總題與所含各篇篇題均分别立目。篇目後斜綫前爲作品編號,斜綫後爲頁碼。

C

d

e

f

h

k

l

m

n

X

y

Z

二〇〇二年並獲清華大學九八五科研基金項目資助，更督促工作進度加快。書稿甫成，蒙中華書局張耕先生垂青，徐俊先生、顧青先生扶持，又再蒙國家古籍整理出版專項經費、華夏英才出版基金資助，得盡早付梓。此皆喜出望外，不勝歡忭感激之至。然啓功師竟於今夏遽歸道山，余終不能以完稿就正於師前，此又何悵惘哀痛之至！二〇〇五年深秋謝思煒謹識。

後記

余十年前師從導師啓功先生，研治白集，撰《白居易集綜論》成，遂以注白詩事詢諸師。師不甚許之，其意蓋謂白詩卷帙既繁，注或無甚發明，則空費時日，無裨於人。然余仍心存覬覦，竟嘗試之。蓋余幼常闕學，寡識多忘，觀書僅知大意，雖讀詩多遍，每不知故實典語所出，不免郢說誤解。屢屢於衆前窘於答問，自知其陋，因思前人既無注白詩，何不自予一一索解之，但以備忘補闕，唯自彌其失，益其學，其他非敢望也。此即初意所在。又余研治白集之初，尋索海外資料未得，師知之，即親自托日本友人代尋，贈予影印《金澤文庫本白氏文集》等重要資料。余同時又致函日本慶應義塾大學太田次男教授，求教日本古鈔本諸問題，先生旋委託神鷹德治先生復函，饋贈資料。一九九七年余在日本，太田先生新出版《以舊鈔本爲中心的白氏文集本文研究》論文集，即郵贈於予，並由神鷹先生陪同自名古屋往東京得當面請益。神鷹先生則長期惠教於予，每郵寄賜予新刊布之白集資料。二〇〇一年歲末再度來北京，贈予《貴重典籍叢書》新刊布之金澤文庫本《白氏文集》零卷。此外，余還獲教於下定雅弘先生。十數年間，余所得海外白集研究資料稍稱豐富，而皆非予個人之力所能致。然唯此資料聚於予，責任亦萃於予。余不揣淺陋，勉力於校注之事，亦唯此庶幾有以回報本師及諸先生厚愛。此則初意堅持之動因所在。校注工作開始之初，師精力尚健，每有疑義多詢諸師，間有心得，亦蒙嘉許。余就業北京師範大學、清華大學，又先後得多方支持鼓勵，數年間庶可安心從事於此。